Louise Gardex

DES

VIES

HISTOIRE DE VIE

L'ENTRE RÊVE
ÉDITION

À ma famille,

REMERCIEMENTS

Merci à mon mari, pour ton soutien indéfectible durant ces longs mois d'écriture. Merci pour tes idées fourmillantes et surtout, pour m'avoir aidée à aller jusqu'au bout. Merci d'avoir cru en moi.

Merci à mes enfants pour votre enthousiasme sans faille.

Merci à F, pour ton amitié de toujours et ton analyse technique relative à ton domaine, me permettant de garder la cohérence de certains passages.

Merci à A, pour ta lecture, ta relecture vive, pointue et ta petite pointe de folie !

Merci à I, pour votre correction et votre retour éclairé.

Merci aux expériences vécues, joyeuses et malheureuses, sources intarissables d'inspiration.

Merci enfin à toutes celles et ceux qui se reconnaîtront, lecteurs, amis, connaissances. Vous avez lu, vous avez participé, vous avez critiqué avec bienveillance et apporté matière à ma réflexion, m'amenant à modifier parfois des paragraphes entiers, ou juste un tout petit mot qui changeait tout !

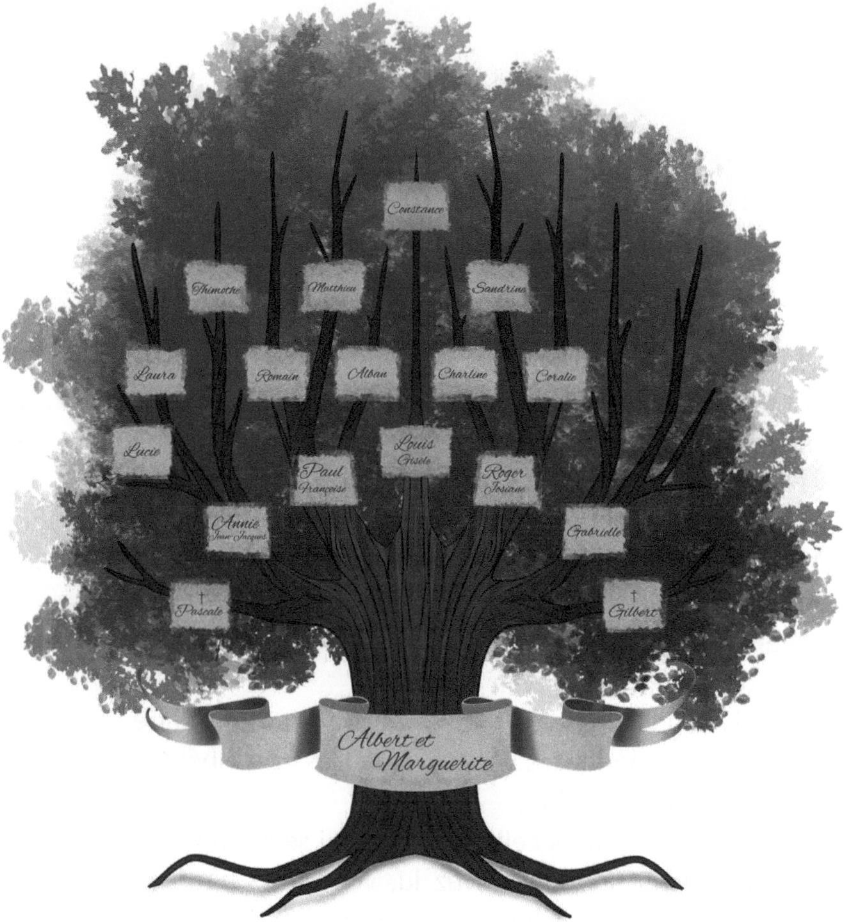
Constance
Thimothé
Matthieu
Sandrine
Laura
Romain
Alban
Charline
Coralie
Lucie
Louis
Gisèle
Paul
Françoise
Roger
Josiane
Annie
Jean-Jacques
Gabrielle
†
Pascale
†
Gilbert
Albert et
Marguerite

1

Le jardin resplendissait. C'était une belle journée, ce troisième dimanche de septembre. Gisèle paraissait tout affolée, s'agitant sans cesse depuis la veille. Elle courait dans tous les sens, presque transpirante et à la recherche d'un drap, d'un fil de fer ou d'une paire de ciseaux, afin de parfaire la décoration des lieux. Avec Françoise, l'épouse de Paul, Annie, ainsi que la femme de Roger, elles nouaient ensemble des dizaines de ballons gonflés par les enfants. Elles les enchevêtraient les uns avec les autres, créant d'énormes grappes blanches et rouges. Les hommes, de leur côté, montaient de multiples tables confectionnées par Roger quelques années auparavant et ressorties d'un vieux grenier lors de chaque fête de famille.

D'autres cousines étiraient et scotchaient des nappes de papier, disposaient les verres et les couverts pendant que les plus jeunes pliaient des serviettes en forme de cygnes. Une des trois filles de Roger, Sandrine, avait apporté plusieurs grands saladiers contenant un cocktail fruité pour l'apéritif. Certains adolescents, entre deux tâches, descendaient jusqu'au bas du jardin afin de plonger dans le lac, dont l'eau restait chaude et agréable en cette fin d'été. Les parents de Richard, ainsi que sa sœur cadette, s'étaient joints bien entendu à la préparation de la soirée. Ils avaient apporté du vin de leur région, ainsi que de nombreux gâteaux.

Dans le but de rester fidèles à une des multiples traditions du clan Garin, une gigantesque forêt noire du pâtissier familial avait été commandée. Cette création savoureuse patientait paisiblement dans un frigo, bien à l'abri des plus gourmands. Chez les Garin, pas une fête ne pouvait se terminer sans ce gâteau, déjà du temps d'Albert et Marguerite. Il clôturait constamment les repas, en général accompagné des tartes aux fraises dont le patriarche raffolait en son temps.

Le soleil commençait à baisser à l'horizon, mais il faisait encore bon et c'était un jour peu venté, fort agréable. La maison de Richard, toutes fenêtres ouvertes, respirait la joie. Cette magnifique propriété, dont le jardin bordé de rosiers en bosquets mourait sur un ponton privé, avait été bichonnée durant toute la semaine par une équipe de jardiniers. Ils étaient venus tailler les haies, tondre l'immense pelouse et désherber les parterres de fleurs. Tout paraissait sublime et le résultat final rayonnait. Une musique jazzy rythmait l'ambiance de cette fin de journée. De gros barbecues commençaient à fumer, afin que les braises soient parfaitement à point pour le moment de l'apéritif. Moment où saucisses, côtes de porc, brochettes de dinde et de bœuf pourraient commencer à répandre leur doux parfum dans l'air. Des guirlandes multicolores, semblables à celles qu'on trouverait dans une guinguette, furent hissées puis tendues entre les platanes délimitant la terrasse, dégageant leur lumière joyeuse. L'ambiance festive se mettait en place.

Ils étaient tous là. Du plus âgé au plus jeune des Garin. Aucun n'aurait souhaité être absent pour ce jour si particulier. Roger plaisantait avec Louis, tout en disposant les chaises autour des tables. Les frères semblaient retrouver leur complicité d'antan, depuis leurs retrouvailles récentes. Annie, restant quelque peu gênée par ses années de silence, commençait progressivement à se dérider à nouveau. La fin d'après-midi approchait doucement, certains demeuraient allongés sur les quelques chaises longues auprès du ponton et profitaient de la vue, contemplant le Semnoz se dressant face à eux. Ce lac d'Annecy restait vraiment un lieu magnifique ; Richard avait eu du nez en achetant cette propriété. De fait, ses parents ressentaient une fierté non dissimulée face à la réussite, ainsi que les choix de leur fils.

Soudain, le gigantesque portail de fer forgé noir situé à l'entrée du terrain, plus haut derrière la propriété, s'ouvrit. Le SUV de Richard apparut. La voiture descendait lentement le long de l'allée, Roméo saluant tout le monde par une vitre arrière. Il avait coupé ses cheveux et se coiffait en brosse façon coiffée décoiffée désormais, ce qui lui allait plutôt bien. Avec ce nouveau style, les traits de son père ressortaient grandement et leur ressemblance devenait frappante. Mais finalement, l'adolescent ne trouvait pas cela si désagréable, ni dérangeant. Ils ne s'étaient pourtant pas revus depuis l'accident de sa mère. Néanmoins, ils échangeaient quelques messages de temps en temps. Une reprise de contact en douceur. Peut-être la situation décantait-elle enfin.

— Les voilà ! s'exclama Gisèle. Dépêchez-vous !

— Les jeunes ! appela Paul, s'adressant aux adolescents se séchant sur les transats. Remontez, ils sont là ! Allez !

La voiture s'arrêta, puis Richard descendit. Roméo fit de même et partit ouvrir le coffre. Toute l'assemblée approcha du véhicule, un verre à la main pour certains, une poignée de chips pour d'autres, car l'arrivée de l'automobile annonçait le début des réjouissances. Quelqu'un augmenta le son de la musique. Richard arborait son tee-shirt aux fleurs hawaïennes, paraissant un peu élimé, mais dont les couleurs persistaient tout de même encore. Le col de son maillot fétiche laissait apparaître son lacet de cuir autour de son cou, ainsi qu'un bermuda de jean et des baskets en toile. Ses lunettes de soleil ne parvenaient pas à estomper le sourire éclatant sur son visage. Il rayonnait littéralement. L'homme heureux fit le tour de la voiture afin d'ouvrir la portière du passager, tandis que Roméo s'approchait de lui. Il était vêtu lui aussi d'un bermuda et portait une chemise blanche de lin. Annie ne put s'empêcher de sortir son appareil photo, tenu en bandoulière sur son épaule. Malgré le temps qui passait, elle ne parvenait pas à se résoudre à ne se servir que de son téléphone portable pour immortaliser les moments importants. Roméo avait déplié un fauteuil roulant et patientait tranquillement à côté de la voiture. La portière s'ouvrit de l'intérieur et elle était là. Constance.

C'est ainsi qu'elle avait espéré que tout finirait depuis toujours, du plus profond de son cœur. Toute cette histoire ne pouvait pas mieux se terminer. Elle était parvenue à réunir ce clan qu'elle chérissait tant, un peu contre son gré, mais la seule chose qui importait en était la conclusion. Les épreuves appartenaient désormais au passé, Richard éclaircissait sa vie par son affection enveloppante, et son fils s'apaisait enfin. Sa colère s'en était allée, il devenait un homme doué d'une immense bonté. Maintenant, il ne lui restait plus qu'à profiter, savourer chaque instant de la vie, chaque bonheur et surtout ne pas en laisser une miette. Ils pouvaient enfin commencer à faire la fête.

ALBERT

2

Six longues tables bordées de bancs sont alignées tout le long de la maison depuis la veille. Leurs cinq enfants seront présents, ainsi que leurs dix petits-enfants. Albert s'apprête aujourd'hui à fêter ses soixante-quinze ans. Quelle joie pour lui d'être entouré par ses petits et ses grands ! Le traiteur a livré toutes les salades ainsi que les rosbifs à l'aube ce samedi matin, puis il s'est rendu chez le pâtissier chercher les gâteaux. Marguerite a fait cuire hier un nombre conséquent de bottes d'asperges et a préparé des œufs mimosa, comme lors de chacun de leurs rassemblements. Ces plats symbolisent une des multiples traditions des Garin. Ils ont d'ailleurs conservé précieusement les œufs de leurs poules depuis plusieurs jours, afin d'en avoir suffisamment pour aujourd'hui. Leurs fils bricolent un peu, profitant de la multitude de bras disponibles pour alléger les charges à porter, tandis que les femmes s'agitent et décorent les tables, les arbres et le balcon. Elles ont accroché une gigantesque banderole contre un des murs de la façade. Une vraie ruche, ce jardin !

Dans sa tribu, les années sont rythmées depuis une éternité par de multiples fêtes où tous se rassemblent et profitent du temps ensemble. Tout événement, aussi minime soit-il, se transforme en prétexte à une célébration. Et aujourd'hui, c'est son anniversaire.

Il appelle Roger, l'aîné de ses enfants, occupé à réparer un des ressorts de la balancelle au pied du cèdre.

— Roger, descends chez toi chercher une de tes nouvelles bouteilles de liqueur, que nous puissions la goûter tout à l'heure !

— D'accord, papa, je file, répondit son fils. Je reviens tout de suite, j'amènerai aussi de la poire de l'an passé.

Regardant son fils aîné s'éloigner, Albert repense à l'histoire de sa famille. Aidé de ses enfants, il avait construit cette maison au cours des années soixante. Une réalisation simple aux volets de bois, hissée à la sueur de leurs fronts à chacun. Une demeure qui transpire la bonté et la sympathie, depuis sa construction. Chaque été, sa douce et discrète Marguerite orne le long balcon périphérique de jardinières composées de géraniums lierres rouge vif. Tandis qu'il observe ces fleurs éclatantes, il se dit que sa modeste bâtisse paraît souriante et accueillante, prête à recevoir sa tribu une fois encore. Au fond du jardin, se trouve sa balancelle aux rayures vertes et blanches. Elle somnole au pied du grand cèdre bleu. Il y fait la sieste les après-midis dès le début du printemps, depuis sa retraite. Heureusement que Roger est doué en ferronnerie, se dit-il, car depuis qu'un de ses ressorts a cédé, il ne peut plus s'y allonger, ce qui le contrarie un peu. Après cette vie rugueuse, il savoure une vieillesse paisible, rythmée par les saisons. Il vieillit auprès de Marguerite, chaque année semblant le rendre un peu plus amoureux d'elle.

Onze heures trente. Tout le monde est arrivé. Les jeunes jouent au foot dans le jardin et comparent leurs mobylettes respectives, les plus petits s'amusent sur la balançoire proche de son atelier. Marguerite porte une robe achetée dans le courant de la semaine, en compagnie de Gabrielle. Elle est belle, bien apprêtée. Bientôt cinquante ans de mariage, pense-t-il, mais il l'aime toujours autant, les années n'y ont rien changé. Vivement l'an prochain, qu'ils refassent une fête pour leurs noces d'Or. Cinquante ans. Mais il se sent fatigué, depuis quelques mois. Soixante-quinze ans, ce n'est pas rien.

Durant l'apéritif, Annie sort son appareil photo. Sa première fille, un peu fruste au demeurant, endosse toujours le rôle du photographe lors de leurs rassemblements. Il le sait, la famille est importante pour elle. Tout comme pour lui. Pour eux tous, en vérité. La voilà qui fait le tour des convives. Elle les invite à se regrouper devant la maison, au même endroit où ont toujours lieu ces photos communes. Louis, son cadet, saisit une chaise qu'il place entre ses neveux, afin qu'Albert puisse s'asseoir, car rester debout lui est pénible du fait de son genou. Son père s'y installe, laissant sa canne contre le dossier du siège, puis il étend sa jambe. Aussitôt, Constance, la petite dernière et fille unique de Louis, se précipite du fond du poulailler et se jette sur les genoux de son grand-père, puis lui fait un énorme baiser sur la joue. La fillette ne le lâche jamais d'une semelle, sans arrêt dans ses bras.

Enfin, la troupe disposée en demi-cercle autour des grands-parents comme demandé, Annie recule un peu. Elle cherche le meilleur plan, la plus belle lumière, afin de les immortaliser au mieux. C'est une magnifique journée, l'air est doux. Ils se sont tous mis sur leur trente-et-un, notamment Gabrielle, sa petite sœur. Elle porte un immense chapeau de paille recouvert de fleurs. Toujours extravagante, se dit Annie, un sourire moqueur aux lèvres. Jamais dans la demi-mesure. Quel personnage !

Ils rient, ils discutent, certains se taquinent. Aucun ne se tient tranquille. Elle ne va jamais parvenir à obtenir sa photo parfaite. Attendant d'abord avec affection, puis perdant le peu de patience dont elle dispose, l'adjudante finit par les rappeler à l'ordre.

— Allez, les Garin ! Regardez-moi tous, lance-t-elle à son assemblée dissipée. Trois... Deux... Un... Cheese !

*****

Constance, dernière-née de la tribu Garin, vivait avec ses parents en ville, au cœur des Alpes haut-savoyardes. Une ville de taille moyenne située en basse altitude et bordée de nombreuses montagnes. Ces dernières encerclaient d'ailleurs cette charmante petite bourgade. Il y faisait froid une grande partie de l'année, néanmoins les étés se révélaient tout de même doux. On pouvait voir aux alentours des champs de blé à perte de vue, puis aussi des vaches brunes, d'autres tachetées noires et blanches, paissant en toute tranquillité.

Les grillons chantaient et enchantaient la nature environnante à la belle saison, tout en rythmant les journées. Et les montagnes de cette région étaient d'une beauté sans pareille. Leurs roches calcaires grises s'entrecoupaient de verdure grâce aux sapins qui s'y enracinaient. Elles soufflaient comme un vent d'appel à la liberté et à la sérénité pour celui qui les contemplait. Ces belles dames dominaient la ville et semblaient la protéger, d'une certaine manière. Les gardiennes bienveillantes des familles qui vivaient ici.

Les Garin résidaient d'ailleurs tous dans ce secteur depuis de nombreuses générations. D'après les registres d'État Civil, il fallait remonter avant les années mille sept cent, donc avant même leur création, pour perdre la trace de leurs aïeuls. Bien évidemment, certaines autres branches du nom avaient probablement quitté la région au fil du temps, créant de nouveaux noyaux. Mais celui de la petite fille était toujours resté dans les environs, lui. Et Constance lui appartenait.

C'était une très belle enfant de huit ans. Une petite fille blonde, moyennement grande pour son âge, coiffée de grandes mèches blanches inégales qui lui glissaient sur le visage. Ses traits doux lui dessinaient une frimousse harmonieuse. Sa peau de pêche sonnait comme une invitation aux baisers, ce que répétait fréquemment sa tante Gabrielle. Tout comme ses deux pommettes saillantes et rosées situées de part et d'autre de son petit nez en trompette. Il manquait toutefois quelques dents sur son sourire, parce que la petite souris ne cessait de passer ces derniers temps. Elle possédait un profond regard vert, malicieux, épicé, le tout concentré en deux billes en forme d'amande.

C'était une petite fille espiègle aussi, pleine de joie et d'imagination, qui jouait à animer ses poneys en leur laissant vivre toutes sortes d'aventures magiques. Elle s'amusait dans sa jolie chambre de princesse aux tons de rose et de parme. La vie coulait avec douceur.

Dernière des Garin, petite dernière. Elle ne possédait ni frère ni sœur et le regrettait profondément. Pleine d'espoir, l'enfant tricotait durant des heures des petits chaussons en laine ou des bonnets, comme le lui avait appris sa grand-mère paternelle Marguerite. Toutes les couleurs, toutes les tailles. Tout semblait prêt pour qu'un nourrisson puisse avoir bien chaud s'il devait arriver et occuper la chambre attenante à la sienne. Elle rangeait d'ailleurs précautionneusement au fur et à mesure chacune de ses créations au fond d'un vieux coffre de bois, bien à l'abri. Elle avait anticipé. Cette petite tête blonde passait aussi un temps infini à rêver.

Elle se projetait également. Quand elle serait grande, elle s'imaginait bien devenir vétérinaire, ou bien éleveuse de chevaux. Des chevaux espagnols comme elle le disait, car elle trouvait ceux-ci particulièrement beaux. Elle connaissait toutes les races de ces animaux sur le bout des doigts, nourrissant une véritable passion pour eux. Elle envisageait d'ailleurs de construire elle-même une écurie – avec l'aide de son grand-père – pour abriter ses protégés sous un arbre, dans un champ leur appartenant, proche de leur maison.

Constance Garin aimait les chevaux, les poneys aussi, mais en vérité tous les animaux. Elle adorait aussi son école bien sûr, étudiant avec rigueur et sérieux. Elle affectionnait cette enfance. Cependant, par-dessus tout, cette petite fille aimait son Papy, Albert, auquel elle vouait une admiration certaine. Ils s'étaient rencontrés par un beau matin d'été lorsqu'elle avait pointé son petit bout de nez sur cette Terre.

Ce papy, d'une certaine manière, représentait un héros. Son héros. Elle répétait sans cesse *qu'il avait fait la guerre en plus !* Le vieil homme possédait d'ailleurs une jambe toute raide suite à celle-ci, se déplaçant depuis des années avec l'aide d'une belle canne acajou lustrée.

La légende disait qu'un char avait roulé sur son genou, ou un éclat de balle perdue lors d'un combat ? Constance n'avait jamais bien compris. Néanmoins, ce qu'elle savait, c'est que cette jambe donnait à son grand-père une démarche bien caractéristique. Et lorsqu'il marchait, où qu'il se trouvât, et même sans qu'elle ne le vît, elle le reconnaissait grâce à ce bruit identifiable entre tous. Le glissement de son pied fatigué sur le sol. Constance aimait cette sonorité, parce qu'elle la rassurait.

Elle adorait aussi se blottir au creux de son épaule durant un long moment après son bain, emmitouflée par sa grand-mère dans une serviette bien chaude. Le rituel voulait qu'il lui coupât à chaque fois des pommes en quartiers, piquées à la pointe de son opinel. Les débuts de soirée d'hiver se passaient ainsi depuis sa plus tendre enfance. Elle s'amusait à se dire avec fierté que ses grands yeux verts appartenaient à son grand-père. Ils possédaient les mêmes, absolument identiques en tout point. Les deux seuls membres de la famille Garin détenant cette couleur si rare et si particulière, ce dont elle était très fière.

Physiquement, le héros de Constance se trouvait être un homme très grand, de corpulence assez forte, possédant un beau port de tête. Il avait un large front dégarni délimité par ses cheveux blancs très courts. Ses yeux étaient dotés d'iris d'un magnifique vert émeraude, tout comme elle. La bonhomie de son visage était rehaussée par d'épais sourcils broussailleux de couleur de neige. Il portait sans cesse un béret plat en laine décoré de carreaux, l'hiver, puis un autre fabriqué de paille pour les beaux jours. Il devait être beau plus jeune. Elle en était certaine. D'ailleurs, elle en trouvait la confirmation, lorsqu'il lui arrivait de feuilleter de vieux albums photos de temps en temps, durant les vacances. On le distinguait, posant en uniforme militaire, affublé de grandes bottes et dégageant quelque chose de solennel.

3

La troupe Garin formait une belle et grande lignée, unie depuis toujours, sorte de caractéristique essentielle à leur identité commune. Ils vivaient tous dans un petit village de campagne, légèrement en altitude et situé à une quarantaine de kilomètres de Constance et ses parents. Seul son père s'éloigna un peu de ce noyau afin de partir vivre en ville. Ses frères et sœurs, quant à eux, possédaient tous leur maison au cœur de ce petit hameau. Certains étaient même voisins grâce aux divisions parcellaires de terrains hérités, transmissions effectuées par leurs parents plusieurs années auparavant, alors que d'autres vivaient un peu plus loin. La famille semblait très soudée. D'aucuns disaient d'elle qu'elle ressemblait à un clan, une tribu : les Garin. Eux-mêmes aimaient cette analogie, appréciant leur solidarité et leur cohésion.

Albert et son épouse avaient mené une vie simple et difficile. Albert était né durant la Première Guerre mondiale. Dernier d'une fratrie de trois enfants, issus de deux mères différentes. Une histoire légèrement complexe, mais relativement fréquente durant cette période.

— Papy, lui demanda Constance un matin, au cours du petit-déjeuner. Est-ce que tu peux me raconter un peu ton histoire ?

— Oui, ma puce. Que veux-tu savoir ?

— Tu as eu combien de frères et de sœurs ?

Il réfléchit quelques secondes, puis se lança.

— Tu sais, Constance, c'est une histoire un peu compliquée.

— Ce n'est pas grave. J'adore les histoires compliquées !

— D'accord, reprit Albert. Alors, mon père, qui s'appelait François, a eu trois enfants : Stéphane, Germaine et moi. Mais, avec deux femmes différentes.

— Quoi ? cria la petite. On divorçait déjà, à ton époque ?

Le vieil homme sourit à cette question.

— Oh, je ne sais pas trop. Mais dans ce cas-là, il n'avait pas été question de divorce. Sa première femme était morte.

— Oh... Alors, il s'est remarié ensuite ? Avec qui ?

Albert toussota un peu, convaincu que sa réponse allait entraîner une avalanche de questions.

— Avec la sœur de cette dame. Églantine, ma mère.

Constance resta bouche bée, sa tartine pendante à la main, au bord de la chute.

— Il s'est marié avec deux sœurs ? C'est bizarre, non ? Tu ne trouves pas, Papy ?

— Tu sais, en ce temps-là, les choses étaient différentes, ma puce.

— Tu avais raison, alors. C'était une histoire compliquée !

Concernant la suite de son histoire, le jeune Albert vécut une enfance rude. Sa famille était devenue très pauvre, à la sortie de la Première Guerre. Personne ne se souvenait de la profession de François ou d'Églantine, et le vieil homme n'en parlait jamais. La seule chose qu'il racontait fréquemment était qu'il décida dès lors qu'il fut en âge, de s'engager dans l'armée, tout comme son frère Stéphane. Parallèlement, leur sœur aînée se rangea dans les ordres. En conséquence, le grand-père de Constance avait bel et bien été militaire de carrière et fut envoyé au combat au cours de la Seconde Guerre mondiale.

Sa blessure au genou droit survint lors du renversement d'un char qui le lui écrasa partiellement au cours de sa chute. Cet accident lui valut de revenir auprès de son épouse et ses petits, et ce, bien longtemps avant la fin de la guerre. Les temps durs de cette période sombre de l'Histoire l'obligèrent à commercer parfois avec des militaires allemands. Du tabac de contrebande, un peu d'alcool. Ayant de nombreuses bouches à nourrir, il n'avait pas bien eu d'autres choix et dut mettre son orgueil de côté. Le courageux père de famille exploita aussi un peu les champs alentour avec le frère de Marguerite durant quelques années, afin que sa progéniture ait de quoi manger.

Sur la fin des années soixante, le couple obtint un emploi stable dans la maison de retraite d'une toute petite ville à proximité de leur village. Marguerite y exerça comme aide-soignante, pendant qu'Albert, employé en tant qu'homme à tout faire, effectua de menus travaux dans cette institution, passant du changement d'ampoules grillées à la tonte de la pelouse, ou bien quelques petites réparations de maçonnerie. Ils réussirent malgré tout à élever leurs enfants et leur permirent à tous de faire un peu d'études. Aucun n'alla vraiment très loin, excepté Louis, petit dernier, qui fut le seul à décrocher le Baccalauréat. Ses diplômes lui permirent de s'installer ensuite en ville. Il devint assez rapidement Directeur d'une agence bancaire.

Louis était rigoureux et ambitieux, comme le disait sa mère avec admiration, et sa carrière avait l'air de plutôt bien lui convenir. Les autres avaient néanmoins tous trouvé du travail et tous en Suisse. En conséquence, chacun avait réussi à sa manière. Gabrielle Garin, seconde fille du couple, n'avait ni mari, ni descendance. Quant au reste des garçons, hormis Louis qui n'avait eu que Constance, chacun donna naissance à trois enfants. La communauté Garin était bel et bien importante. Vingt-et-un.

L'esprit de famille représentait quelque chose de cher aux yeux de Marguerite et Albert. Ils avaient tenté de transmettre cette valeur à leurs enfants, parce qu'elle semblait essentielle à leurs yeux. Leur bienveillance, leur sagesse et leur amour faisaient d'eux le noyau central dont leurs enfants et petits-enfants n'envisageaient pas de s'éloigner. Ce foyer parental constituait leurs racines à tous. Il paraissait finalement évident pour chacun au quotidien de déjeuner ensemble la semaine pour certains, couper du bois le samedi pour d'autres. Et concernant la majorité, ils avaient pris l'habitude de s'inviter pour boire une tisane le dimanche soir et jouer au tarot, avant de rentrer se coucher.

*****

Lors des vacances scolaires, leurs dix petits-enfants venaient passer leurs journées en leur compagnie. Les plus âgés n'arrivaient qu'à la suite de leur grasse matinée, chevauchant leur mobylette, puis partaient travailler au jardin avec leur grand-père. Ils préparaient le carré de pommes de terre, plantaient les tomates ou les radis, y arrosaient les cultures.

— Les enfants, allez au jardin aider Papy ! s'écria Marguerite depuis le balcon.

— Pourquoi ? On est bien, là, sur la balancelle, répondit Alban, un des fils de Paul.

— Il a besoin d'aide, soyez gentils, reprit-elle. Il a commencé à réparer le poulailler. Un renard vient chiper les poules la nuit. Si vous vous y mettez tous, dans une heure, ce sera terminé.

— D'accord, Mamie, répondirent-ils tous en chœur, tandis qu'ils se dirigeaient en traînant des pieds en direction du fond de la propriété.

Marguerite reprit.

— Les petits ! Montez avec moi, s'il vous plaît ! Nous avons des bocaux de tomates à terminer, ce matin. Une fois prêts, nous les descendrons à la cave. Comme ça, je pourrai vous faire des pâtes à la bolognaise cet hiver.

— D'accord, répondit Constance. On arrive, Mamie !

Il y avait sans arrêt à faire. Les plus petits cuisinaient avec Marguerite. Ils jouaient aussi, bien entendu, et dormaient chez eux le soir, afin de soulager leurs parents. Elle leur avait appris le tricot à tous, aussi, même aux garçons ! Ces deux grands-parents gardaient tous leurs petits-enfants avec un immense plaisir à chaque période de congés. Et bien entendu, Constance avait trouvé tout naturellement sa place au sein de la troupe. Elle avait en conséquence appris avec son grand-père et ses cousins à ramasser des pommes de terre, à bécher, puis à laisser mûrir les tomates au soleil.

Dans ce lieu paisible, de nombreux animaux vivaient aussi. Des poules, des lapins, des chiens et des chats, ainsi que quelques moutons. Albert élevait toujours, malgré son âge avançant, tout ce petit monde afin de subvenir en partie à ses besoins, héritage des temps difficiles. Cependant, avec les années, il avait de plus en plus de mal à ôter la vie de ses bêtes, notamment ses lapins. Certains devinrent de véritables animaux de compagnie. La vie à la campagne en somme.

La petite fille occupait la plupart de son temps entre tous ces animaux lorsqu'elle se trouvait là-bas. Elle les nourrissait, promenait les chiens, parlait avec eux. Elle avait même curieusement tissé une relation toute particulière avec une belle poule rousse, bien dodue.

— Pépette ! Viens, Pépette ! On part en balade ! appela-t-elle en se rendant au poulailler.

L'animal accourra ventre à terre, et la petite blonde put la prendre dans les bras comme un chat.

— Allez, je t'emmène faire le tour du potager. Allons voir si les tomates rougissent.

Elle l'emmena visiter le jardin en lui racontant toutes sortes d'anecdotes. L'école, ses amies, ses rêves… Et Pépette écoutait avec sérieux, caquetant régulièrement, comme pour donner son avis de volaille éclairé.

C'était en résumé une vie saine, paisible et tranquille pour Constance.

Lorsque ce n'était pas les vacances, une fois par semaine, Gabrielle, amenant avec elle Marguerite et Albert, venait passer la journée du mercredi chez Constance. Ils arrivaient toujours aux aurores et la gardaient tous les trois. Gabrielle cuisinait très bien. Elle apportait donc chez son frère tout le nécessaire pour que personne n'ait plus faim pour plusieurs jours, à l'issue du repas convivial du soir. Marguerite confectionnait pour sa part systématiquement des œufs mimosa dont Gisèle, la mère de Constance, raffolait depuis leur découverte.

Albert, quant à lui, achetait très fréquemment une tarte aux fraises, presque chaque semaine. Une de celles dont les fraises baignaient dans la crème pâtissière déposée sur une pâte sablée, bien trop épaisse pour paraître raisonnable, le tout figé par une petite couche de gélatine. Sa brillance métamorphosait l'ensemble en un trophée sucré que chacun souhaitait remporter. Le vieil homme souffrait de gourmandise et profitait donc malicieusement de ces mercredis pour se laisser un peu aller, même s'il ne faisait pas bien attention à sa ligne en général. Marguerite le rappelait à l'ordre en permanence. Si bien que toute excuse, même microscopique, se révélait suffisante pour reprendre un morceau de fromage ou se resservir un petit verre de vin. Les bons repas étaient pour lui synonymes de fêtes. Et Albert aimait énormément les fêtes, surtout quand elles se passaient à table !

4

Par un bel après-midi de début d'automne, un de ceux où le soleil peut encore nous réchauffer les épaules, tandis qu'elle jouait avec son poney préféré dans le salon de ses grands-parents, quelques bribes de conversation s'échappèrent de la cuisine. Marguerite et Gabrielle parlaient de son grand-père. Il semblait malade.

— Au mieux quelques mois.

— Quoi ? répondit Gabrielle.

— Oui, c'est déjà très avancé. Oh, ma chérie ! Qu'allons-nous faire ? Je ne suis rien, sans lui.

— Je vais l'emmener à Lyon, on va prendre un autre avis. Je m'en occupe, Maman. Ne t'inquiète pas.

Que lui arrive-t-il donc ? se demanda-t-elle. Un mauvais rhume sûrement. Papy était très fort, ça ne pouvait évidemment pas être grave.

*****

Puis l'automne avança. Les jours et les semaines passèrent. La nuit prenait petit à petit le dessus sur la journée, tandis que les habitudes de la famille changeaient progressivement. Désormais, chaque week-end sans exception, la troupe entière se réunissait chez Marguerite et Albert. Tous les dimanches, la fillette et ses parents prenaient le chemin du petit village et se rendaient pour déjeuner chez eux.

— Maman, pourquoi allons-nous tous les dimanches chez Papy et Mamie ? demanda la petite dans la voiture, durant un de ces trajets hebdomadaires.

— Eh bien, ma puce, parce que nous sommes tous très contents de nous retrouver, tout simplement ! Et Papy est un peu malade, alors ça lui fait beaucoup de bien de tous nous voir.

— Oui, je comprends. Mais tous les dimanches, tu ne trouves pas que ça fait un peu beaucoup ?

— Non, je ne crois pas, lui répondit-elle, tout de même un peu gênée.

Ses parents ne souhaitaient pas lui annoncer la mauvaise nouvelle. Par conséquent, ils devaient sans cesse user de subterfuges, afin que leur fille ne se doute de rien. Toute la famille était d'accord pour dire que les plus jeunes des Garin n'avaient pas à savoir qu'Albert était malheureusement condamné. Cependant, Constance avait bien compris qu'il se tramait quelque chose, sans savoir précisément quoi. Elle appréciait beaucoup ces moments, mais constatait tout de même des changements. À travers les regards, elle observait que la plupart des membres de sa famille dégageaient involontairement une certaine tristesse. Ils souriaient, pourtant pas tout à fait comme à leur habitude. Ils lui donnaient la vague impression de s'obliger à être joyeux.

Et son Papy, il ne venait plus les mercredis chez elle, et il ne se rendait plus au jardin non plus. Le potager était abandonné. Les chiens avaient été emmenés en garde chez un des frères de son père, Roger. *Papy est fatigué, ma puce*, lui disait-on. Mais bon sang, il était agaçant ce rhume ! Comment se faisait-il qu'un simple rhume rende son grand-père si fatigué et si longtemps ?

De plus, d'autres changements s'opéraient. Le pas glissé ne résonnait plus dans le couloir qui menait à la chambre de ses grands-parents. Une chaise avec des roues, toute curieuse et vilaine, remplaçait la belle canne, qui demeurait désormais désespérément seule et oubliée, derrière la porte de l'entrée. Et son Papy, il possédait encore ses yeux verts, mais ceux-ci brillaient moins, Constance l'avait parfaitement observé. Il avait beaucoup maigri aussi, flottant dans les chemises rose pâle que Marguerite l'aidait à enfiler, puisqu'il n'y parvenait plus tout seul. Bon, elle se disait que ça lui allait plutôt bien, parce qu'il avait toujours eu un peu d'embonpoint. Mais tout de même, il ne fallait pas qu'il continue ainsi, car il risquait de disparaître, à force de s'affiner. Comme les nuages s'effaçant dans le ciel sous le souffle du vent.

5

L'automne laissa place en douceur à l'hiver, et c'est ainsi que les fêtes de fin d'année de cette période arrivèrent, accompagnées par la neige. Cette saison, il en était d'ailleurs beaucoup tombé, même à basse altitude. Les champs pentus permettaient de créer de fabuleuses pistes de luge, pour la plus grande joie des enfants. Constance avait fêté l'été dernier ses neuf ans. Elle avait un peu grandi, très fière d'observer qu'elle rattrapait progressivement ses cousins et cousines, malgré leur grande différence d'âge. Sa liste de Noël avait été écrite et réécrite à maintes reprises, modifiée et transformée de nombreuses fois, afin d'être bien certaine que la découverte des cadeaux devienne un enchantement.

À nouveau, la totalité de la famille se trouvait présente lors du repas de midi du vingt-cinq décembre. Même son cousin Romain, celui qui étudiait en Amérique, le fils aîné de Paul. Il était revenu tout spécialement en avion pour les vacances. Il avait rapporté d'ailleurs de nombreux souvenirs à tous les Garin, dont Constance, qui reçut une petite statue de la Liberté en porte-clés.

— Oh là là, Romain ! Elle est toute belle cette statue ! s'exclama Constance en ouvrant son petit paquet.

— De rien, ça n'est pas grand-chose. Mais j'étais sûr que ça te plairait.

— Oui, elle me plaît vraiment. Tatie Gaby m'a expliqué qu'à l'intérieur, il y avait un très grand escalier.

— Oui, c'est vrai. Il permet de se rendre au sommet, jusqu'à la couronne.

— J'aimerais beaucoup monter à l'intérieur. Tu crois que je pourrai y aller un jour ?

— Oui, quand tu seras un peu plus grande. Peut-être même que tu pourras venir me voir, avant que je termine mes études.

— Ha, j'adorerais !

À l'heure de passer à table, Constance compta les convives : ils étaient bien tous là. Vingt et un. Personne ne manquait à l'appel cette année, ce qui n'était pas toujours le cas. Parfois, certains de ses cousins n'arrivaient qu'en cours d'après-midi. Les garçons les plus grands commençaient à fréquenter des jeunes femmes et déjeunaient de temps en temps dans leurs probables futures belles-familles. Mais pas cette année, et Constance trouvait cela fabuleux, quoiqu'un peu suspect.

— Pourquoi tout le monde semble triste ? demanda la petite fille à sa cousine Sandrine, la fille aînée de Roger, au cours du repas.

— Papy est malade, tu sais, Constance. Et je crois qu'ils ont de la peine.

— Mais il a un rhume ! Je le sais, je les ai entendus en parler un jour. Et il va guérir, j'en suis certaine. Il ne faut pas se faire de souci !

Sandrine savait que Constance ne connaissait pas les détails de la maladie de leur grand-père. Toute la tribu la protégeait, hors de son côté, elle trouvait que c'était tout de même un peu injuste. Ils connaissaient absolument tous l'issue du cancer d'Albert, sauf la petite dernière, que personne ne préparait à ce qui allait arriver. Alors, elle continua, marchant tout de même sur des œufs, afin de ne pas trop la perturber.

— Tu sais, il est bien malade quand même. Peut-être que ce rhume est grave, au fond. Tu devrais y réfléchir, on ne sait jamais. Il y a parfois des maladies dont on ne guérit pas.

— Non, je ne crois pas ! Enfin, je n'en sais rien. Je demande tout le temps à mes parents, à Mamie et à Tatie Gabrielle, mais ils ne me disent rien. Tu sais, je crois qu'ils devraient tous rallumer la lumière au fond d'eux, comme d'habitude. Je suis sûre que ça ferait du bien à Papy, parce que je les trouve un peu trop éteints.

Constance n'avait toutefois pas trop envie de s'inquiéter, après tout, c'était le jour de Noël, et ce jour-là, on faisait la fête. Elle ressentait pourtant le malaise et percevait tout. Cependant, elle ne comprenait pas la quintessence de ces mystères, et tout cela l'effrayait un peu. De la peur, mêlée à un soupçon d'angoisse.

La sœur aînée de son père, Annie, avait apporté son gros appareil photo, éternelle extension d'elle-même, et capturait chaque instant, chaque regard, comme s'il fallait à tout prix retenir et conserver ces images précieusement. Tout le monde prenait la pose autour d'Albert chacun à son tour, puis ce fut le moment de la photo de toute la famille.

— Allez, les Garin ! lança Annie. Tous autour de Papy, on fait la photo de Noël comme chaque année. Dépêchez-vous ! En place !

Chaque membre du clan se leva et se regroupa autour du patriarche. Les plus grands à l'arrière, les plus petits de part et d'autre de lui et Marguerite, assise à côté de l'amour de sa vie. Comme à chaque fois, Constance se dirigea vers son héros afin de s'installer sur ses genoux. Il lui avait toujours accordé cette place de choix et elle entendait bien s'y mettre. La place de la petite dernière. Mais pendant qu'elle s'approchait, Louis la rabroua.

— Non, Constance, ne monte pas sur les genoux de Papy, lui dit son père assez fermement.

— Si, sur les photos, je suis tout le temps avec lui, à cette place, lui répondit-elle d'un ton agacé.

— Non, mets-toi à côté de lui si tu veux, avec tes cousins, mais pas sur ses genoux. Tu vois bien qu'il est fatigué !

Encore fatigué, continuellement fatigué. Il ne parlait quasiment plus d'ailleurs et fixait tout le monde, souriant de temps en temps. Cependant, il ne prononçait plus aucune parole. Certains soirs, juste avant de s'endormir, son doudou sous le creux de l'aisselle, la fillette cherchait, au plus profond de sa mémoire, le son de cette voix douce et chaude. Ce timbre qui ne se faisait plus entendre depuis bien trop longtemps maintenant. Elle se concentrait tellement fort pour la retrouver ! Même que quelques fois ça marchait, comme par miracle. Ainsi, le timbre apaisant d'Albert lui contait enfin une aventure qui lui permettait de s'endormir calmement, voguant au cœur d'histoires enchantées et magiques de petite fille.

6

Noël était il y a trois jours déjà. Curieusement, Gabrielle était venue dormir pour la nuit chez ses parents. Constance passait la suite des vacances auprès d'eux, Louis et Gisèle ayant dû retourner travailler. La petite fille partagerait donc son lit avec cette tante spéciale ce soir-là. C'était chouette d'ailleurs. Elle n'avait jamais dormi une nuit chez eux auparavant, étant donné que cette Tatie n'habitait vraiment pas très loin. Gabrielle vivait à quelques centaines de mètres et possédait une petite maison en pierres. Une bâtisse pleine de couleurs et d'inspirations du monde. Alors, dormir avec Tatie Gaby représentait un honneur. D'autant plus que c'était la toute première fois pour elle.

Le docteur passa à la maison un peu plus tôt, une fois le dîner terminé. Papy Albert avait très mal, paraissait-il. Elle les avait entendus en parler. Il souffrait tant que Mamie lui avait téléphoné, lui demandant qu'il vienne l'aider. Il était difficile pour la fillette de bien comprendre, car les adultes fermaient sans cesse les portes lorsqu'il s'agissait de parler de son grand-père. Alors, elle feignait de ne pas écouter et recoupait ensuite les informations, afin d'y voir un peu plus clair. Le médecin lui avait administré un médicament à l'aide d'une piqûre pour qu'il souffre moins. C'était bien.

Tout le monde s'occupait bien de son Papy. Constance lui avait d'ailleurs écrit une carte avec l'aide de son père, plusieurs semaines auparavant. Celle-ci demeurait désormais posée sur sa table de nuit. Cette carte lui demandait de guérir vite et elle l'avait terminée par un dessin, se disant qu'elle ferait office de gri-gri. Chaque matin, depuis le début des vacances, elle lui coupait précautionneusement une pomme en quartiers, imitant ses gestes et usant l'opinel dont on l'avait autorisée à se servir, afin qu'il prenne des vitamines. Mais il ne la mangeait jamais. Ça n'était pas grave, elle s'en fichait. Chaque jour, elle recommençait, imperturbable et fidèle au rituel. Le lendemain, à nouveau, elle répéterait sa tâche, c'était certain, puisqu'il devait reprendre des forces à tout prix.

7

Le feu couve dans la cheminée, il fait bon dans la maison endormie. Un chat gris, les oreilles abîmées, une cicatrice de combat acharné sur un œil, au seuil de l'obésité, ronronne sur le coussin d'un fauteuil du salon. Constance se sent bien dans son lit avec sa tante, sous le gros édredon de plumes à rayures beiges et bleues. Elles dorment profondément. La fillette rêve de poneys et d'arcs-en-ciel, tandis que la nuit suit son cours et avance doucement, tranquillement.

Soudainement, une lampe s'allume : le plafonnier du couloir à la lumière jaune. Puis immédiatement la porte de la chambre s'ouvre. L'enfant ouvre péniblement les yeux d'un demi-sommeil, éblouie par ce halo de lumière. Dans l'entrebâillement, à contre-jour, elle aperçoit sa grand-mère.

— Gabrielle ! Gabrielle ! chuchote-t-elle d'un air affolé, tentant de ne pas réveiller Constance.

— Quoi ?

— Viens, s'il te plaît ! Le Papy a du mal à respirer. Je ne sais plus quoi faire !

Sa tante bondit du lit telle une tigresse et les deux femmes disparaissent derrière l'encadrement de la porte. Maintenant bien éveillée, la petite puce hésite tout de même à se lever, une pointe d'appréhension s'accompagnant d'un léger pincement, tout près de son cœur. Elle n'a jamais ressenti cela auparavant et trouve cette sensation nouvelle plutôt désagréable. Elle espère tout de même que sa Tatie va venir la rejoindre et la bercer pour se rendormir, afin qu'elle retourne chevaucher un arc-en-ciel à dos de poney bleu turquoise.

Les secondes passent. Ces secondes se transforment en minutes et toujours personne. L'inquiétude continue graduellement de s'amplifier dans son esprit. Que peut-il bien se passer qui empêche Gabrielle de revenir se coucher ? Il faut en avoir le cœur net. La petite fille blonde décide donc de sortir de son lit. Elle enfile ses chaussons tout doux avec une tête de mouton au bout, retire une de ses mèches de cheveux qui lui cache la vue et la place délicatement derrière sa petite oreille, puis se dirige vers le couloir. Au fond, à droite, la porte de la chambre de ses grands-parents est ouverte, la lumière allumée comme en plein jour.

Ce n'est pas une chambre très grande. Il n'y a pas de place perdue. Le lit trône au beau milieu de la pièce, laissant juste ce qu'il faut comme espace pour se déplacer autour de lui. Deux tables de nuit, ainsi que quelques meubles, sont disposées contre les murs. Une commode en marbre dans un coin de la pièce, sur laquelle les photos des enfants ont été remplacées récemment par de multiples boîtes de médicaments, ainsi que des produits de soin. Même un flacon d'eau de Cologne, dont la senteur quelque peu acide ne plaît pas à Constance, puisqu'elle cache la vraie odeur de Papy. Il sent si bon pourtant ! Il sent le blé, il sent la nature, il sent l'amour. Albert dégage le parfum de la douceur, si bien que cette fragrance dégage un effluve véritablement beaucoup trop piquant pour son petit nez délicat.

Et enfin, se dresse l'armoire au fond, faisant face au portrait noir et blanc de l'arrière-grand-mère de la famille, Zélie, la mère de Marguerite, au-dessus de la tête de lit. Cette immense armoire en ébène est recouverte sur ses deux portes de gigantesques miroirs de verre fumé, devant lesquels Constance et son grand-père s'amusaient à faire des grimaces quand elle venait le rejoindre au petit matin. Avant, avant ce fichu rhume qui a tout chamboulé. Puis, à côté du lit se trouve une chaise qui n'était pas là avant. Une chaise toute biscornue en bois foncé et un peu usée. Sa grand-mère est assise dessus, face à Papy. Elle semble là, son corps est bien ici. Cependant, au fond, Constance ressent qu'un bout de Mamie a disparu tout de même. Elle regarde dans le vide ; elle ne regarde rien d'ailleurs. Mamie demeure juste assise, échevelée, les mains croisées, appuyées sur ses genoux tout frêles, dans sa robe de chambre molletonnée bordeaux. Elle porte ses mules en velours bordeaux, elles aussi, assorties à sa tenue. Ses lunettes sont posées sur son nez, un peu de travers, et Constance ne voit pas ses yeux, car leurs verres embués les cachent totalement.

De l'autre côté du lit à droite, Gabrielle se tient debout, face à son père, les bras ballants. Sa posture paraît toute voûtée, comme pliant sous le poids du monde ou sous celui d'un sac à dos trop lourd. Et elle pleure. Elle semble figée, prostrée. Constance distingue parfaitement les larmes qui dévalent les joues de Gabrielle comme des perles translucides. *Elle aussi est toute décoiffée*, pense intérieurement la fillette. Comme si elle revenait d'un lieu où le vent soufflait trop fort. Et sur le lit, son héros. Il est là.

Constance l'observe, sans comprendre tout à fait la scène qui se déroule devant ses yeux. Il dort. Pourquoi donc fallait-il allumer la pièce, rester là, à côté de lui, alors qu'il est en train de dormir ? *Il faut le laisser se reposer, bon sang, pour qu'il puisse guérir !* Elle doit bâtir une écurie avec lui au printemps autour d'un arbre qu'elle a choisi aux dernières vacances ! Elle a d'ailleurs dessiné de nombreux plans dans un carnet à paillettes, qu'elle conserve précieusement dans sa chambre, au fond d'un coffre, en compagnie de ses tricots. Tout y est. Du nombre de planches exact à la quantité de clous nécessaires. Les dimensions de la porte y sont notées ainsi que la juste hauteur des fenêtres, afin que les chevaux puissent observer la nature depuis leur abri. Du fait qu'elle apprend les mathématiques à l'école, elle connaît tout ça, maintenant. Elle sait calculer, mesurer. Tout est prêt. Cependant, tout cela nécessite l'aide de Papy. Parce qu'il faut de la force pour porter le bois, planter les clous, assembler. Son projet de construction est très clair dans son esprit, abouti, mais elle ne peut pas le réaliser toute seule. Elle décide de s'approcher du lit tandis que personne ne dit le moindre mot, sans peut-être même la voir non plus. Et Papy dort. Il respire d'ailleurs très fort. Gabrielle pleure. Elle lui parle à présent.

— Ne meurs pas, Papa ! S'il te plaît, pas maintenant ! le supplie-t-elle, comme le ferait une enfant.

— Mais non, Tatie, il ne meurt pas, il dort ! lui dit la petite fille, du haut de son petit mètre quarante et pleine d'aplomb.

— Si, tu ne vois pas ! Évidemment qu'il meurt ! lui rétorque Gabrielle, semblant profondément bouleversée.

Constance tente péniblement de raisonner sa tante. Il ne meurt pas, il est très fort et souffre juste d'un gros rhume qui le fatigue. Et pour le moment, il dort. Elle se rapproche un peu plus de son Papy Albert, lui saisit la main et caresse tendrement son avant-bras tout amaigri à la peau violacée et très fine. Les yeux rivés sur le visage décharné de son grand-père, elle cherche un signe. Un signe qui montrerait que Papy ne s'en va pas. En vain. Elle le caresse, et soudain se rappelle qu'un jour à la télévision, elle avait vu quelque chose d'utile : si on pose la pulpe de ses doigts sur le poignet de quelqu'un, on sent les battements de son cœur. *En voilà un, de signe, partons à sa recherche !* Elle tourne alors délicatement l'avant-bras de son grand-père, dépose son petit index et son majeur tous fins de sa main droite, puis attend, très concentrée. Elle attend le battement salvateur qui se fait désirer... Ça y est ! Elle le ressent, il est là ! Tout est bien qui finit bien, le cœur du héros bat, donc aucune inquiétude à avoir ! Constance se sent soulagée et surtout très fière de sa découverte.

Tandis que la petite fille, pleine d'espoir, est sur le point d'entrouvrir la bouche afin de signifier sa découverte à sa tante et sa grand-mère et de les rassurer, plus rien. Pas la moindre pulsation. Et Papy souffle. Il souffle, il souffle... Mais ne reprend pas sa respiration. Il ne se passe plus rien. Le temps s'est arrêté. Constance observe sa grand-mère, qui elle aussi pleure désormais, ainsi que sa tante qui crie subitement, hurle ! Elle se tient debout, envahie par une peur intense, au bord de ce grand lit qui paraît soudain si laid, tenant la main de son grand-père dans la sienne. Et ce dernier ne reprend pas son souffle. La scène paraît figée, telle une faille temporelle à l'intérieur de laquelle plus rien ne se passe, et plus rien ne semble revêtir la moindre importance. Ni les arcs-en-ciel, ni les poneys et certainement plus les poules. Constance comprend qu'il se passe quelque chose de très grave. Mamie et Gabrielle semblent si perdues. Il faut agir, car aucune des deux n'en paraît capable. Elles ressemblent à deux statues de sel, livides, humides et silencieuses.

La fillette décide finalement de sortir de cette chambre triste. Elle parcourt le couloir en sens inverse, puis observe les tableaux accrochés au mur lors de son passage devant eux. Ces tableaux, elle les connaît par cœur. Mais ce soir, cette nuit, ils sont différents. Les couleurs semblent modifiées, plus ternes, et ils donnent la sensation de s'animer, un peu comme s'ils lui envoyaient un message. Comme s'ils voulaient lui dire quelque chose ; que ça va aller. Le plus grand d'entre eux représente une scène de chasse. Une meute de chiens courants accompagnant un cavalier de chasse à courre montant un beau cheval alezan, avec en arrière-plan un chevreuil magnifiquement musclé, effrayé et tentant de fuir. Et ce soir, les chiens ne regardent pas en direction du chevreuil, pas comme d'habitude. Ils se sont retournés, se sont assis et observent Constance. Elle s'arrête un instant. On dirait qu'ils pleurent. Impossible ! C'est impossible, elle le sait. À la seconde où elle commence à tendre sa main afin d'effleurer la peinture, elle se ressaisit et se rappelle qu'il faut aider Mamie, aider Gabrielle, aider Papy. Elle doit faire quelque chose.

Ce couloir si court d'habitude, mais qui lui semble interminable subitement, la mène enfin auprès du téléphone. Le fameux téléphone ! Avec son fil en spirales et sa sonnerie enrouée. Combien de fois a-t-elle tiré sur ces spirales en espérant obtenir un fil bien droit, et combien de fois, inlassablement, ces spirales se sont reformées ? Des centaines de fois, probablement. Elle ne sait plus vraiment. La petite fille décroche le combiné et attend la tonalité, cette note qui résonne sans fin, indiquant le bon fonctionnement de la ligne téléphonique. Il faut appeler quelqu'un, trouver de l'aide. Elle sait qu'elle détient tous les numéros dans un coin de sa mémoire. Or, ils peinent à se montrer. Et qui contacter ?

L'enfant se sent tellement perdue, mais ressent la nécessité de rester courageuse afin d'agir. Parce que quelqu'un doit venir apporter de l'aide et ceci ne dépend absolument que d'elle à cet instant. Elle se souvient. *D'abord le frère de Papa, Paul, celui qui habite le plus près. Et puis en plus, il est gentil, Paul.* Constance se concentre, tout en essayant d'oublier les sanglots de Gabrielle qui résonnent maintenant dans toute la maison. Et se rappelle enfin. Les chiffres se présentent dans son esprit, un à un. Elle effectue donc le premier numéro. Elle était si fière, il y a quelques semaines encore, de se souvenir des coordonnées de toute sa famille sans aucune fausse note. D'ailleurs, elle réitère fréquemment cet exercice, se les répétant régulièrement, au cas où, car elle a compris que ça pouvait servir. En effet, ce soir, cela présente son utilité.

Constance fait tourner le cadran consciencieusement. Un chiffre, puis un autre, et voilà le numéro intégralement composé. Ça sonne... Paul, son oncle, décroche le combiné.

— Tonton, Papy ne respire plus. Il faut venir tout de suite. Mamie et Tatie pleurent.

— ...

— Tonton, tu es là ? continue-t-elle, très inquiète.

Personne ne répond à l'autre bout du fil et à nouveau la sonnerie retentit. Il a raccroché. Constance ne perd pas son courage. Elle s'intime le devoir de poursuivre. Son père. Ce numéro-là, elle l'a appris vraiment par cœur. Les chiffres s'enchaînent très vite et Papa décroche à son tour. Il dormait, elle le reconnaît au ton de sa voix. Même phrase. Silence. Et elle l'entend, son papa pleure. Lui aussi raccroche et cette fichue sonnerie rebondissante résonne à nouveau dans le combiné tout gris. Ils habitent loin, ses parents. Elle sait qu'il se passera du temps avant qu'ils ne soient là. Et l'enfant a besoin d'aide maintenant.

Soudain, une idée ! Le docteur. Elle connaît aussi son numéro de téléphone, à ce monsieur. *C'est la nuit, mais tant pis, il faut essayer quand même.* Elle compose le numéro du médecin. Une sonnerie, puis deux, et l'épouse du docteur décroche. Constance serine une fois de plus la même phrase à cette dame sévère et brune, les cheveux frisés. Cette femme qui lui paraît toujours intimidante. Constance la rencontre quelques fois chez Paul, étant donné que ce sont des amis de la famille, et n'ose jamais s'en approcher de trop près.

La dame l'écoute et tente de la réconforter.

— Ne t'inquiète pas, Constance. Il vient de se réveiller et il arrivera très rapidement.

— Il faut qu'il vienne vite, s'il vous plaît. Papy ne respire plus, j'ai peur. Mamie et Tatie pleurent fort !

— Oui, j'ai bien compris. Le docteur est déjà en train de s'habiller, dans cinq minutes, il sera chez toi !

— Merci, Madame.

— Allez, n'aie pas peur ma puce, ça va aller.

La fillette la remercie à nouveau et raccroche. *Ouf ! C'est bon.* Elle se sent rassurée.

Le petit bout de femme se ressaisit soudainement. Malgré cette crainte insistante qu'elle tente de réfréner, elle continue d'opérer la mission qu'elle s'est donnée. Et, comme une grande, elle appelle le premier frère de son papa, Roger, puis la dernière de cette grande fratrie, Annie. Une fois sa tâche accomplie, elle descend l'escalier afin d'ouvrir la porte de la maison endormie, car *c'est sûr, quelqu'un va arriver et aider Papy Albert.* Elle sort sur le seuil de la maison, observe la neige et la nuit qui semblent tout absorber ce soir. Constance espère profondément l'arrivée de quelqu'un au plus vite, à nouveau envahie de panique, dans le froid de l'hiver. Mais rien ni personne, pas le moindre bruit ou le moindre mouvement, malgré son attente de plusieurs minutes.

À la seconde où elle allait effectuer un demi-tour, grelottante, et remonter l'escalier afin de rentrer, enfin la lumière des phares de la grosse voiture blanche du docteur illumine la cour de graviers, ainsi que le cèdre. L'homme, manifestement fatigué, au teint grisâtre et lui aussi tout autant décoiffé que les deux femmes situées à l'étage de la maison, stoppe sa voiture au plus près de la porte d'entrée. Les phares s'éteignent et la nuit reprend ses droits. L'air de ce monsieur paraît sombre. Ce docteur est un homme petit, avec de frêles épaules, le tout mettant en exergue un abdomen si épais et lourd qu'il retombe implacablement au-dessus de la ceinture de son pantalon, attiré par le sol.

La petite fille distingue des poils de barbe naissants, assombrissant curieusement ses joues. C'est la première fois qu'elle remarque ceci, et se fait d'ailleurs la réflexion qu'elle ne s'était jamais interrogée sur la barbe de ce monsieur. Parce qu'il était à chaque fois rasé, la peau de ses joues rondes, toujours lisse. Cet homme si jovial, si souriant d'habitude, qu'elle connaît depuis sa naissance, donne en ces circonstances l'impression d'observer quelque chose qui n'est pas là, très loin. Tout comme sa grand-mère quelques minutes auparavant. Ils regardent tous loin, mais elle, elle ne voit jamais rien. Peut-être qu'elle n'est pas assez grande, ça doit être ça, se dit-elle. Mais pourquoi donc cherchent-ils si loin une chose qui n'est pas là ? Est-elle vraiment trop jeune ?

Son oncle Paul arrive quelques instants après, comme sorti de nulle part, en trombe, garant son véhicule en faisant gicler violemment les petits graviers de la cour. Dans leur jaillissement, ces petits cailloux dessinent des figures ressemblant à des palmiers, comme le feraient des feux d'artifice au milieu d'un ciel d'été. Il coupe le moteur de sa vieille voiture verte tout arrondie et entre en courant dans la maison de ses parents, les yeux brillants. Constance n'a pas vraiment bien compris, mais Paul lui avait expliqué un jour que cette voiture possédait deux chevaux ; cependant, elle ne sait pas où ils peuvent être cachés, car *elle paraît assez petite, cette automobile, pour contenir deux animaux si grands à l'intérieur*, conclut-elle. Le docteur est déjà entré dans la maison quant à lui, passant devant elle très rapidement, sans même lui adresser un regard ou une parole. Il paraissait vraiment pressé et concentré. Et puis il ne l'avait sans doute pas vue. Mais elle, elle est là, elle a peur, sans compter qu'il lui semble que personne ne la remarque, ce soir.

La fillette, vêtue simplement de son pyjama imprimé de nounours et de ses chaussons, dehors dans la nuit froide de décembre, observe cette maison habituellement si lumineuse, si pimpante, souriante ; bâtisse qui ce soir, en cette nuit d'hiver, semble blafarde, sombre et triste. Il y a de la lumière, pourtant, aux portes-fenêtres du balcon, mais elle donne tout de même l'impression de flotter dans le brouillard au cœur de la pénombre. La petite fille décide de rentrer. Parce que le froid la saisit à nouveau. Il est temps maintenant de retourner au chaud. En plus, aucun nouveau bruit de moteur ne se fait entendre. Juste le silence de la nuit et des montagnes en plein cœur de l'hiver. Elle gravit successivement chaque marche de l'escalier menant au hall d'entrée une à une, à la manière d'un alpiniste escaladant une montagne à la cime pointue, n'en finissant pas de s'éloigner.

La revoilà enfin sur le seuil. Le couloir se dresse toujours là, face à elle. Il paraît tellement long et étroit subitement ! Elle le traverse à pas feutrés, n'osant presque plus respirer, afin de ne pas faire de bruit. Il ne faut pas déranger les adultes. Les chiens du tableau de chasse ont cessé de pleurer, mais ils ne la fixent plus désormais. Ils sont à nouveau tournés en direction du chevreuil et paraissent tout de même très peinés, comme elle. La petite fille se tient seule, désemparée, au cœur de cette nuit et au milieu de ce couloir austère. Elle se sent abandonnée, ne sachant plus que faire à présent. Il est presque quatre heures du matin, il ne lui reste essentiellement qu'à attendre, surtout attendre l'arrivée de ses parents. Pourvu qu'ils se dépêchent !

Constance décide de s'approcher doucement de la chambre de ses grands-parents. Arrivée au bout du corridor, elle s'arrête, n'entrant pas dans la pièce. La porte est désormais à peine entrouverte. Elle observe seulement, ne disant rien et tentant de se faire toute petite. Ils sont tous présents, autour du lit. Mamie aux lunettes bancales, assise sur sa chaise, exactement dans la même position qu'un peu plus tôt. Ensuite, Gabrielle dont la voussure semble bien plus marquée que tout à l'heure, Paul la soutenant par les épaules et semblant très affecté lui aussi. Avec eux se trouve le médecin, détenant des papiers à la main et paraissant les remplir d'un air très sérieux. Ils tournent le dos à la fillette, tous silencieux. Ils ne savent pas qu'elle est derrière eux, qu'elle les épie. Ils semblent pleurer, car elle perçoit les bruits de reniflements. Et son Papy dort.

Et c'est à cet instant que la fillette comprend, à cet instant seulement, que son héros de guerre dormirait pour toujours à partir de cette nuit. Papy Albert est mort. Il a quitté la chambre, parce qu'il ne reste plus que son corps ici, dans ce lit. Son âme est partie, emportant définitivement avec elle son innocence, son insouciance et sa tranquillité. Plus jamais elle n'ira sur ses genoux, plus jamais il ne lui coupera de pomme. Il ne l'aidera pas non plus à construire son écurie, et plus jamais elle n'entendra sa voix. Le dernier souffle de ce grand homme, qu'elle aimait si fort et admirait tellement, avait déjà glissé dans la paume de sa main d'enfant, puis s'en était allé au fil de l'air.

ANTOINETTE

8

De nombreuses années s'écoulèrent à la suite de la mort de son grand-père, puis Constance devint une femme qui arriva sereinement à maturité. À vingt-huit ans, parfaitement accomplie professionnellement, elle donna naissance, durant un mois de juillet, à un magnifique petit garçon qu'elle et son mari Guillaume prénommèrent Roméo. Son rêve d'enfant de devenir vétérinaire ne se réalisa pas, pourtant, ce n'était pas faute d'avoir essayé ; néanmoins, la pression générée par le passage du concours d'entrée de l'école vétérinaire, à l'issue de deux ans de classe préparatoire, avait eu raison de ses capacités. Constance avait malheureusement échoué cette épreuve de peu.

Malgré ce revers, avec résilience et réflexion, elle remplaça la candeur des animaux par la beauté des fleurs. Elle possédait désormais fièrement une très belle petite boutique au cœur du centre-ville d'Aix-les-Bains, à l'entrée de la zone piétonne. Des fleurs de toutes les formes et de toutes les couleurs parsemaient les étals de son petit magasin chaleureux et cosy, et Constance se réjouissait chaque matin d'ouvrir sa boutique.

— Chéri, lança-t-elle, tandis qu'elle attrapait son sac à main. J'y vais, je pars au travail !

— Mais, Constance, il est 7h30 ! Tu n'as pas besoin de partir si tôt, répondit Guillaume, la bouche pleine de dentifrice.

— Si, j'aime retoucher ma vitrine tous les jours. Et profiter des parfums. Ça me plaît tellement de respirer toutes ces odeurs combinées, avant l'ouverture. Un petit trésor égoïste, rien que pour moi. Et c'est comme si ça me remplissait de douceur. C'est mon équilibre, tu sais.

Une fois arrivée sur place, la jeune mère humait goulûment les sublimes parfums divers et envoûtants qui pénétraient ses narines, lorsqu'elle ouvrait la lourde porte de fer forgé de son commerce. Ces effluves la tapissaient intérieurement et l'emplissaient de douceur, jusqu'au cœur de son cœur.

*****

Constance Garin était devenue physiquement une femme plutôt grande, élancée, restant blonde, même si, avec les années, ses mèches semblaient moins claires que lors de son enfance. Elle portait des cheveux très longs jusqu'à mi-dos, qu'elle aimait nouer nonchalamment en chignons déstructurés romantiques, tout en laissant quelques mèches s'échapper et glisser sur ses épaules. Sa grossesse ne paraissait avoir eu que peu d'incidence sur sa silhouette. Elle restait plutôt musclée, malgré son accouchement quelques mois auparavant. La jeune femme pratiquait du sport plusieurs fois par semaine et prenait d'ailleurs beaucoup de plaisir de glisser à ski de fond durant la saison d'hiver. Le reste de l'année, la course à pied lui permettait de s'évader et l'aidait à patienter avant le retour des premières neiges. Elle aimait atteindre et dépasser ses limites durant l'effort.

Malgré les années, elle repensait souvent à ce soir d'hiver, lorsqu'elle était encore si petite. Le soir de la mort de son grand-père. Albert. Elle regrettait infiniment le fait que les adultes, à cette époque, ne lui aient pas permis de revoir son grand-père apprêté pour la cérémonie funèbre, au cours des quelques jours suivant son décès. Ils estimèrent vraisemblablement qu'elle était trop jeune, et qu'il était plus sage qu'elle ne conserve en mémoire que les images de leur père de son vivant. Parce que rencontrer la mort pouvait être traumatisant pour un enfant.

Cependant, Constance avait à ce moment-là malheureusement déjà fait sa connaissance, et ne restait gravée dans son esprit que la photographie de l'instant de son arrivée. La seconde durant laquelle la fossoyeuse emporta son grand-père. Elle aurait tant aimé pouvoir le revoir une ultime fois dans son costume, arrangé, afin de peut-être substituer le dernier souvenir de lui qu'elle gardait. Le temps l'aida à s'y habituer. Pourtant, la mort ne s'était pas contentée d'Albert. Deux ans après son décès, ce fut au tour de Marguerite de s'éteindre, le jour même de leur anniversaire de mariage. Son cœur l'abandonna tant qu'elle mourut d'amour. La vie sans son mari ne méritait plus d'être vécue et cette fragile grand-mère ne l'avait pas supporté, alors elle l'avait rejoint.

Ultérieurement à la perte de ses grands-parents paternels, Constance ne partit plus en vacances dans cette maison de famille. Celle-ci demeura vide, vieillit, puis flétrit petit à petit ; à la manière dont fanaient les fleurs qui n'étaient plus baignées de lumière. Quelques années plus tard, l'ensemble de la communauté prit à contrecœur la dure décision de s'en séparer, car il n'y restait plus que des souvenirs. Tous les bons moments qu'elle cristallisait appartenaient désormais au passé et l'avenir des Garin ne pourrait plus s'écrire, plus jamais, entre ces quatre murs. À la suite de la vente de la bâtisse ainsi que deux ans de travaux, une maison neuve aux allures de chalet suisse se dressa fièrement sur ce terrain. Un jeune couple de travailleurs frontaliers s'était installé ici en compagnie de leurs trois jeunes enfants. Le poulailler désorganisé laissa sa place à une piscine parfaitement rectangulaire de neuf mètres au fond bleu clair, ainsi que son pool house. Puis parallèlement, le carré de pommes de terre fut recouvert par un terrain de pétanque aseptisé en sable blanc.

Esthétiquement, le résultat final paraissait plutôt beau et moderne, quoique peu chaleureux. Malheureusement, plus rien ne persistait de l'histoire des Garin, hormis le gigantesque cèdre bleu, sous lequel Constance aimait dessiner enfant lorsqu'il faisait trop chaud, durant les siestes d'Albert. Cet arbre subsistait encore, puissamment ancré, solide, haut de probablement quinze mètres. Il résistait, dernier témoin du passage de sa lignée sur ces terres. Elle passait d'ailleurs fréquemment devant ce qui auparavant représentait son havre de paix, parfois à pied, ou en voiture. Elle effectuait à chaque fois un petit clin d'œil en direction de ce cèdre, afin qu'il sache qu'elle ne l'avait pas oublié.

Non, elle n'avait rien oublié, elle ne pouvait pas. Lorsqu'elle le contemplait, la jeune femme se revoyait au cours de cette nuit d'hiver froide et ressentait à nouveau la peur, la solitude et le désarroi qu'elle éprouva lors de cette nuit tragique. À chaque fois, son pincement au cœur se manifestait. Au fil du temps et des obstacles rencontrés, elle apprenait à apprivoiser ce ressenti. Néanmoins, malgré le temps passant, son intensité ne s'estompait pas. Bien évidemment, les émotions s'étaient apaisées, mais les images et les sensations restaient intactes.

*****

N'étant plus partie en vacances chez ses grands-parents paternels après ces bouleversements, Constance avait par conséquent tout naturellement passé plus de temps en compagnie de sa grand-mère maternelle, Antoinette Chevallier. Par chance ou par hasard, le fait est que cela tomba à une période opportune pour cette dernière.

Antoinette avait toujours été un personnage très singulier. C'était une femme de caractère, un caractère bien trempé d'ailleurs, puis bien en chair. Petite dame, et très en chair donc, dont l'expression favorite était qu'il valait mieux faire envie que pitié. Elle arborait depuis des années une chevelure blonde de lionne au brushing laqué, systématiquement impeccable. Car cette femme appartenait à cette génération qui se rendait au moins une fois par semaine chez le coiffeur, afin d'entretenir son image. De larges lunettes en strass ornaient en permanence son visage, ainsi que d'énormes boucles d'oreilles à pinces. Il fallait que ça brille ! Elle présentait d'assez beaux traits, quoiqu'un peu grossiers ; à travers ses expressions faciales, sa force et son tempérament de battante ne devenaient qu'évidence, pour celui qui l'observait un peu.

Au cours de son histoire, Antoinette devint subitement veuve vers le milieu de la quarantaine, ce qui apparemment ne sembla pas la bouleverser outre mesure. Elle n'évoquait quasiment jamais sa vie maritale. Elle ne refit pas non plus sa vie, tout du moins officiellement. Parce qu'à la suite du décès de son mari, les rencontres se révélèrent nombreuses, mais pour autant rien de vraiment très sérieux. La belle vivait depuis sa naissance au cœur d'une célèbre station de sports d'hiver de Haute-Savoie, Megève, où elle avait été boutiquière de profession. La négociation était une histoire de famille chez les Chevallier. Différentes boutiques, différents domaines et Antoinette avait été une vendeuse hors pair dès les prémices de sa carrière. Une de celles qui aurait fourni avec une facilité déconcertante un paréo à un eskimo. Ce dernier aurait d'ailleurs été convaincu, au moment de payer, que cet accessoire ne pouvait se révéler qu'essentiel à sa vie sur la banquise, uniquement grâce aux arguments de la commerçante.

Les Chevallier étaient connus dans ce village comme étant des gens travailleurs, mais aussi noctambules. Tellement de soirées festives et arrosées, surtout pendant les périodes dites « de saison » ! De ce fait, Antoinette ne trouva jamais bien ni le temps ni l'envie de s'occuper de sa petite-fille unique.

Elle portait pourtant beaucoup d'affection à Constance. Néanmoins, une affection plutôt lointaine, voire plutôt même l'idée de l'affection. Un petit coup de fil hebdomadaire ainsi qu'un dîner de temps en temps avec sa fille unique Gisèle et son gendre Louis lui suffisaient amplement. Elle n'avait eu qu'un enfant, car la maternité prenait du temps ; et cette femme n'avait pas souhaité le perdre ainsi. Les amis, les sorties au restaurant ou parfois même en boîte de nuit la comblaient totalement.

D'ailleurs, lorsque Constance et ses parents montaient lui rendre visite dans ses montagnes, un tour du village de station rondement mené afin d'exposer sa merveille, sa belle et gentille petite-fille, lui donnait bien assez de satisfaction.

— Bonjour Jeannine, s'exclama Antoinette en direction d'une de ses amies, la boulangère de la station.

— Salut, la belle ! Mais qui voilà ? s'interrogea-t-elle, se penchant en direction de Constance.

— Ma petite-fille, voyons ! Tu as vu comme elle a grandi ? Ne trouves-tu pas qu'elle est très belle ?

Antoinette caressait les cheveux de sa petite-fille comme elle aurait caressé un coussin.

— Dis bonjour à mon amie, Myrtille, euh, Constance !

— Mamie, Myrtille, c'est ton chien ! Tu te mélanges toujours les pinceaux et tu m'appelles comme lui ! s'agaça la petite.

— Oui, excuse-moi, mon petit. Je pensais à autre chose. Et ça n'est pas grave. Bon, Jeannine, je te laisse, je dois aller montrer ma petite merveille à François. Il va la trouver ravissante, j'en suis certaine !

— À bientôt, Constance ! Tiens, avant de partir, prends ce petit pain au chocolat, ça me fait plaisir.

— Merci, Madame. Au revoir !

Durant ces courts instants de parade, Antoinette en oubliait effectivement jusqu'à son prénom, l'intervertissant fréquemment avec celui d'un de ses petits chiens. Elle promenait la fillette à travers chacune des boutiques, afin que toute la station sache qu'Antoinette était une grand-mère très investie. Une femme forte, une femme drôle, une femme de la nuit, très influente dans son univers, pour qui l'apparence symbolisait inexorablement une ligne de conduite.

Un personnage un peu égoïste aussi. Antoinette n'avait donc jamais pris le temps de garder Constance lorsqu'il arrivait qu'elle soit malade, durant sa petite enfance. Trop ennuyeux. De fait, elle ne l'avait pas reçue non plus lors des vacances scolaires, ni pour quelques jours, ni pour un seul. Endosser son rôle de mamie, même juste un peu, ne correspondait pas au costume qu'elle souhaitait revêtir. Sans compter que son emploi du temps très chargé ne lui permettait bien évidemment pas de jouer à la poupée.

Jusqu'à sa retraite cependant, arrivant à peu près autour du décès des grands-parents Garin. L'âge faisant, la dame perdit peu à peu de sa vitalité et les soirées dansantes se raréfièrent. Ses genoux s'abîmèrent, le surpoids n'aidant pas. Puis simplement le temps opéra son œuvre, si bien que la vie nocturne débordante de cette femme se transforma progressivement en soirées de solitude télévisées. Elle avait perdu de sa superbe. C'est ainsi qu'elle se tourna peu à peu vers celle qui allait se transformer en son petit rayon de soleil sucré, Constance.

Elles apprirent tout d'abord à se découvrir, puis une certaine connivence naquit entre elles deux. Antoinette se transforma petit à petit en une grand-mère excentrique, drôle et mondaine. Elle devint un personnage que la jeune fille n'avait pas vraiment eu la chance de connaître jusque-là. Différente aussi, c'était le moins que l'on pouvait dire, d'ailleurs extrêmement amusante et légère, dotée d'un humour quelque peu acide. Si bien que durant son adolescence, Constance éprouva beaucoup de plaisir à échanger avec cette mamie exubérante débarquée en cours de route. Elle ne lui tint jamais rigueur de son absence durant sa première période de vie. Chacun faisait bien comme il pouvait.

Lorsque sa petite-fille effectua la conduite accompagnée autour de ses seize ans, Antoinette, enchantée de posséder un chauffeur dévoué, descendait de sa station de temps en temps et se laissait promener. Une fois pour acheter un carton de bouteilles de vin de Savoie, une autre pour passer un après-midi scrabble chez une amie. Elle trouvait finalement assez souvent de bonnes excuses pour laisser conduire Constance, et pourquoi pas passer un peu de temps avec elle. Durant leurs promenades, fort peu écologiques au demeurant, ce drôle de duo échangeait autour de leurs histoires respectives. Des histoires d'amour, des histoires de ski, des histoires de fêtes, toutes sortes d'histoires.

Elles écumèrent ensemble la majeure partie des restaurants du département, les boutiques de vêtements, se faisant rire mutuellement. Une tendresse naquit doucement. Des confidences quelques fois, tant et si bien que le lien les unissant se resserra progressivement au fil du temps. Antoinette se découvrit, d'une certaine manière, une âme maternelle. Peut-être d'ailleurs, essayait-elle de se racheter une conduite ? Elle savait parfaitement qu'elle n'avait pas été à la hauteur en tant que mère, au détriment de sa fille Gisèle d'ailleurs, laissée aux bons soins de ses grands-parents durant son enfance. La jeune mère de l'époque se trouvait bien trop absorbée par la vie mondaine, comme tout au long de sa vie.

En compagnie de son petit rayon de soleil sucré, comme elle aimait l'appeler, elles voyagèrent. Ensemble, les deux femmes visitèrent Paris, Cannes, Nice ou Saint-Tropez. Antoinette adorait ces lieux dans lesquels elle ne se serait pas rendue seule à son âge avancé. Néanmoins, l'idée d'y emmener sa petite-fille et créer des souvenirs avec elle lui inspirait une certaine fierté. Tout ceci se révélait moins « bling-bling » que ce qu'elle avait pu vivre au cours de son existence, cependant cela lui apportait une forme de bonheur nouveau dont elle ne se privait pas.

Plus tard, une fois le permis de conduire en poche, elle offrit à Constance sa toute première voiture.

— Ma chérie, pour tes dix-huit ans et ton permis, j'ai un cadeau pour toi.

— Ah oui ?

— Oui, je t'ai acheté une voiture !

— Mamie, mais c'est un énorme cadeau ! Merci beaucoup, c'est fabuleux ! la remercia-t-elle en se jetant à son cou pour l'embrasser.

— Oh, elle n'est pas de toute première jeunesse, mais ça conviendra tout à fait pour une jeune conductrice. Et puis comme ça, tu pourras venir me rendre visite dans ma montagne. Tu sais, je m'ennuie un peu, surtout en intersaison. Alors tu n'auras plus d'excuse pour ne pas monter.

— Oui, Mamie. Promis, je viendrai certains week-ends.

— Seulement certains week-ends ? Mais tu pourrais passer plus souvent ! Tu ne sais pas ce que c'est que d'être à la retraite. Je m'ennuie, moi !

Antoinette ne se privait jamais de s'exprimer, c'était le moins que l'on pouvait dire. Elle ne gardait rien pour elle. Néanmoins, plus les années passaient, plus elle s'adoucissait. Son caractère demeurait identique, entier, bien entendu, pourtant la douceur de la sagesse prit progressivement plus de place au fil du temps. Lorsque Constance donna naissance à Roméo, Antoinette ressentit une émotion intense : devenir arrière-grand-mère. Quelle fierté ! Avoir vécu assez longtemps pour rencontrer ce petit bout de chou, qu'elle vénérait d'une certaine manière. Un demi-dieu était né.

Roméo naquit en été, et curieusement dans cette famille, les naissances avaient toujours lieu à la belle saison. Un très beau bébé aux yeux ambre tout comme son père, possédant très peu de cheveux sur sa tête de poupon, juste un simple duvet. Un enfant calme, souriant sans cesse et à l'air gracieux, que l'on était en mesure de qualifier comme enfant « pour parents débutants ». Antoinette passait ainsi des heures à l'observer dormir, emplie de tendresse, son sourire rouge carmin béat illuminant son visage.

Lors de l'arrivée des premières fêtes de fin d'année de ce nouveau messie, il fallut faire les choses en grand. Antoinette, jeune arrière-grand-mère très concernée contre toute attente, décida de mettre les petits plats dans les grands en l'honneur du bébé. Les magasins de jouets du secteur n'avaient qu'à bien se tenir, elle allait dénicher le meilleur jouet du moment, afin que la huitième merveille du monde ne manque évidemment de rien ! Elle dévalisa le poissonnier de son quartier de toutes ses langoustes, huîtres et oursins, bien décidée à rendre cette soirée du vingt-quatre décembre mémorable, ce qu'elle réussit.

9

La soirée du réveillon de Noël fut effectivement un succès. Comme attendu, l'assemblée réunie pour l'occasion découvrit des dizaines de paquets de formes et tailles différentes, ornés de nœuds plus scintillants les uns que les autres, tous ou presque destinés à Roméo. Une montagne de cadeaux, dont plus de la moitié fut chinée par Antoinette, très satisfaite de ses emplettes. Pour le repas du dîner, Gisèle prépara de délicieux foies gras ainsi qu'une volaille et son gratin de cardons dont elle seule détenait le secret. Son père ouvrit les huîtres et les oursins, puis Constance et Guillaume apportèrent le champagne et le vin. La jeune fleuriste avait confectionné pour l'occasion, dans sa boutique, une magnifique composition hivernale bardée de branches de gui, houx et sapin. Une réalisation exquise que sa mère déposa au centre de la table. Gabrielle se joignit à la famille pour le dîner, Louis ne souhaitait pas que sa sœur demeurât seule en cette soirée de Réveillon, puis aussi les parents de Guillaume.

Les refrains du célèbre chanteur Corse baignèrent de douceur et d'amour la maison, qui revêtit ses plus belles guirlandes lumineuses et décorations pour l'occasion. Antoinette ne se fit pas prier pour déguster chaque plat, demeurant bonne vivante et très gourmande. Malgré le fait que chaque fois qu'elle passa la porte de la maison de sa fille, elle annonçait être au régime, cette chère grand-mère ne semblait en aucun cas vraiment s'affiner, bien au contraire.

— Tu n'as rien remarqué, Gisèle ? lança-t-elle au cours du dîner.

— Non. Quoi donc ?

— Eh bien, que j'ai perdu du poids, voyons ! Tu le vois bien, tout de même. Je suis un nouveau régime depuis un mois. J'ai déjà fondu. Non ?

Gisèle la scruta attentivement. Elle ne devait pas faire d'impair.

— Mais oui, évidemment, Maman.

— Ah oui, Antoinette, la soutint Louis. Oui, oui, en effet. On le voit sur vos joues, d'ailleurs. Vous vous êtes beaucoup affinée !

— Merci, Louis. Oui, je dois avouer que je suis déjà très fière du résultat ! rebondit-elle tout en se resservant d'une large cuiller de gratin.

Tout le monde acquiesça respectueusement. Cependant, personne n'y croyait vraiment, d'ailleurs probablement elle non plus.

Le repas festif pantagruélique s'acheva tard dans la soirée, clôturé par trois énormes bûches ainsi qu'une mousse au chocolat, le tout suivi par quelques clémentines qui acidulèrent le dîner ; ainsi, les estomacs repus des convives purent enfin se reposer jusqu'au lendemain, jour où le rituel allait recommencer, comme chaque année. En effet, dans cette lignée Garin, la tradition du repas de midi du vingt-cinq décembre persistait, malgré le décès d'Albert et Marguerite. Ainsi, la fratrie de Louis, accompagnée de ses descendances respectives, perpétuait l'événement. Néanmoins, un tout petit peu différemment.

Depuis que la maison familiale n'était plus, tous s'organisaient et persistaient à reconduire le rite, effectuant des roulements annuels concernant les lieux des festivités. Une année chez l'un, puis la suivante chez l'autre, et ainsi de suite... La troupe demeurait soudée, tout du moins en surface. Parce qu'à la suite de la perte des grands-parents, le ciment du clan donnait l'impression de perdre doucement en solidité, car les fêtes rassemblant la famille s'espaçaient progressivement. Cependant, Noël symbolisait encore leur union, et tous semblaient pour le moment s'obliger à s'y plier.

À l'issue de cette réunion familiale, Constance, Guillaume et Roméo séjournèrent une nuit supplémentaire au domicile des parents de la jeune femme, afin de digérer et de profiter encore un peu, puis ils rentrèrent à Aix-les-Bains. Il fallait préparer le nouvel an qu'ils passeraient auprès de leurs amis. Constance travailla quelques jours tandis que Guillaume prit un peu de vacances ; elle ne pouvait pas fermer sa boutique, la période des fêtes de fin d'année représentant un événement faste pour les fleuristes. De nombreuses compositions pour la création desquelles elle laissait libre cours à son imagination et sa créativité, afin de parfaire les chemins de table de ses clients fidèles. De somptueuses couronnes denses, aux multiples tons de verts, chargées de branches de houx aux baies très rouges, parsemées de roses recouvertes de paillettes argentées, enchantaient chaque année la vitrine de son magasin. Cette féerie donnait à sa boutique l'allure du chalet des lutins du Père Noël. Les passants s'arrêtaient d'ailleurs systématiquement devant son magasin, au cours de leurs promenades. Tout simplement parfois juste pour le plaisir de contempler cette décoration si subtile et délicate, les entraînant dans la magie des joies d'enfant.

*****

Le soir de la Saint-Sylvestre arriva enfin. Constance noua ses cheveux un peu différemment ce soir-là. La jeune maman arborait une tresse en épi de blé, à l'intérieur de laquelle elle avait délicatement glissé un ruban de satin rouge grenat, coiffure qu'elle avait mis plusieurs heures à réaliser durant l'après-midi. Elle portait sa robe de soirée préférée, noire dentelée et de forme trapèze. Une paire de bas noirs satinés dessinait ses longues jambes, au bout desquelles, exceptionnellement, elle décida d'exposer de magnifiques escarpins en vernis rouge pour l'occasion. La hauteur de leur talon, juste parfaite, mettait en valeur le galbe de ses mollets.

Lorsqu'il la vit descendre les escaliers, Guillaume resta bouche bée.

— Tu es magnifique, ma chérie. Cette robe, ces chaussures ! Tu ressembles à une vedette sur la Croisette. Digne du Festival de Cannes !

Elle rougit et tenta de le modérer un peu.

— N'exagère pas, Guillaume. Je me suis apprêtée, mais il n'y a rien d'extravagant ! Et Jasmine sera au moins aussi jolie que moi, si ce n'est plus, tu verras !

— Tu ne te rends pas compte. Tu es si belle. Quel homme chanceux je suis ! Et non, Jasmine ne t'arrivera jamais à la cheville, ma princesse !

Le regard qu'il posait sur elle lui faisait énormément de bien et la comblait à chaque fois. Il la couvait et la protégeait depuis leur rencontre. Elle affectionnait la façon subtile qu'il avait de lui faire ressentir qu'elle restait exceptionnelle à ses yeux. Son Guillaume, l'homme de sa vie, ce partenaire qui semblait tellement irréprochable. Son grand amour, depuis la fin de son adolescence et pour toujours.

Guillaume Rinat, trente et un ans, paraissait effectivement proche de la perfection. Un homme à la carrure solide et l'allure sportive, carrée, relativement grand, mesurant quasiment deux mètres, d'un tempérament calme et raisonnable. L'homme possédait des yeux d'un brun clair, presque ambre, quelque peu mouchetés de noir, ainsi que des cheveux invariablement coiffés à la perfection. Le tout lui procurait une allure élégante en toutes circonstances. Il appréciait beaucoup l'activité physique, tout comme sa femme. Mais, contrairement à cette dernière qui prenait du plaisir dans les activités solitaires durant lesquelles elle en profitait pour se ressourcer, Guillaume, lui, ne jurait que par les sports d'équipe.

Son favori était le handball et il s'entraînait plusieurs fois par semaine. Féru d'informatique et excellant dans ce domaine, il fit en conséquence ses études dans cette branche. Il possédait désormais depuis cinq ans sa propre entreprise, laquelle rayonnait dans toute la région Rhône-Alpes. Son activité ne cessait de croître, mais il restait modeste. Le jeune entrepreneur ambitieux menait sa carrière d'une main de maître et cette réussite n'étonnait personne.

Concernant sa relation avec Constance, ce charmant époux se montrait sans cesse prévenant, bienveillant et à l'écoute. Il la soutenait en permanence, parvenant à l'aider à se réaliser. Conjoint concerné, il connaissait sa femme presque par cœur et savait constamment user des meilleurs arguments selon chaque situation. Il lui permettait de se révéler. Guillaume se comportait aussi en bon père, disposant d'une patience infinie lorsque Roméo gazouillait lors de ses réveils nocturnes. Il parvenait à passer avec une facilité déconcertante, des heures à bercer le nouveau-né afin qu'il se rendorme et semblait prendre un plaisir non dissimulé à réaliser cette dure tâche parfois.

*****

Lorsque vingt heures sonnèrent, il fut temps de partir chez leurs hôtes afin de terminer l'année en leur compagnie. Le couple d'amis chez lequel ils se rendaient ce dernier soir de l'année n'était autre que celui dont Constance et Guillaume se sentaient les plus proches. Jasmine et Pierre. Jasmine exerçait la profession d'infirmière au sein de l'hôpital de Chambéry, tandis que Pierre possédait et gérait avec rigueur et sérieux deux concessions automobiles. La première, concession de voitures allemandes bien connue, puis la seconde de voitures de luxe. Lui aussi jouissait d'une belle réussite, tout comme Guillaume. Les deux hommes se retrouvaient conséquemment dans leur succès ainsi que dans leur capacité de travail, un autre de leurs nombreux points communs.

Jasmine était enceinte et attendait une petite fille, leur premier enfant, pour le mois de février suivant. La grossesse lui allait à ravir, d'ailleurs cette petite brune rayonnait depuis l'annonce de sa future maternité. La rencontre des deux hommes s'était réalisée grâce au handball quelques années plus tôt, au sein de leur club de sport. Ils se lièrent d'amitié très rapidement par leurs tempéraments proches en de multiples points. Quant à leurs épouses, leur attachement naquit très vite, dès leur première rencontre quasiment, les transformant rapidement en confidentes privilégiées.

Pour Constance, demeurée finalement, et à son grand regret, fille unique, cette jeune femme si agréable et bienveillante occupait en quelque sorte la place de sœur de cœur. Elle se trouvait vraiment ravie pour le couple de l'arrivée proche d'un enfant. Jasmine lui avait en effet dévoilé avec émotion, lors d'une soirée au restaurant entre amies, la difficulté avec laquelle elle tomba enceinte, à la suite de multiples échecs. Cette grossesse sonnait par conséquent comme une délivrance pour elle et son mari, car leur relation avait apparemment beaucoup souffert de cette difficulté. Les choses semblaient en conséquence rentrer dans l'ordre progressivement, la naissance proche de cette petite fille leur permettant de se projeter à nouveau ensemble.

La soirée se déroula tranquillement avec douceur et rires, autour d'un superbe menu festif composé par Pierre, féru de cuisine. La forte complicité des deux couples les amena avec facilité jusqu'à tard dans la nuit. Ils dansèrent un long moment après le décompte de la nouvelle année, Jasmine leur réalisant d'ailleurs une courte démonstration de ses qualités de danseuse latine, malgré la fatigue entraînée par sa surcharge pondérale temporaire. Elle valsa sur une célèbre chanson d'Édith Piaf accompagnée par Guillaume, sous le doux regard de Constance, admirative de leur aisance à danser ensemble. Épuisés, à presque cinq heures du matin, les jeunes parents rentrèrent enfin, une fois terminée une dernière coupe de champagne dont les bulles leur firent un peu plus tourner la tête. Ils s'endormirent toujours habillés sur le lit parental, incapables de se dévêtir et éreintés.

10

La première journée de cette année commença dans les pleurs et dans la précipitation. Constance fut réveillée par Roméo finalement assez tôt, peut-être même un peu trop pour un lendemain de réveillon du nouvel an. Elle regretta d'ailleurs assez rapidement sa dernière coupe d'alcool, parce qu'un léger mal de tête la ralentissait et l'embrumait encore. Cependant, les tout-petits n'attendaient pas. Si bien que lorsque l'appel du biberon se faisait sentir, leur patience fondait inéluctablement comme neige au soleil, au grand dam des adultes, bien souvent. Et ce matin-là, la jeune maman fatiguée mit à rude épreuve celle de son petit Roméo. Une fois l'estomac enfin rempli, il joua quelques minutes sagement sur son tapis d'éveil, tentant d'attraper une girafe moelleuse suspendue sur un arceau de velours orangé.

En fin de matinée, douchée, revigorée et un peu plus requinquée, grâce à la prise de paracétamol ainsi que plusieurs verres d'eau fraîche, Constance décida qu'était venu le temps de passer quelques appels. Elle envisageait de souhaiter ses vœux de bonne année. En priorité, à ses parents bien sûr, puis ce serait au tour de sa grand-mère, et enfin quelques amis. Ses parents, Louis et Gisèle, étaient allés fêter le réveillon du nouvel an en compagnie de plusieurs couples d'amis à Barcelone. Par chance, Constance réussit à les joindre avant qu'il ne soit trop tard dans la matinée, échappant ainsi à un incident diplomatique de la part de sa mère. Ils échangèrent quelques mots brièvement. Ces derniers s'étaient déjà dirigés à l'aéroport et paraissaient pressés, car Gisèle redoutait de rater son vol comme à chacun de ses voyages. Ils se rappelleraient donc une fois ses parents arrivés à Genève, leur avion devant atterrir en fin d'après-midi si tout se passait comme prévu. Sa mère poursuivit avant de raccrocher.

— Appelle bien Mamie, Constance. N'oublie pas de lui souhaiter la bonne année ! lui dit-elle, sempiternellement la première à rappeler les obligations de chacun, restant très à cheval sur les traditions.

— Oui, Maman, ne t'inquiète pas, je vais le faire tout de suite, répondit sa fille.

— D'ailleurs, tu sais, j'ai essayé de la joindre deux fois déjà, et elle n'a pas décroché, continua Gisèle. Mais je retéléphonerai une fois que nous aurons atterri tout à l'heure, sinon elle risque de me faire la tête.

— Oh, elle a dû descendre acheter le journal ou sortir son chien, ne t'en fais pas. Je m'en occupe immédiatement. Bon vol ! N'oublie pas de faire une bise à Papa !

— Oui, ma chérie, à plus tard !

Constance termina son appel et rechercha le numéro de sa grand-mère dans le répertoire de son téléphone portable. D'abord à son domicile. Les sonneries s'enchaînèrent, cependant Antoinette ne décrochait pas, ce qui paraissait inhabituel, voire suspect d'ailleurs. En effet, cette dernière ne rechignait jamais à prendre le moindre appel, perpétuellement prête à parler, même parfois pour ne rien dire. La jeune femme composa immédiatement le numéro de cellulaire de celle-ci. La sonnerie retentit une fois, deux, puis trois et on décrocha. Une voix qui n'était pas celle d'Antoinette résonna dans le combiné.

— Allô, Mamie ? Qui est à l'appareil ? Qui êtes-vous ? Et pourquoi répondez-vous sur le téléphone de ma grand-mère, Madame ?

— Non, j'ai trouvé le téléphone, répondit la voix.

Elle ne comprenait pas tout à fait, très surprise. Qui était cette personne anonyme au bout du fil ? Une voix féminine inconnue et semblant posséder un accent d'un pays de l'Est. Constance tenta péniblement de rassembler ses idées et de les éclaircir, demandant un complément d'explications à cette voix. Comment se faisait-il que cette femme décroche le téléphone portable d'Antoinette ? Le lui avait-elle volé ? Avait-il été perdu et trouvé dans la rue ? La femme russe décela immédiatement la suspicion dans le timbre de voix et le ton de Constance, puis débuta timidement ses précisions.

— Il y a quarante minutes, j'ai trouvé une dame devant un immeuble. Dans la neige, sur la glace.

— Comment ça ? Où ça ? l'interrogea Constance, dont l'inquiétude commençait à croître.

— Là, dans la neige... répondit la femme.

— Non, mais dans la neige, ça ne veut rien dire. Expliquez-moi plus précisément, s'il vous plaît ! Je ne comprends rien. Pourquoi avez-vous son téléphone ?

La femme reprit.

— J'ai appelé les pompiers. Et il y a le SAMU, je crois. Je ne sais pas. Je ne suis pas française.

— Le SAMU ? Mais pour quoi faire ? Elle est blessée ? Qu'a-t-elle ?

— Je ne sais pas, Madame. Ils l'ont mise dans un camion. Ils s'occupent d'elle.

— Enfin ! continua Constance qui commençait à s'agacer fortement. Vous a-t-elle parlé ? Elle aurait une jambe cassée ? Passez-la-moi, s'il vous plaît, j'aimerais parler à ma grand-mère.

Constance ressentit presque instantanément le pincement au cœur qu'elle ne connaissait que trop bien, sa voix se mettant brusquement à trembler. Malheureusement, la touriste russe ne put répondre plus précisément, par pudeur ou bien par difficulté d'expression, impossible de le déterminer.

Un pompier de l'équipe sur place saisit soudainement le téléphone et reprit la communication en cours.

— Bonjour Madame, je suis un des pompiers, dit l'homme.

— Bonjour, répondit Constance. Expliquez-moi ce qu'il se passe s'il vous plaît, je ne comprends rien du tout ! Comment va ma grand-mère ?

— Je ne peux rien vous dire pour l'instant, mais le SAMU a décidé de transférer votre grand-mère à l'hôpital de Sallanches. Nous allons partir d'une minute à l'autre.

— Mais...

Elle n'eut pas le temps de poursuivre, car l'homme la coupait déjà, la laissant au bord de la panique.

— Ne vous inquiétez pas trop, Madame. Ah, aussi. Nous sommes en possession de son sac à main. Nous l'emmenons et nous le donnerons aux Urgences de l'hôpital. Ils s'en occuperont et le garderont. Quelqu'un pourra le récupérer, il ne sera pas perdu.

Constance ne comprenait rien. Tout ceci était confus, incomplet, et relativement inquiétant. Elle n'arrivait pas à deviner si la situation s'annonçait grave ou non. L'homme continua.

— Nous devrions descendre à Sallanches en trente minutes environ, étant donné que nous n'allons pas pouvoir rouler vite à cause de la neige. Attendez un peu, le temps qu'ils examinent votre grand-mère à l'hôpital et qu'ils créent son dossier, puis téléphonez-leur. Ils pourront alors vous dire ce qu'il en est exactement, car ils auront tous les éléments.

— Mais vous, vous pouvez bien m'en dire un peu plus, non ?

Constance insistait, elle ressentait le besoin de se sentir rassurée.

— Non, je ne peux pas, je suis désolé madame, les médecins n'ont rien dit. Et nous devons partir, je vais me trouver dans l'obligation de raccrocher. Ah oui, dernière chose. Une dame est passée il y a quelques minutes. Elle nous a dit être une amie proche. Et elle a pris le petit chien, elle le gardera le temps que quelqu'un vienne le chercher.

— Une amie ? Mais qui ?

Cette conversation paraissait véritablement surréaliste.

— Euh... Je ne me rappelle plus vraiment. Une certaine Mireille, est-ce que ça vous dit quelque chose ?

— Mireille Janin ? demanda la mère de Roméo.

Oui, ça ne pouvait être qu'elle.

— Oui, c'est ça ! Je n'étais plus certain du nom, mais c'est ça ! Écoutez, je dois raccrocher, ils m'attendent !

Puis l'homme coupa la communication subitement sans qu'elle puisse poser plus de questions, la laissant pantoise et sans voix, sous le choc, tenant son téléphone à la main.

*****

Ainsi, c'était donc de cette manière qu'allait débuter cette nouvelle année. Tout s'agitait dans l'esprit de la fleuriste tourmentée, un immense trouble régnait dans l'atmosphère. Cependant, elle ne pouvait rien faire de mieux que patienter. La peur commença évidemment à poindre sournoisement. Néanmoins, Constance essayait de la réfréner. Elle s'ordonnait de rester lucide. La jeune femme tenta de se convaincre au mieux de la faible gravité de l'incident, se répétant sans cesse qu'Antoinette avait en effet probablement chuté, mais qu'elle disposait néanmoins d'une stature solide. Peut-être aurait-elle quelques contusions, ou bien une entorse, tout au plus. Et si toutefois son crâne avait touché le verglas, elle le savait, sa grand-mère possédait une tête très dure, dans tous les sens du terme. Par le passé, elle avait déjà subi un petit traumatisme crânien à la suite d'une chute dans un escalier et tout était à l'époque très vite rentré dans l'ordre. Malheureusement, par moments, ses pensées l'entraînaient dans une direction bien moins optimiste. Elle s'imaginait alors que cet accident devait être très grave, raison pour laquelle ni la touriste ni le pompier n'avaient donné d'indications précises.

Peut-être Mireille aurait-elle pu lui en dire un peu plus ? Seulement, Constance ne se trouvait pas en mesure de la contacter. Elle ne possédait pas les coordonnées de l'amie de sa grand-mère, car seule Gisèle les détenait ; sans compter que pour le moment, ses parents se révélaient injoignables, donc impossible de les récupérer. Par conséquent, elle devrait patienter le temps que le camion soit arrivé à Sallanches, pour enfin connaître l'état de la situation. De plus, le chien attendrait que quelqu'un s'occupe de le récupérer. Il ne risquait rien, puisque le petit animal beaucoup trop gâté se trouvait entre de bonnes mains.

Les minutes semblaient ne pas vouloir s'égrainer, le temps paraissait se distendre et l'inquiétude de l'épouse de Guillaume ne se dissipait pas, bien au contraire. Celui-ci fut informé de la situation après avoir été réveillé par Constance en catastrophe. Possédant plus de sang-froid ainsi que de recul pour la gestion des situations difficiles, il prit en conséquence la décision d'effectuer lui-même l'appel. Il composa donc le numéro du service des Urgences hospitalières au bout des trente minutes péniblement écoulées. Il réaliserait un compte rendu détaillé à sa jeune épouse. Elle acquiesça, se sentant rassurée par cette proposition.

Son mari partit téléphoner avec pudeur dans la chambre d'amis, afin qu'elle ne s'imagine rien au travers des bribes de conversation qu'elle percevrait. Une fois son appel passé, les yeux tristes et le regard fuyant, il réapparut face à elle le visage fermé. Son épouse pressentit que le sol risquait de s'effondrer sous ses pieds, parce que tout pouvait basculer, s'imposant comme une funeste prémonition. Elle connaissait bien cette expression chez lui et savait qu'elle n'augurait rien de bon. Elle le dévisagea fixement, ses grands yeux verts écarquillés suspendus à ses lèvres, se sentant au comble de l'angoisse. Le pauvre homme ne savait malheureusement pas très bien comment amorcer son début d'explications.

— Alors, que t'ont-ils dit ? lui demanda-t-elle, morte d'inquiétude.

— Je n'ai pas beaucoup d'informations, Constance. Comme je ne suis pas un proche direct de Mamie, il est resté vague. J'ai eu en ligne le médecin qui s'occupe d'elle. Il s'appelle Christophe Dumas.

— Mais qu'est-ce que tu as appris ? Comment va-t-elle ?

Il réfléchit un instant, soucieux de ne pas affoler encore un peu plus sa femme. Elle l'était déjà bien assez comme ça. Puis, il continua.

— Ça n'est pas très rassurant, ma chérie. Elle est inconsciente, ça, il me l'a dit. Il m'a expliqué aussi que si une personne de la famille proche vivait dans le secteur, elle devait s'y rendre au plus vite.

— Mais pourquoi ? C'est grave, je suis certaine que c'est grave. Et qui peut bien y aller, en dehors de nous ? Il n'y a que nous, Guillaume ! Nous devons partir tout de suite ! Mais que sais-tu ? Ce médecin t'a révélé une autre information ?

— Non, il n'a rien exprimé de plus. La seule chose qu'il m'a dite est que ses blessures se montraient importantes. Et je lui ai dit qu'on arrivait le plus vite possible.

Les blessures se montraient importantes. En voilà, une phrase qui pouvait laisser libre cours à l'imagination de celui qui la recevait ! Un petit ajout d'une pincée d'anxiété, et voilà la peur qui se présentait pour de bon, cette fois, au fond du cœur de Constance. Plus seulement une pointe d'angoisse, plutôt une crainte massive tapie dans sa poitrine, profonde et désarmante. Aussitôt le compte rendu succinct terminé, déboussolée, elle partit en hâte en direction du hall chercher une paire de chaussures afin de se préparer à partir. Simultanément, Guillaume se trouvait déjà dans la chambre et remplissait méthodiquement un petit sac de voyage avec le nécessaire pour chacun. Il leur fallait de quoi se changer pour deux jours. Il se rendit ensuite dans la salle de bains et recommença l'exercice, essayant de ne rien oublier, puis sauta sous la douche. Pendant ce temps, Constance réunit quelques couches pour Roméo, deux biberons et bavoirs ainsi que quelques bodys et des pyjamas, enfin plusieurs petits pots pris au hasard.

Une fois leurs affaires prêtes, les jeunes mariés jetèrent leurs vestes d'hiver sur leurs épaules. Guillaume, un bonnet protégeant ses cheveux toujours mouillés, saisit le sac à langer à toute vitesse, déposé devant la porte d'entrée, la poussette et les sacs de voyage. Son épouse ferma la porte à clé. Par un bras, elle tenait leur bébé emmailloté dans sa gigoteuse, un bonnet à pompon sur la tête et une combinaison d'hiver coincée contre son autre coude. Ils s'engouffrèrent dans la voiture, après avoir lancé leurs sacs au fond du coffre et attaché leur fils dans le siège auto. Puis le rugissement du moteur de la berline, lors de son démarrage, ne fit que prédire le fait que ce trajet, qui lors d'un jour banal aurait pris une grosse heure environ, serait effectué cette fois-ci en beaucoup moins de temps.

11

La nuit donnait l'impression de se trouver sur le point de tomber, en cet après-midi de premier janvier. Le ciel blanc et laiteux, à la limite du brouillard, dégageait une atmosphère lugubre. Il semblait faire très froid dehors, la neige recouvrait les champs et le givre enveloppait les arbres nus. Cependant, la chaleur de la voiture ne permettait pas de s'en rendre compte encore. Constance et Guillaume avaient quitté l'autoroute et cherchaient l'hôpital de Sallanches, suivant précautionneusement les panneaux de signalisation. Ils avaient effectivement parcouru ce trajet beaucoup trop vite. Guillaume espérait au fond, ne pas recevoir de contravention pour excès de vitesse, même si cela paraissait revêtir une importance toute relative à cet instant et surtout très secondaire. Il n'avait en effet pas du tout respecté la vitesse autorisée. Néanmoins, la courte conversation qu'il avait tenue avec le soignant un peu plus tôt lui avait bien fait comprendre qu'il fallait faire vite. Au pire, se dit-il, il paierait ce qu'il devrait au Trésor Public et perdrait les points sur son permis en conséquence. Ce n'était pas si grave, au vu de ce qu'il pressentait concernant la tournure probable des événements.

Constance garda le silence la majeure partie du temps de ce trajet sans fin, perdue dans ses pensées et les yeux tournés vers l'horizon, tentant régulièrement de joindre ses parents. Sans le moindre succès. Quelques minutes avant de sortir de l'autoroute, Guillaume composa à nouveau le numéro des Urgences sur son tableau de bord. Il souhaitait les informer de leur arrivée, comme le lui avait demandé le médecin.

— Bonjour, Madame. Je suis Guillaume Rinat.

— Bonjour Monsieur, que puis-je faire pour vous ? lui répondit son interlocutrice.

— J'ai été en ligne, il y a trois quarts d'heure environ avec le docteur

Dumas, au sujet de Madame Chevallier. Une personne âgée qui vous a été amenée par les pompiers dans l'après-midi, suite à une grosse chute. Lors de notre conversation, il m'avait demandé de l'informer de l'arrivée de la famille. Pouvez-vous lui dire que nous sommes à quelques minutes de l'hôpital ? Nous sommes sortis de l'autoroute, je pense que nous n'allons pas tarder.

— Très bien, Monsieur, je transmets l'information tout de suite au docteur.

— Dites-lui que Constance Garin, sa petite-fille, sera là d'une minute à l'autre. Merci, Madame. Au revoir.

— Au revoir, Monsieur.

Guillaume raccrocha et l'hôpital apparut enfin. Digne de ce que l'on était en droit d'imaginer d'un bâtiment tel que celui-ci un jour comme aujourd'hui. Blanc, cubique, froid et sans âme. Peut-être qu'en d'autres circonstances, il pouvait inspirer certains sentiments un peu plus positifs, mais certainement pas le premier janvier de cette année-là. Guillaume suivait assidûment la route, puis ils parvinrent enfin devant le portail d'entrée du centre hospitalier. Avant de chercher une place sur ce parking plutôt dépeuplé en ce jour de l'an, il s'arrêta près du seuil des Urgences afin que son épouse puisse descendre et gagner du temps. En même temps qu'il ralentissait, il distinguait un homme sur le parvis. Il semblait être médecin, fumait une cigarette et paraissait attendre l'arrivée de quelqu'un. Probablement le docteur Dumas. Il n'en savait rien, au fond. Cependant, la posture de ce personnage l'incitait à le penser. Il se dit qu'il se garerait au plus près de l'entrée une fois qu'il aurait déposé Constance, puis la rejoindrait, accompagné de leur fils.

*****

Le médecin chef du Service des Urgences de l'hôpital de Sallanches, Christophe Dumas, attendait sur le seuil de la porte de l'hôpital. Il avait été prévenu par la secrétaire, à la suite d'un appel quelques minutes plus tôt, que l'arrivée de la petite-fille de sa patiente, une certaine Constance Garin, était imminente. Il n'y avait que très peu de monde sur le parking, et même tout simplement dans l'hôpital ce jour-là. Cet établissement avait pour fonction principale de recevoir essentiellement les skieurs malchanceux, surtout en période de vacances. Et le premier janvier, les gens ne se précipitaient pas vraiment sur les pistes, surtout si le soleil n'était pas au rendez-vous. Ils se remettaient plutôt de la fête de la veille. L'homme attendait donc cette personne dehors, sur le perron du service, profitant de ce temps pour terminer une cigarette.

Une voiture arriva face à lui et une femme en sortit. Elle avait l'air très inquiète. Il se dit que ça devait certainement être la personne qu'il attendait. D'ailleurs, Constance se dirigea vers lui tout naturellement. Il était seul sur le perron des Urgences et paraissait aussi relativement soucieux. Cette posture lui avait laissé supposer que c'était bien l'interlocuteur que Guillaume avait eu en ligne une heure et demie plus tôt. Sans compter qu'il avait bien l'allure d'un médecin, sans qu'elle sache vraiment dire pourquoi. Curieuse attention qui l'interpella d'ailleurs. Être accueillie par un médecin des Urgences à la porte d'un hôpital, ce qui en général n'arrivait jamais, ne laissait rien présager de très bon. Ou bien était-ce le hasard ? Elle n'en savait rien, néanmoins l'espoir auquel elle se raccrochait ces dernières heures donnait l'impression à cet instant de commencer à s'étioler.

La jeune femme blonde le salua spontanément, le visage fermé, tout comme lui. Sa blouse blanche s'avérait beaucoup trop grande pour lui. De plus, en guise de décoration, une de ses poches arborait une conséquente tache d'encre bleue réalisée par un stylo branlant. Celui-ci tenait seulement par son bouchon au tissu et semblait prêt à chuter au moindre mouvement brusque. Mais elle était malgré tout brodée à son nom sur le torse.

Consécutivement à cette courte introduction, l'homme l'invita à l'accompagner à l'intérieur du bâtiment afin qu'il lui résumât la situation. Constance acquiesça, inspira profondément tout en fermant les yeux. Elle expira ensuite tout en se recentrant, puis pénétra dans le sas constitué par deux portes automatiques, à la manière d'un plongeur qui entrerait dans une eau sombre inconnue.

Après s'être arrêté dans le renfoncement d'un long couloir, l'homme commença le véritable entretien. Ses explications furent très claires, extrêmement cohérentes. Ils avaient reçu, lui ainsi que son équipe, amenée par les pompiers et le SAMU, une femme de soixante-dix-huit ans en milieu d'après-midi. Dernière qui arrivait à la suite d'une chute sur le verglas. Elle présentait un traumatisme crânien conséquent ainsi qu'une hémorragie cérébrale massive. La patiente se trouvait totalement inconsciente lors de son entrée à l'hôpital et l'était restée depuis. Ses pupilles ne réagissaient pas à la stimulation lumineuse, ce qui lui signifiait que les dommages semblaient considérables. Constatant que son interlocutrice ne lui répondait pas et ne sachant pas si la cause était l'émotion ou l'incompréhension, il reprit, plus simplement cette fois.

— Madame, votre grand-mère présente une fracture de l'os occipital, situé à l'arrière de son crâne. Cela a entraîné des saignements à l'intérieur de sa boîte crânienne. Il y a du sang partout. C'est très grave et elle ne s'en remettra malheureusement pas.

Constance émergea de sa prostration et tenta de le questionner sur ce qu'il était possible d'envisager, afin que sa grand-mère s'en sorte. La femme semblait plongée dans un déni total des commentaires précédents.

— Donc, qu'allez-vous faire ? Comment allez-vous le retirer, ce sang ? Sa convalescence durera longtemps ? Et a-t-elle d'autres blessures ?

Le médecin réitéra une nouvelle fois ses explications, accoutumé à ce type d'exercice, et lui expliqua finalement avec une grande douceur mêlée d'empathie qu'il ne pouvait regrettablement plus rien faire pour sa grand-mère. Les dégâts s'avéraient considérables au niveau cérébral, et même si par miracle elle parvenait à revenir de ce traumatisme, elle ne serait plus celle que l'on avait connue. D'ailleurs, il n'était plus question de miracle. Antoinette allait succomber à cette chute, et très probablement rapidement. Une question d'heures, tout au plus.

La jeune femme aurait aimé pleurer, mais rien ne venait. Elle ressentait une sorte de scission interne, de vide, tandis que pour autant son chagrin et sa douleur se révélaient immenses. Subitement, le besoin viscéral de voir Antoinette, la voir, émergea, sonnant comme une urgence vitale. L'homme acquiesça, puis la conduisit poliment devant la porte de la chambre en question. Guillaume arriva au même instant, essoufflé, presque transpirant sous son bonnet, une inquiétude non dissimulée derrière ses yeux perçants. Roméo était assis dans sa poussette, encore tout ensommeillé du trajet et décoré de sa tétine, lui couvrant une bonne moitié de la figure. Il se présenta à son tour au médecin.

— Bonjour Monsieur, je suis Monsieur Rinat. C'est moi que vous avez eu en ligne.

— Bonjour. Je vais vous demander quelques secondes, s'il vous plaît. J'accompagne votre épouse auprès de sa grand-mère, et je repasse vous donner plus d'informations, lui répondit l'homme.

— Est-ce que je peux l'accompagner ? lui demanda-t-il.

— Non, dans un premier temps, je pense qu'il est plus judicieux qu'elle reste seule avec la patiente. Et il me paraît nécessaire que je vous explique précisément les choses. Vous pourrez la rejoindre ensuite, une fois que nous aurons fini de discuter ensemble.

— Très bien, je patiente, je comprends, rétorqua-t-il un peu contrarié.

Il s'exécuta néanmoins respectueusement, quoique inquiet de laisser sa compagne abandonnée dans cette chambre. Le père de famille dévoué se dirigea un peu plus loin, afin de s'asseoir sur un strapontin dans ce vaste couloir presque désert. L'homme portant sa blouse tachée ouvrit solennellement la large porte, Constance entra, tandis qu'il lui indiqua qu'il reviendrait sous quelques minutes. Il referma derrière lui. Bien trop rapidement à son goût, se dit-elle. Elle se trouvait désormais seule dans cette pièce.

12

La lumière est tamisée, douce et presque agréable. L'équipe médicale semble avoir fait le nécessaire avant son arrivée. Dans cette chambre dénudée, un lit, un fauteuil au simili cuir déchiré, une tablette à roulettes sur laquelle repose le sac à main de sa grand-mère, mais rien de plus. Sur le lit, Antoinette est allongée. Les draps sont parfaitement tirés, repliés très proprement sur son abdomen bien enveloppé. Elle paraît endormie, habillée dans une chemise de nuit d'hôpital à petits motifs bleus indéfinis, les bras étendus le long de son tronc. Sa respiration se fait terriblement bruyante. Chaque inspiration semble si forte qu'elle donne la sensation que sa grand-mère sort de l'eau comme à la suite d'un concours d'apnée un jour d'été. La jeune femme s'avance vers ce lit, lui donnant la sensation d'être totalement déshumanisé. Tout se mélange. Elle a neuf ans tout à coup. Puis vingt-huit. Puis neuf à nouveau.

Elle se dit qu'elle doit être forte. Il n'y a qu'elle pour accompagner et soutenir Antoinette à cet instant, puisqu'elle est seule. Ses parents ne sont, à cette heure, pas encore informés de la situation tragique qui se joue. Elle a téléphoné bien sûr, durant le trajet en voiture, à de nombreuses reprises même. Or, elle est tombée systématiquement sur les répondeurs respectifs de ses parents et n'a pas osé leur laisser de message. Ce ne sont pas des informations que l'on peut laisser sur un répondeur. Ils sont certainement toujours en vol ou sur le point d'atterrir. Absolument personne d'autre qu'elle, pour Antoinette. Elle est pétrifiée. Puis une sensation nauséeuse l'envahit. Il est obligatoire y résister, car ça n'est absolument pas le moment, pas maintenant. Alors, elle se donne l'ordre de tenir et son corps attendra. Il n'a pas à décider pour elle. Ce n'est ni la première, ni la dernière fois qu'elle surmonte une tempête intérieure.

Une fois au bord du lit, la petite-fille d'Antoinette pose son regard vert si brillant, trop humide, sur le corps inerte de sa grand-mère. Elle photographie intérieurement chacun de ses traits, chacune de ses rides, chaque grain de peau afin de ne jamais les oublier, tout en lui caressant les cheveux avec bienveillance. Il semble nécessaire en ces circonstances de lui adresser quelques paroles. Elle doit briser ce silence intenable, décidant en conséquence d'expliquer la situation à ce qui reste d'Antoinette, tentant de rester factuelle dans ses propos.

— Mamie, c'est Constance. Je suis là. Je suis arrivée. Je viens de parler avec ton médecin, il m'a dit que tu étais vraiment gravement blessée. Il me dit que tu vas mourir, Mamie.

À ces mots, elle s'oblige à retenir un sanglot. Elle doit continuer.

— Je vais appeler mes parents. J'ai essayé plusieurs fois, cependant ils étaient dans l'avion, alors il faut que tu patientes un tout petit peu. Ils ne devraient pas tarder à atterrir à Genève. Ils arriveront au plus tôt, j'en suis certaine. Mais pour l'instant, il n'y a que moi. Guillaume et Roméo sont dans le couloir, ils vont venir d'une minute à l'autre. Guillaume parle avec le médecin.

Antoinette ne réagit pas. Elle respire si fort, son corps restant léthargique. Sa petite-fille poursuit.

— Ne t'inquiète pas pour ton chien. Mireille l'a récupéré tout à l'heure. Elle le garde. Maman l'appellera pour qu'on puisse le récupérer, mais il est en sécurité, ne te fais pas de souci. Et ton sac à main est bien là. Les pompiers l'ont amené. Nous vérifierons si tout est bien dedans. Cela dit, il n'est pas perdu. Donc, tu n'as à te préoccuper de rien.

Elle poursuit encore. Sa peine s'amplifie, sa gorge se noue fortement, rendant chaque mot un peu plus difficile que le précédent à prononcer.

— Dans ces conditions, Mamie, si tu as encore la force de tenir jusqu'à leur arrivée, l'arrivée de mes parents, ce serait formidable. Ils aimeraient être auprès de toi, tu sais. Et puis, si tu n'y parviens pas... Ça n'est pas grave. Ils comprendront, je te l'assure. Et moi, je suis avec toi. Tu n'es pas seule, et je resterai tout du long ici.

Elle poursuit son monologue durant plusieurs minutes, infatigable et imperturbable, malgré son émotion palpable. Elle lui explique que bien sûr, Roméo connaîtra la valeur qu'il a pour elle. Guillaume et elle lui parleront de son arrière-grand-mère. Ils n'oublieront rien, pas le moindre détail.

Au cours de ces mots, les inspirations d'Antoinette s'espacent progressivement. Tentant de rester lucide et forte jusqu'au bout bien qu'infiniment triste, la petite-fille de cette si belle grand-mère juge qu'il est désormais temps de retirer les bijoux d'Antoinette. Elle se doit, elle-même se dit-elle, de lui retirer ses bagues et ses bracelets. Elle ne souhaite pas que les infirmières lui cassent les doigts en essayant de le faire, plus tard. Ce ne serait peut-être pas le cas, mais elle estime qu'il est hors de question de prendre le moindre risque. Elle s'applique, les retire une à une, précautionneusement, afin de ne pas générer la moindre douleur.

Arrive le dernier bracelet. Un jonc d'or jaune, plus tout à fait circulaire à force d'avoir été porté et heurté contre de multiples surfaces. Constance doit malheureusement refermer la main d'Antoinette, tracter un peu, puis plus fortement, car ce bijou semble ne pas vouloir la quitter ; tant et si bien qu'après quelques difficultés, la jeune femme y parvient enfin. Immédiatement, elle l'insère sur son poignet gauche, se promettant de ne jamais le quitter pour le reste de sa vie. Les bagues sont glissées dans la poche droite de son jean, ainsi que les autres bracelets. Elle reprend ensuite avec douceur ses caresses sur la toison de la lionne endormie. La respiration d'Antoinette n'est presque plus, bien trop lente désormais. Constance comprend que l'histoire touche inéluctablement à sa fin.

Maintenant. Le moment est venu, Antoinette ne peut plus attendre et doit partir. Elle ne peut patienter jusqu'à l'arrivée de sa fille. Gisèle arrivera trop tard. Ne reste plus à sa petite-fille, débordée par le chagrin, qu'à lui dire qu'elle l'aime, puisqu'elle vit ses ultimes instants en sa compagnie. Et son dernier sursaut de vie s'envole. Antoinette vient de s'éteindre. Elle a soufflé sur la flamme de sa vie, sous les larmes scintillantes de son rayon de soleil sucré, s'en allant vers un ailleurs inconnu.

ROMÉO

13

L'histoire reprit son cours difficilement à la suite du décès d'Antoinette. Ce fut un véritable choc pour Gisèle, sa fille unique. Elle qui avait été tant privée de l'affection et de l'attention de sa mère durant toute son existence, dut accepter que jamais ce manque ne pourrait être comblé. Elle devait continuer à vivre ainsi, marquée par cette plaie béante. Ce fut une lourde épreuve aussi pour tous ses proches. Antoinette laissait un grand vide après son départ. Ne restaient de cette femme que les souvenirs, ainsi que les anecdotes de ses facéties, toutes plus cocasses les unes que les autres. Antoinette avait vraiment vécu de manière excentrique, si bien que celles-ci se révélaient très nombreuses. Peu à peu, la douleur fit place à la douceur, puis l'apaisement remplaça la tristesse et le chagrin. Et Roméo, n'oublions pas, comme tout enfant merveilleux, finit par réussir, grâce à sa simple présence et à sa fraîcheur, à aider tout le monde à avancer. Parce que la vie n'attend pas.

Roméo se transformait en petit garçon, adorable et touchant. Petit modèle pour ses quatre ans, chaque étape de son développement psychomoteur fut franchie à la vitesse de la lumière, car il était pressé. Pressé de pouvoir se retourner, de tenir assis, de réussir à se mettre debout. Tout arrivait vite avec lui. Lors de ses six mois, il arborait déjà plusieurs dents. À dix-huit, il articulait parfaitement et possédait plusieurs mots de vocabulaire, quoique simples. Un petit amour d'enfant aux yeux ambre, plus clairs encore que ceux de son père, garnis de petites taches de rousseur parsemant ses joues. Ses cheveux bruns aux reflets roux, en bataille sur sa petite tête toute ronde, lui donnaient un air de canaille. Cet enfant souriait tout le temps et cherchait sans cesse à amuser ses parents en réalisant des pitreries, surtout pour sa maman. Constance et Roméo entretenaient une relation fusionnelle.

Devenir mère n'avait pas été aisé, Constance souffrait d'endométriose sévère. Sa grossesse n'avait en conséquence pu se faire que grâce à l'aide de la médecine. Il paraissait d'ailleurs probable qu'elle ne pourrait plus jamais donner naissance à d'autres enfants, d'après son gynécologue. Mais son petit bonhomme la comblait chaque jour et cela lui suffisait. Elle se sentait parfaitement aboutie. Roméo avait une place de petit prince. Néanmoins, il n'était nullement élevé comme un enfant roi. Ses parents lui inculquaient chaque jour les règles de la politesse et l'encourageaient à trouver sa place dans le monde, faisant de lui un petit respectueux des règles. Ce petit ange, concentré en une boule d'amour, passait des heures entières, au chaud, dans les bras de sa mère, comme Constance l'avait fait avec Albert au même âge.

Il pouvait aussi passer un temps conséquent à jouer avec toute une collection de dinosaures dans sa chambre, inventant toutes sortes d'histoires et d'aventures à ses figurines en plastiques. À la grande surprise de ses parents, il connaissait même un grand nombre d'espèces de ces animaux disparus. Une fois ses aventures jurassiques terminées, le petit garçon disposait les petits jouets méticuleusement sur une large étagère en rang, très proprement. Roméo possédait une nature curieuse, posant des questions sur tout et tout le temps. Il donnait l'impression d'avoir besoin de se remplir de connaissances, en passant des étoiles aux tracteurs, ou bien des aspirateurs aux différentes sortes de légumes.

Oui, les aspirateurs. Le garçonnet développait une passion sans faille pour ces étranges bêtes. Partout où il se trouvait, il réclamait une rencontre avec l'aspirateur du lieu, ce qui amusait généralement beaucoup. Une fois les présentations effectuées, le petit le renversait, tournait autour, tentait même parfois de le démonter. Il le caressait, presque amoureusement, ou tout du moins comblé d'une admiration non dissimulée, jusqu'au moment fatidique. Celui où la nécessité de le brancher, afin de découvrir son timbre, l'emportait sur la raison ! Que de rires à chaque fois ! Et cela ne s'arrêtait jamais, plus qu'une passion, c'en était même quasiment une obsession.

14

Lors d'une belle après-midi de printemps, Roméo jouait dans le jardin, construisant une nouvelle cabane. C'était une très belle journée, une de celles où les arbres laissaient leurs bourgeons s'épanouir sous la chaleur douce du soleil. L'hiver précédent, il avait obtenu sa première étoile à ski, du premier coup en plus. Quelle fierté ! Il allait aussi à l'école où il était scolarisé en moyenne section. L'école représentait pour lui une bénédiction. Chaque matin, il partait en courant avec son tout petit sac à dos multicolore, trépignant même quelques fois, pour aller retrouver ses copains et surtout sa maîtresse Sophie, celle qui lui apprenait des chansons, et surtout à écrire. À nouveau, une grande fierté pour ses parents : Roméo se révélait déjà capable d'écrire son prénom en lettres bâtons et s'entraînait à le réaliser en lettres attachées, les cursives. Il commençait aussi à pouvoir lire quelques mots simples sur les boîtes de gâteaux à la cuisine, ou même les panneaux au bord des routes. C'était ainsi qu'on devenait grand. Plus de tétine non plus d'ailleurs, car il en avait fait cadeau au monsieur barbu en costume rouge quelques mois plus tôt et s'en passait très bien. Ses parents l'avaient emmené au « Hameau du Père Noël » durant les vacances, et dans la pièce où trônait « l'arbre à totottes », le petit lutin avait spontanément décidé d'y accrocher la sienne.

D'ailleurs, ce jour-là, il aurait dû être à l'école. Mais depuis la veille, le bout de chou se trouvait un peu fiévreux. Ses parents avaient donc décidé de ne pas l'y amener, afin qu'il puisse se reposer. Le lendemain, mercredi, il pourrait se reposer un jour supplémentaire à la maison et reviendrait ensuite parfaitement sur pied afin de retourner auprès de Sophie. D'un côté, il était ravi de ne pas être en classe, parce qu'il y régnait souvent beaucoup de bruit. Sans compter qu'il déjeunait à la cantine chaque jour et n'appréciait pas tout à fait ce qui lui était servi, même s'il se forçait à terminer son assiette à chaque repas comme on le lui enseignait. Il se révélait un peu délicat au niveau alimentaire. Les légumes ne l'enthousiasmaient pas vraiment, ni même le poisson. Se nourrir de beignets de poulet aux coquillettes à chaque repas lui convenait beaucoup mieux.

Et puis à l'école, même s'il aimait beaucoup cet endroit, Maîtresse Sophie obligeait sans cesse les enfants à faire la sieste en début d'après-midi et la sieste était synonyme de calvaire pour ce chérubin. Il ne somnolait plus les après-midis depuis longtemps, puisqu'il manquait de temps. Et dormir en plein jour ressemblait pour lui à une véritable contrainte chronophage inutile. Pourquoi dormir, tandis qu'on pouvait justement utiliser ce temps pour construire une très belle cabane, ou même un château en bâtonnets de bois ? Le petit garçon raffolait des jeux de construction ainsi que des petites voitures, un peu moins que les dinosaures, mais tout de même, cela lui plaisait beaucoup. Il possédait une caisse pleine de ces petits bolides, sous son étagère à dinos. À chaque sortie dans un magasin, montrant ses petits yeux tout craquants, il parvenait à se faire offrir une babiole presque à tous les coups.

Mais ce jour-là, tout avait l'air d'un supplice : jouer ou imaginer des histoires de cabane. Sa tête lui faisait mal, ainsi que tout son corps. Maman lui avait donné un médicament au goût de fraise, pourtant celui-ci ne se montrait pas très efficace, pas comme les autres fois. Et même s'il savait que ce jour-ci le temps était doux, il se sentait frigorifié intérieurement, tout au fond de lui. L'enfant prit sur lui encore un moment, tentant de mettre de côté ces désagréables sensations, cependant ces dernières devinrent de plus en plus prégnantes. Il décida finalement de rentrer, la cabane attendrait. Tout en parcourant les quelques mètres jusqu'à la porte-fenêtre de sa maison blanche, il se disait que sa mère lui ferait très certainement un câlin dans le canapé, bien confortablement, sous le plaid rose en polaire tout doux.

Roméo arrivé à l'intérieur, Constance constata que les joues de son fils rougissaient énormément, les taches de rousseur semblant plus sombres et ses yeux beaucoup trop brillants. Elle déposa le dos de sa main sur son front et une chaleur intense l'alarma immédiatement. La jeune mère commença à se sentir en alerte, et son pincement au cœur qui se montrait accentuait sa crainte. Depuis la veille au soir, cette hyperthermie ne faisait que s'accentuer, les traitements successifs se révélant quasiment inefficaces. Elle avait tenté d'obtenir un rendez-vous auprès du pédiatre de son fils depuis le début de la matinée, mais ce vieux docteur était malheureusement parti en congrès. Elle avait appelé ensuite le généraliste, lui-même débordé, sa secrétaire ne proposant qu'un créneau pour le lendemain, soit plus de vingt-quatre heures plus tard. Constance avait tout de même accepté cette proposition à contrecœur, espérant secrètement que les choses rentreraient dans l'ordre pour son fils bien avant.

Comme Roméo l'avait espéré, sa mère le prit avec douceur dans ses bras une fois qu'il fut entré. Puis une fois ses chaussures retirées, elle se dirigea chargée de son petit bout fatigué vers le canapé du salon. Elle s'assit tout en le gardant sur ses genoux, s'attela à lui retirer son pull ainsi que son tee-shirt garni de dinosaures. Ils restèrent de longues minutes dans cet état tous les deux, regardant un dessin animé que Roméo aimait tant, l'histoire d'un certain Diego, vivant de nombreuses aventures au cœur de la jungle. Tellement, qu'il récitait chacune des répliques quel que soit l'épisode, simultanément, à la seconde près. Mais pas ce jour-là. Roméo ne jouait pas à cet exercice qui l'amusait tant, d'autres fois. Il paraissait même confus lorsqu'il s'exprimait, presque désorienté, ou peut-être tout simplement concentré sur son mal de tête. Constance n'en savait rien, toutefois elle avait constaté ce signe déjà en fin de matinée.

Son trouble grandissait. Elle surveillait son petit de très près. C'était son rôle exclusif du jour. La veille, elle avait décidé d'ailleurs de fermer sa boutique le lendemain après l'avoir récupéré chez sa nourrice, afin de pouvoir rester auprès de lui. La situation semblait se compliquer, rien ne s'arrangeait. Ni la fièvre, ni les douleurs, ni même la fatigue. Cette dernière évoluait en léthargie, vers laquelle son enfant glissait lentement. Guillaume était parti travailler tôt comme à son habitude, mais téléphonait tout de même régulièrement afin de recueillir des nouvelles. Constance avait remarqué son tracas tout comme elle, ce qui d'un côté la rassurait, parce qu'elle ne se sentait pas inquiète sans raison. Mais, d'un autre côté, l'état de son mari amplifiait son agitation. La sérénité s'éloignait graduellement, laissant place à l'appréhension. La jeune maman se trouvait désormais sur le qui-vive.

*****

Alors qu'elle allait déposer son petit ange à côté d'elle, angelot semblant s'être endormi dans ses bras, elle le sentit soudain se raidir de tout son corps, puis tressauter. Roméo convulsait. Constance fut prise de terreur, se leva d'un bond et l'allongea immédiatement sur le canapé. L'inquiétude avait subitement laissé la place à l'affolement, un cap supplémentaire venait d'être franchi. Tout se bouscula instantanément dans son esprit, les questions fusant de toutes parts. Que se passait-il ? Que devait-elle faire ? Elle s'accroupit devant lui au bord du canapé tout en lui parlant, priant pour que les spasmes de son fils cessent. Mais non, ces tressautements n'en finissaient pas, durant comme une éternité.

— Roméo ! Roméo ! Réponds à Maman, mon chéri ! Réponds-moi, mon bébé ! Roméo, s'il te plaît !

Mais Roméo ne répondait pas. Enfin, après quelques secondes paraissant durer des heures, les secousses s'arrêtèrent. Cependant, son fils ne lui répondait pas plus, demeurant comme endormi. Elle ne parvenait pas à le réveiller, malgré tous les efforts possibles. La mère affolée décida immédiatement d'agir et composa le numéro du SAMU. On décrocha dès la première sonnerie. Constance expliqua précisément la situation, essayant de ne pas succomber à la panique, ni laisser transparaître son angoisse, répondant le plus factuellement possible aux questions du médecin régulateur. Subitement, elle finit par pleurer, se trouvant à ce moment-là à l'apogée du désarroi. Son fils brûlait, donnait l'air d'être inconscient et ne réagissait à aucune stimulation. Ses yeux avaient effectué un mouvement de révulsion quelques minutes plus tôt et demeuraient désormais clos.

L'interlocuteur de Constance, sentant le désarroi de la mère ainsi que la gravité probable de la situation, décida d'envoyer une équipe au domicile familial rapidement. Elle raccrocha, puis téléphona immédiatement à Guillaume afin qu'il rentre et lui apporte son aide, car elle se sentait totalement désemparée. La mère angoissée retenait tant bien que mal une boule au fond sa gorge, étranglant sa voix. Elle s'effondra en larmes. Son mari se leva sur le champ de son fauteuil de bureau, gardant son épouse en ligne, puis attrapa sa veste demi-saison ainsi que sa sacoche en cuir. Une fois sorti de son bureau, il s'engouffra dans l'ascenseur conduisant au parking souterrain. Il ne lui fallut que dix minutes pour arriver devant son pavillon et constater la présence de la voiture du SAMU, ainsi qu'un camion de pompiers.

À son entrée dans la maison, trois personnes en blouses blanches s'affairaient dans son salon, autour du canapé. Sa femme était assise, vêtue d'une belle robe printanière violette fleurie, dans le fauteuil en cuir beige clair et aux coussins de velours, essayant de sécher ses larmes. Lorsqu'elle le vit enfin, elle craqua à nouveau et se jeta dans ses bras en sanglotant. Elle tenta de se justifier auprès de lui, se sentant dévorée par la culpabilité de n'avoir pas su enrayer la tournure qu'avait prise la situation. Et pourtant, elle pensait avoir tout fait, sans exception, à la manière d'une mère compétente. Elle avait appelé le pédiatre, le médecin de famille et surveillait leur fils comme le lait sur le feu depuis le départ de son époux, mais tout cela s'était montré insuffisant ! Guillaume la serra fortement contre lui, l'incitant tendrement à se rassurer, puis relâcha son étreinte et se dirigea vers l'équipe de soins, afin d'en apprendre un peu plus. Le seul homme de cette équipe de trois personnes discutait, en ligne avec l'hôpital du secteur, pendant que les deux femmes restaient postées autour de son fils. Elles avaient effectué un premier bilan qui avait abouti à la décision de transférer Roméo au centre hospitalier, dans le but d'y effectuer des analyses complémentaires.

— Bonjour Mesdames. Je suis le père de Roméo. Comment va-t-il ? Que se passe-t-il ? Est-ce que vous pouvez m'en dire un peu plus ?

— Bonjour, lui répondit une des deux femmes. Nous avons effectué un examen préliminaire de votre fils. Cependant, nous devons l'emmener à l'hôpital. Il faut faire plus d'examens, des analyses. Il faut comprendre ce qu'il se passe.

— Mais, de quoi souffre-t-il ? Vous le savez ?

La femme répondit, le visage inexpressif. Elle devait être habituée à ce genre de situation, se dit-il. Par ailleurs, elle ne souhaitait probablement pas générer d'angoisse supplémentaire.

— Non, nous ne pouvons poser aucun diagnostic à ce stade. Il y a plusieurs possibilités et sans examen, aucun moyen de confirmer ou infirmer chacune d'elles. Mais l'état de votre fils est préoccupant, et cela nécessite que nous le transférions.

La plus grande de ces deux femmes, cheveux châtain clair et coupe garçonne, interpella Guillaume.

— Est-ce que vous pouvez lui préparer une petite valise, Monsieur ? Mettez quelques pyjamas, ses doudous s'il en a, ainsi qu'une tétine si besoin. Prenez bien son carnet de santé aussi, ainsi que la carte vitale à laquelle il est rattaché, et peut-être le livret de famille puis la carte de mutuelle, au cas où. Comme ça, vous n'aurez pas besoin de repartir les chercher au moment de son admission.

Constance, ressentant le besoin de se rendre utile et ayant entendu la conversation, se rendit docilement dans la chambre de son petit, ensuite dans la salle de bains, afin de s'atteler à confectionner le sac comme demandé. Elle ouvrit aussi le meuble dans lequel tous les papiers demeuraient rangés à l'étage, chercha quelques secondes sur la plus haute étagère, puis saisit le carnet de santé de son fils. Dans une seconde pochette cartonnée, elle attrapa leur livret de famille.

Lors de son retour, à peine quelques minutes plus tard, elle redécouvrit son garçon, allongé maintenant sur un brancard, conduit par deux pompiers. L'équipe soignante s'apprêtait à emmener son petit prince. L'image était déchirante pour elle. Elle saisit son sac à main ainsi que son téléphone puis se précipita vers son bébé, toute tremblante, demandant si elle pouvait se joindre à eux dans le camion rouge, ce qu'ils acceptèrent, bien évidemment. Roméo, toujours inconscient, semblait souffrir, souffrance visible au travers de ses froncements de sourcils et quelques gémissements. Guillaume annonça à son épouse qu'il suivrait l'ambulance en voiture, puis la retrouverait une fois au Centre Hospitalier. L'enfant fut hissé dans le camion rouge aux gyrophares bleus. Un des pompiers qui était resté patienter à l'extérieur de la maison à la suite de l'arrivée du SAMU s'installa au volant, puis le véhicule se mit en route.

L'équipe médicale remonta dans sa voiture, exception faite d'une des deux femmes, qui choisit d'accompagner Roméo ainsi que sa mère durant le trajet. Un dernier pompier monta ensuite, saisit les portes arrière du camion, ferma le tout. Immédiatement, le véhicule recula dans l'allée, précédé de celui des soignants, puis s'éloigna du pavillon à petite vitesse. Guillaume observa ce ballet, fortement perturbé, mais refusait de céder à la panique. Il sortit la clé de voiture de sa poche de veste tandis qu'il s'affairait à fermer leur pavillon, puis s'assit tout en faisant démarrer sa berline bleu nuit. Il recula à son tour, jusqu'à la rue tranquille de ce quartier résidentiel, et partit en direction de l'Avenue du grand Port.

15

Parvenu au service des Urgences, une fois son véhicule garé sur le parking, il retrouva Constance dans l'espace d'attente réservé aux parents. Elle lui paraissait si perdue et désemparée à cet instant. Il lui sembla qu'elle regardait quelque chose situé très loin. Pourtant, Constance ne voyait rien. Elle ne pensait à rien non plus. Impossible. Son esprit se trouvait comme paralysé et vide. Découvrir la présence de son mari la rassura quelque peu. Cependant, elle ressentait que son arrivée ne suffirait pas à l'apaiser complètement. Néanmoins, elle préférait ne pas patienter seule, son époux lui apportait malgré tout une certaine forme de réconfort. Un mouchoir en papier chiffonné dans une main et les yeux rougis de larmes à peine séchées, elle tenta d'expliquer l'évolution de la situation au père de leur fils.

— Il a convulsé à nouveau durant le trajet, Guillaume ! J'ai eu si peur !

— Encore ? Mais pourquoi, ils ne t'ont rien dit ?

— La femme qui était avec moi dans le camion disait que peut-être ça pouvait être dû à la fièvre, continua Constance, mais elle n'en est pas sûre. Ils ne savent pas ce qu'il a ! Elle m'a dit qu'il était trop tôt pour le déterminer.

Elle lui relata l'angoisse et l'impuissance qu'elle avait ressenties, opposées au sang-froid de l'autre femme durant cet épisode. À leur arrivée à l'hôpital, une nouvelle équipe les avait accueillis et avait immédiatement emmené Roméo, afin d'effectuer des analyses de sang ainsi qu'une ponction lombaire.

— Je n'ai pas eu le droit d'y assister. Ils m'ont dit que c'était trop impressionnant.

— Une ponction lombaire ? Mais à quoi sert ce genre d'examen ? Qu'est-ce que c'est ?

Il ne comprenait rien, ayant rarement entendu parler de ce terme par le passé. Que leur arrivait-il à nouveau ?

— Je ne sais pas, chéri. Ils me l'ont certainement expliqué, mais c'est très confus. Cela dit, une dame m'a dit que quand ce serait le moment, quelqu'un viendrait nous chercher. Pour l'instant, il faut patienter. Nous n'avons rien de mieux à faire. C'est un cauchemar, Guillaume ! Il est si petit ! sanglota-t-elle à nouveau, ne pouvant plus se contenir.

Guillaume s'assit lourdement sur une chaise particulièrement inconfortable, située à la gauche de sa femme, puis l'enlaça. Il ne savait que lui dire pour apaiser son chagrin. Tous ces termes spécifiques ainsi que cette ambiance médicale n'évoquaient rien de positif pour lui, et lui firent ressentir une peur viscérale qu'il se garda bien de révéler à Constance. Elle n'avait pas besoin de cela. Il devait rester calme, accepter et patienter. En effet, à cet instant la situation ne lui appartenait plus. Son épouse retenait ses larmes, quelques fois en y parvenant, et parfois en n'y parvenant pas. Elle restait silencieuse au creux de l'épaule de son mari, se préparant à demeurer ainsi peut-être longtemps.

Presque une heure s'écoula, durant laquelle ils restèrent sans fin, installés sur leurs chaises plastifiées. Une femme brune s'approcha d'eux, très mince, probablement proche de la cinquantaine. Elle avait les cheveux noirs coupés au carré, une longue blouse blanche ouverte sur un ensemble en tissu bleu foncé et était chaussée d'une paire de sabots plastifiés rose pâle. Elle se présenta sans donner son nom, indiquant juste sa fonction. Elle occupait le poste de médecin, au sein du service de réanimation. Le compte rendu de cette dame fut accueilli par les parents comme un couperet.

— Madame, Monsieur, bonsoir, se présenta-t-elle, tout en leur serrant la main à chacun. Je suis médecin, je travaille au sein du service de réanimation de l'hôpital.

— Bonsoir, répondirent les deux parents de concert.

— Voilà, je viens vous donner des nouvelles de votre fils. Nous attendons les résultats des analyses de sang, ainsi que ceux de la ponction lombaire. Cela va prendre un peu de temps. Mais quoi qu'il en soit, il est nécessaire que nous changions votre fils de service. Nous nous sommes concertés à plusieurs, et votre enfant a besoin que nous le surveillions de très près, car son état nous paraît assez sérieux, pour ne pas dire grave.

Guillaume et Constance ne savaient que dire, pendus à ses lèvres. Elle continua ses explications.

— Donc, pour vous expliquer ce qui va se passer maintenant, je vais emmener votre fils dans mon service, où nous allons le placer sous surveillance rapprochée.

— Mais quelle est sa maladie ? De quoi souffre-t-il exactement, Madame ? l'interpella Guillaume. Il avait besoin de comprendre.

— Nous ne le savons pas précisément pour l'heure, Monsieur, lui rétorqua-t-elle. Mais nous enquêtons sur plusieurs pistes. Quand nous commencerons à recueillir les résultats d'analyses, je pourrai probablement vous en dire un peu plus. Je préfère ne pas m'avancer pour le moment. Je vais vous laisser, je vais aller chercher votre fils, à présent.

Alors qu'elle se trouvait sur le point de s'éloigner, elle reprit.

— En attendant, je vous propose de vous rendre au secrétariat et de finaliser l'admission de votre garçon. Une fois que vous aurez terminé, rejoignez-moi au service de réanimation, la secrétaire vous expliquera comment vous y rendre, et nous nous retrouverons là-bas.

— Très bien, Madame, acquiesça Guillaume. À plus tard. nous faisons au plus vite.

— À plus tard.

Enfin, elle s'éloigna afin de faire le nécessaire pour Roméo, les laissant abasourdis sur leurs chaises respectives. Après avoir accusé le coup, les deux parents s'exécutèrent. Ils se rendirent comme demandé auprès de la secrétaire de l'accueil, lui donnèrent tous les éléments administratifs nécessaires et signèrent les papiers. Chaque seconde paraissait plus longue que la précédente, Constance ayant l'impression que cet épisode durait une éternité, trépignant, agacée de la lenteur de cette femme. Ils terminèrent enfin leur tâche, au bout de dix bonnes minutes, puis purent enfin se diriger à l'endroit indiqué par le médecin.

Après avoir erré dans de nombreux couloirs, tous semblables les uns aux autres, ils trouvèrent enfin la porte du service de réanimation. Un interphone, seul moyen, semblait-il, de pouvoir ouvrir ce fameux Graal. Guillaume appuya sur le bouton puis se présenta. Un bip se fit entendre ainsi qu'un cliquetis signifiant le déverrouillage de la porte. Ils pénétrèrent ensuite dans un large couloir aux tons bleus, les conduisant vers une nouvelle salle d'attente, dotée des mêmes chaises tout aussi inconfortables que dans la précédente. Ils s'y assirent et patientèrent à nouveau comme indiqué sur un écriteau mural. Aucun magazine, aucun tableau, rien que quelques chaises vilaines alignées le long du mur et une fontaine à eau.

Le temps leur parut infini et le silence de cette pièce pesant. Beaucoup trop. Guillaume ne parvenait pas à garder son calme, tapotant du pied frénétiquement, tandis que Constance demeurait comme absente, morte d'inquiétude. Elle redoutait cette minute où elle apprendrait plus précisément de quoi souffrait son Roméo, ne devinant pas si elle possédait suffisamment de force ou de courage pour supporter ces informations. Elle tenta de tourner son esprit vers sa respiration, afin de centrer sa pensée sur autre chose que ses angoisses tout en fixant un point au loin. Elle se fit à cet instant furtif la réflexion qu'elle regardait très loin, mais ne visualisait rien, en vérité, comme suspendue dans le vide. Tout comme sa grand-mère un soir de décembre, tout comme l'avait fait le médecin de son grand-père à son tour dans la cour. Finalement, elle émit une hypothèse. Une qui dirait que, quand plus rien ne va, quand les choses deviennent trop dures, les êtres humains éprouvaient peut-être le besoin de ne pas regarder tout en gardant les yeux ouverts.

Quelques minutes plus tard, quelqu'un arriva enfin. La femme médecin qu'ils avaient rencontrée plus tôt, subitement présente comme sortie de nulle part. Elle s'approcha du couple et leur expliqua la situation. Il était presque vingt-deux heures. Elle tenta d'user des mots les plus doux possibles.

— Je dois vous avouer que je n'ai pas de nouvelles très rassurantes, messieurs dames. La situation de Roméo pourrait être qualifiée de dramatique. Je suis désolée de vous annoncer cela ainsi.

— Dramatique ? Mais qu'est-ce que vous voulez dire par dramatique ? demanda Guillaume, mêlé de surprise et d'effroi.

— Nous attendons toujours certains résultats, mais l'hypothèse que votre fils souffre d'une méningite est celle qui nous paraît la plus probable.

Les parents se trouvaient abasourdis par la nouvelle.

— Une méningite, mais qu'est-ce que c'est exactement ? questionna Constance, sentant à ce moment que sa vie était sur le point de basculer encore une fois.

— La méningite est une maladie qui provoque une inflammation des méninges, poursuivit la femme. Les méninges, ce sont les enveloppes qui protègent le cerveau, le tronc cérébral, la moelle épinière.

— Mais d'où vient-elle ? Comment a-t-il attrapé cette maladie ? interrogea la mère du petit malade, les larmes aux yeux.

— Nous ne savons pas où ni comment il a pu la contracter, et il y a plusieurs causes possibles. Les origines les plus fréquentes sont virales. Cela dit, il y a aussi des méningites bactériennes. Nous en saurons plus avec les résultats, cependant dans l'attente, de toute façon, nous administrons des antibiotiques à votre fils dans l'hypothèse où la cause bactérienne se révélerait être la bonne, afin de gagner du temps.

Elle reprit ensuite.

— Je vais vous accompagner auprès de votre enfant, toutefois, je vais vous demander de vous préparer à vivre quelque chose de difficile. La scène que vous allez découvrir pourrait vous choquer. Je sais, par expérience, que cela peut être assez perturbant, surtout pour des gens qui ne sont pas du secteur de la santé. Il y a beaucoup de machines, vous pouvez trouver cela impressionnant.

Elle leur proposa donc de s'accorder quelques instants supplémentaires avant de la suivre, ce qu'ils refusèrent. Elle décida alors, comme convenu, de les mener auprès de leur enfant, néanmoins empreinte d'une légère appréhension. Constance et Guillaume la suivirent, une boule dans la gorge ainsi qu'au creux du ventre, redoutant ce moment sans savoir véritablement à quoi s'attendre. Et ce fut un choc en effet.

16

Une chambre plongée dans la pénombre, petite et tout en longueur, pas tout à fait rectangulaire. Un bruit de souffle de climatisation envoyait un air glacé dans ce petit espace, des sonneries de machines et des bips sonnaient, des écrans lumineux un peu partout dispersaient leur lueur. Une vision d'horreur pour des personnes inhabituées à tout ce monde médical, et encore plus lorsqu'il était question de la chair de sa chair. Placé au centre de cet espace, un lit sur roulettes trônait, donnant l'aspect d'une excroissance disproportionnée, posé sur le lino gris moucheté et identique dans tout l'hôpital. Et au centre de ce grand lit, leur si petit enfant. Roméo gisait, étendu sans la moindre couverture, des électrodes posées sur son petit torse et reliées par des fils de toutes les couleurs à une machine. Cette dernière possédait un immense écran. L'enfant avait un cathéter dans le pli d'un coude, lui aussi rattaché à plusieurs tuyaux, jusqu'à différentes poches suspendues à une potence. On lui avait déposé un linge humide et froid le long de son front ainsi qu'un autre sur chaque pli inguinal, tout ceci afin d'abaisser sa température. Le but était de faire diminuer cette fièvre cataclysmique. Le petit garçon donnait l'impression de dormir, mais ne paraissait ni détendu, ni paisible.

S'approchant du lit en silence, le temps que les parents reprennent leurs esprits suite au choc de cette vision, le docteur Isabelle Vallet reprit progressivement la parole. Elle leur indiqua qu'à cet instant, Roméo recevait un antalgique puissant, dérivé de morphine, ainsi que trois antibiotiques en cas de méningite bactérienne, dont les noms parurent tout droit sortis d'un dictionnaire extraterrestre. On lui délivrait en plus de quoi le réhydrater et faire baisser la fièvre, car l'excès de température prolongé avait eu une incidence sur son hydratation. Puis d'autres choses dont ils ne comprirent rien. Sans compter que leur état émotionnel ne le leur permettait pas vraiment en ces circonstances.

Constance voulut s'approcher de son fils, son si petit bébé, et désira le toucher, cependant la soignante le lui déconseilla. Roméo souffrait énormément et le simple fait de faire frémir l'air le long de sa peau intensifiait sa douleur. La mère retira respectueusement sa main, les yeux pleins de larmes, tentant de rester digne. Or, la souffrance qu'elle ressentait à l'intérieur de son cœur devenait insoutenable. Il n'était plus question de pincement, comme elle avait pu le connaître, non. Plutôt un désespoir profond et violent. Le médecin leur proposa de rester quelques minutes supplémentaires auprès de leur enfant, puis d'envisager de rentrer chez eux. Ils ne pouvaient rien faire pour aider leur fils, la situation se révélant extrêmement complexe. Cette dernière jugeait plus utile qu'ils rentrent se reposer afin de revenir dès le lendemain. La journée à venir risquait d'être longue et éprouvante, puisqu'elle allait s'avérer malheureusement déterminante pour Roméo.

Constance se rebella violemment, débordant de colère et de désespoir. Elle refusait catégoriquement de partir et demeurait incapable de se résigner à abandonner son fils. Elle pensait qu'il ressentirait une peur intense, qu'il avait besoin de percevoir la présence de sa mère, de ses parents, auprès de lui. Elle éprouvait elle aussi le besoin viscéral de rester à ses côtés. L'attitude de Madame Vallet fit néanmoins comprendre à Guillaume qu'il allait lui falloir trouver les mots justes, lui-même, afin de convaincre sa femme de ne pas s'éterniser sur place durant cette nuit et dans ces conditions. Elle lui tendit enfin une feuille avant de partir, sur laquelle elle avait inscrit le numéro de téléphone direct du service. Le couple avait l'autorisation d'appeler autant de fois que nécessaire jusqu'à leur retour, peu importait l'heure. On leur donnerait sans faute des nouvelles de leur fils à chacune de leurs sollicitations. Elle lui fit ensuite un signe de tête puis s'éclipsa discrètement de la chambre, les laissant seuls face à leur enfant absent et souffrant.

Après avoir observé son fils de nombreuses minutes en silence, observé les machines tout en se hasardant à deviner ce à quoi elles pouvaient servir, puis avoir essayé de décoder chaque écran sans le moindre succès, Guillaume posa un regard chargé d'empathie sur son épouse. La vision qu'il eut lui fendit le cœur. Il réprima immédiatement un sanglot, réussissant à le stopper à la dernière seconde. Cette si belle femme, si douce et aimante, si forte, mais tellement fragile à cet instant précis, lui donnait l'impression d'être un oiseau blessé. Un bel oiseau multicolore, couché sur le sol à cause d'une aile brisée, et se débattant de douleur. Il ressentait tant de culpabilité. Celle de ne pas avoir été à ses côtés durant la journée. L'homme s'approcha lentement de sa femme, la serra fortement dans ses bras, puis la laissa pleurer autant que nécessaire tout en lui embrassant les cheveux. Ils restèrent de longues minutes ainsi, jusqu'à ce que Constance n'ait plus de larmes à verser.

Suite à de multiples négociations, le triste époux réussit enfin à convaincre son épouse que pour le bien de tous, elle devait accepter de rentrer à la maison, il la conjurait de se reposer. Ils appelleraient. De plus, Roméo semblait entre de bonnes mains. Ses yeux ne pouvant pas se détacher de son fils, Constance se fit une raison, détaillant son petit visage rouge tout rond et inerte. Cette image fut à nouveau floutée par l'eau salée de ses larmes. Elle prit la main de son mari et la mort dans l'âme quitta cette chambre, puis cet hôpital sinistre, traînant avec elle la culpabilité d'une mère qui abandonne son petit, comme la peine d'un condamné.

*****

Une fois de retour chez eux, la maison lui parut totalement hostile, funeste et froide. Elle passa la porte, restant choquée de cette journée, observant cet intérieur si confortable et chaleureux en temps normal, dont elle et Guillaume avaient pensé chaque détail. Toutefois, ce soir-là, il en était autrement ; il donnait l'impression d'être recouvert de ronces. Pendant qu'elle balayait du regard l'espace, à la recherche d'un petit quelque chose qui la consolerait, elle constata que rien ne parvenait à la réconforter. Elle ne voyait que des jouets de l'enfant au sol, de nombreuses photos de lui, ses vêtements un peu partout. Elle rejetait le fait d'être là. Elle n'avait envie de se trouver nulle part d'ailleurs. Roméo restait seul et dans la douleur à l'hôpital, par sa faute de surcroît, sans personne pour le protéger, aux mains d'inconnus. Et s'il mourait ? Elle devinait qu'elle ne le supporterait pas. Autant succomber avec lui que poursuivre sa vie sans sa présence. Quelle injustice pour lui, qui n'avait encore rien eu le temps de savourer de son existence à peine entamée.

La jeune maman tenta de se ressaisir. Néanmoins, une partie de son esprit bouleversé avait, malgré tout, intégré le fait qu'il fallait se préparer au pire. Et pourtant, il paraissait impossible de pouvoir l'envisager. Malheureusement, la médecine avait ses limites propres, elle devait l'accepter. Par conséquent, cette éventualité ne pouvait être balayée d'un revers de la main. Parfois, la vie perdait la bataille de manière totalement arbitraire, et ce, malgré tout l'amour du monde.

Les époux s'assirent sur leur canapé sans même avoir allumé la lumière à l'intérieur de la maison, dans un silence absolu. Ils se trouvaient incapables, l'un comme l'autre, de parler de quoi que ce soit. Et la nuit se passa ainsi. Silence, obscurité, douleur. Ils avaient respecté la volonté du médecin, mais pas la leur. Leurs corps avaient quitté l'hôpital, cependant leurs âmes étaient restées auprès de leur petit garçon.

17

Lorsque les premières lueurs du soleil commencèrent à se faire sentir au travers des fenêtres de la maison, les parents filèrent sous la douche, comme si l'aube leur donnait le signal du départ. Un café, précédé d'un verre de jus de fruit, bus à la hâte et tout aussi insipides l'un que l'autre ce matin-là, puis Guillaume ramena Constance à l'hôpital. Un dossier urgent l'astreignait malheureusement à se rendre au bureau, mais il la rejoindrait dès que possible. Constance avait noué ses cheveux en chignon sans même s'observer dans le miroir et se fichait éperdument de son allure. Elle avait enfilé le jean du haut de la pile sur l'étagère, un tee-shirt jaune ainsi qu'un gilet beige ample et chaussé une paire de sneakers, les premières tirées du placard à chaussures. Son mari la déposa devant l'entrée de l'hôpital, l'embrassa tendrement, puis elle se rendit jusqu'à l'interphone de la veille et sonna. Ils avaient téléphoné aux infirmières presque toutes les heures depuis leur départ la nuit précédente, cependant leur fils n'allait pas mieux du tout, au contraire.

Une fois dans la chambre de Roméo, la pauvre Constance fit le triste constat qu'effectivement, rien ne s'améliorait. On la laissa quelques instants seule après son arrivée, puis une infirmière vint la rejoindre. Elle lui demanda d'exprimer son point de vue de maman quant à l'état de son enfant. Il demeurait toujours inconscient, les yeux clos, étendu et léthargique. Constance constata aussi que le pourtour de ses yeux avait légèrement bleui et en fit la remarque à la jeune femme. Celle-ci, avant de quitter la pièce, lui indiqua que si elle le souhaitait, la mère avait désormais la permission de prendre son fils dans les bras. D'après cette femme, cela semblait judicieux pour lui de ressentir le contact de la peau de sa mère, car l'intensité de sa douleur était stabilisée. Elle ne se fit pas prier, mais avait besoin de l'aide de cette dernière qu'elle lui apporta immédiatement.

Son petit garçon dans les bras, installée comme elle le pouvait dans un fauteuil, elle cala ses coudes contre les accoudoirs. L'infirmière démêla les fils des électrodes, ainsi que ceux des médicaments, puis les laissa respectueusement ensemble. Constance regardait son fils, pleine d'amour, néanmoins aussi remplie de tristesse. Elle ne réussit à nouveau pas à réfréner ses larmes dont certaines finirent leur course sur le front de Roméo. Elle ne parvenait pas à s'empêcher de revivre la scène de la veille, sur le canapé, ressentant à nouveau cette impuissance désarmante ainsi que cette immense culpabilité. Elle s'en voulait tellement de son manque de réactivité. Elle parla à son enfant tendrement, lui expliquant ce qu'il se passait, ou tout au moins ce qu'elle en avait compris. La tendre mère dit à son fils qu'elle avait confiance en lui, en sa force, puis qu'elle restait convaincue qu'il allait parvenir à guérir. Mais en terminant cette phrase elle dut se taire, étant donné qu'au fond d'elle ne se trouvait aucune certitude. Rien qu'un considérable désarroi. Alors la jeune maman resta silencieuse, laissant couler ses yeux rivés sur le visage de son enfant, se contentant de le bercer en lui embrassant la tête, au rythme des signaux sonores des instruments.

Soudain, la porte s'ouvrit à nouveau, et ce fut une situation incongrue qui se produisit. Un homme entra. Comme tout droit sorti d'un magazine de mode. Un homme très beau, blond aux yeux bleu clair, jeune, autour d'une trentaine d'années probablement, se dirigeait vers elle. Mesurant certainement un mètre quatre-vingt, il paraissait athlétique, les cheveux mi-longs, une mèche lui cachant négligemment l'œil gauche ainsi qu'une partie du visage. Son teint était hâlé, comme s'il revenait de vacances au soleil. Le visage de cet inconnu resplendissait, magnifique. L'homme était vêtu d'un jean délavé ainsi que d'un tee-shirt fleuri, recouvert intégralement de fleurs hawaïennes aux couleurs vives. Il portait aussi un collier. Un simple lacet de cuir noir ras de cou dont le pendentif semblait représenter un petit coquillage. De multiples bracelets de perles de bois noir ou sombre décoraient ses poignets, ainsi que d'autres de pierres de différentes couleurs. En bref, une gravure de mode à tous les niveaux venait d'entrer dans la pièce. La seule chose qui lui rappela qu'elle n'était pas en plein délire fut que cet homme ne tenait pas une planche de surf dans la main droite, mais bien un stéthoscope. Elle ne rêvait donc pas, elle se trouvait à l'hôpital d'Aix-les-Bains et non pas sur une plage d'Hossegor.

La réplique de Brad Pitt prit calmement une chaise adossée contre un mur, la déplaça et vint s'asseoir face à elle.

Elle restait muette comme une carpe, ne sachant que dire à cet homme si séduisant, tenant son fils tellement douloureux dans les bras. La scène aurait presque pu prêter à rire, si la situation de Roméo n'était pas réellement dramatique. L'homme se présenta brièvement. Il était le médecin de jour du service et avait pris la relève du Docteur Vallet. Toutefois, il ne dit pas son nom. Au fond, cela n'avait aucune importance. Il venait, avec professionnalisme, réaliser à la mère un état des lieux de la situation de son enfant. L'essentiel des éléments que Constance connaissait désormais parfaitement fut repris. Néanmoins, il l'informa que l'antibiothérapie allait être arrêtée, car les résultats des analyses lui étaient parvenus. La méningite, puisque c'était ce dont il était question, ne s'avérait pas d'origine bactérienne. Tous les tests étaient négatifs. Il s'agissait en conséquence d'une méningite virale. Seulement, le virus lui était inconnu.

— Nous testons ce que nous connaissons, Madame Garin. Et tous les tests sont revenus négatifs. Je suis donc en mesure de vous dire ce que c'est. C'est une méningite virale, je peux vous l'affirmer. Mais je ne suis pas capable de vous dire quel est le virus.

Voilà. Il ne sait pas, se dit-elle avec un fond de frustration.

— Mais comment allez-vous soigner mon fils, si vous ne savez pas quel virus vous devez affronter ?

— Eh bien, nous allons nous concentrer sur les symptômes. Puis les combattre un à un. Ensuite, il faudra que votre fils réalise le reste.

— Je ne suis pas certaine de bien vous comprendre, Monsieur.

— Ce que je suis en train de vous dire, Madame, c'est que nous allons faire tout ce qui est en notre pouvoir afin d'atténuer les symptômes dont souffre votre fils. Mais, c'est à lui de combattre seul le virus. Nous ne sommes malheureusement pas en mesure de faire plus. Nous avons effectué, jusqu'à maintenant, tout ce qui était en notre pouvoir. Cependant, nous sommes désormais arrivés au stade où la situation ne nous appartient plus. Je suis profondément désolé de vous annoncer cela ainsi, j'aurais aimé qu'il en soit autrement, du fond du cœur.

Constance le dévisagea, totalement hébétée. Cet homme si beau était en train de lui dire qu'il ne pouvait pas soigner son fils. Elle éclata en sanglots.

C'est impossible ! Vous ne pouvez pas m'annoncer les choses de cette manière ! Je suis certaine qu'il y a des solutions, des choses à faire ! hurla-t-elle, de toute sa rage de maman.

— Malheureusement, il n'y a rien de mieux à effectuer que tout ce que je viens de vous énoncer, Madame.

— Vous n'avez pas tout tenté, c'est inimaginable !

L'homme reprit avec calme et douceur. Ces moments étaient toujours délicats.

— Si, Madame Garin. Nous avons tout tenté. Mais, je comprends tout à fait que ce soit difficile pour vous. J'en suis sincèrement navré.

— Mais c'est mon bébé, encore. Il est si petit...

L'homme la fixait par moments dans les yeux, d'une attitude profonde et touchante, et parfois détournait le regard à terre. Il semblait si peiné pour elle et pour son enfant. Impuissant, pourtant rempli de compassion, ce médecin dégageait une humanité bouleversante. Mais cela ne suffisait pas. Après quelque secondes de recueillement, la mère de l'enfant ne put s'empêcher de poser une question qui lui brûlait les lèvres.

— Mais, allez-vous réussir à l'aider ? Va-t-il survivre ?

— Je ne sais pas, Madame. Je vais être franc avec vous. Votre fils va très mal. Si les choses devaient empirer ou s'améliorer, il ne serait toutefois question que de quelques heures, et je ne suis pas en mesure de vous dire dans quelle direction elles vont aller. Cela dit, les changements vont s'opérer vite. Tout va très vite en pédiatrie, quelle que soit la direction que la situation prenne.

Ils demeurèrent en silence ainsi quelques minutes. Roméo, geignant dans les bras de sa mère aux yeux rouges et au visage défait, ainsi que cet homme sorti tout droit de l'océan. Il paraissait probable qu'il ne souhaitait pas être assis sur cette chaise à cet instant, mais aurait plutôt préféré surfer sur la vague d'une plage paradisiaque.

Il reprit, ne sachant pas comment amener les choses, tout emprunté.

— Je suis désolé de vous demander cela, mais...

L'homme hésitait. Cependant, il était de son devoir d'évoquer ceci, au vu de la situation.

— Est-ce que Roméo est baptisé, Madame ? Parce que si ce n'est pas le cas, vous savez, nous pouvons faire venir quelqu'un, si vous le souhai...

Elle le coupa immédiatement, folle de rage et l'œil sombre, profondément blessée par cette question.

— Non, mon fils n'est pas baptisé, et je vous informe qu'il est absolument hors de question que nous réalisions une quelconque cérémonie ici. Ça ne peut pas et ne doit pas se passer ainsi. Par conséquent, c'est non en ce qui me concerne. Et il en sera de même pour mon mari. Personne ne viendra au chevet de notre fils !

L'homme comprit la colère et le désarroi de la jeune femme, puis s'excusa.

— Je vous prie de bien vouloir m'excuser, Madame. Je ne souhaitais pas vous heurter. Néanmoins, je devais aborder ce sujet.

— Je ne vous en veux pas, mais je ne souhaite pas avoir à réfléchir à cela, s'il vous plaît, je trouve tout cela bien trop difficile.

Il reprit alors, car l'entretien touchait à sa fin. Rien de plus ne pouvait être annoncé.

— Je vais vous laisser, je dois partir m'occuper des autres enfants du service. Je repasserai dans une heure environ, et au besoin en attendant, vous pouvez appeler. Quelqu'un viendra immédiatement.

— Merci, répondit-elle d'une voix étranglée.

— À plus tard, Madame Garin, termina-t-il, tandis qu'il replaçait la chaise contre le mur et s'éloignait.

Le médecin s'en alla, parce que sa place ne demeurait plus ici. Il devait aussi laisser le temps à cette mère d'intégrer toutes ces informations, aussi difficiles soient-elles. Il détestait ces moments. Pendant qu'il se dirigeait vers le couloir en direction de la chambre d'à côté, cet homme se dit qu'il aurait aimé pouvoir faire mieux pour cette femme qui le touchait. Elle l'émouvait profondément, sans qu'il sache expliquer pourquoi. Quelque chose d'indicible le subjuguait. La dignité affichée par cette mère, sa beauté mélangée à sa douleur, tout ceci l'émouvait. Il aurait aimé l'enlacer et la réconforter, elle lui semblait le nécessiter. Toutefois, il devait rester en retrait et faire de son mieux pour aider son enfant.

Résigné, il partit, décidant de réfréner ces pensées qu'il jugea inappropriées. Le regardant s'éloigner, dévastée, Constance serrait Roméo contre elle avec force, espérant lui transmettre un peu de son énergie et de son amour afin de lui venir en aide. Plus rien ni personne ne pouvait le secourir mieux que ce qui avait été fait. C'était à lui maintenant de se battre seul, seul alors qu'il était si jeune et désarmé. Allait-il pouvoir y parvenir ? Personne ne connaissait la réponse à cette unique question, pas même elle.

Une fois seule avec Roméo, elle resta longuement son ange dans les bras et continua de le bercer, lui fredonnant des chansons douces au creux de l'oreille. Elle lui raconta aussi des histoires de dinosaures, des histoires de chevaliers et de dragons. Guillaume arriva en fin de matinée et Constance lui expliqua la situation. Ce fut à son tour de s'effondrer. Lui si solide, tellement robuste face à l'adversité en général, il craquait subitement. Il s'éloigna de Constance en direction de la fenêtre et fixa l'horizon, fendu de douleur à l'intérieur. La vie s'était mise entre parenthèses pour cette famille, suspendue aux relevés de température ainsi qu'au rythme des pulsations cardiaques du petit malade. Ce jour-là, Roméo fit de nombreuses poussées fiévreuses et son pouls s'éleva jusqu'à deux-cent-trente-cinq battements par minute. L'enfant fut emmené à deux reprises dans un autre service, afin d'effectuer une échographie cardiaque ainsi qu'un électroencéphalogramme. Toute la journée durant, les soignants se succédèrent à son chevet à une cadence effrénée. Son petit corps s'épuisait progressivement, mais le garçonnet se battait comme un lion.

Constance et Guillaume ne le quittèrent pas. Son père lui tint la main sans cesse et sans jamais le quitter des yeux tandis que Constance alternait entre phases de désespoir et d'espoir. Par moments, elle eut besoin d'aller prendre l'air sur le parvis de l'hôpital, afin de respirer. Elle observait le ciel, se remplissait de la force du soleil, puis se réinstallait auprès de ce petit bout et se retrouvait bouleversée à nouveau, puis fondait en larmes. Vers vingt-deux heures, les parents de Roméo rentrèrent à leur domicile, après avoir déposé un baiser sur le front de leur fils dont l'état n'évoluait toujours pas.

Une fois chez eux, Guillaume cuisina un peu. Quelques pâtes, une tranche de jambon. Rien de fabuleux, mais il jugeait nécessaire que Constance s'alimente. Elle n'avait rien avalé de la journée et devait rester en capacité de tenir sur la durée, car il était impossible de savoir combien de temps tout cela durerait. Elle ne toucha presque pas son assiette, mais se força un minimum pour ne pas blesser son époux qui se donnait du mal pour la maintenir à flot. Il l'incita ensuite avec tact à monter se coucher, ce qu'elle fit à contrecœur.

Avant de monter, elle jeta un œil sur son téléphone et vit les multiples appels en absence de ses parents ainsi que de Jasmine. Guillaume avait très probablement informé tout le monde. Cependant, elle ne se sentait pas en état de les rappeler, elle n'avait pas ce courage. La mère accablée s'allongea mécaniquement dans leur lit, éteignit la lumière, mais garda les yeux ouverts et rivés au plafond, comme entre parenthèses, toute la nuit.

Le jour suivant, lorsque les parents du petit malade se présentèrent dans la chambre d'hôpital, l'infirmière les attendait. Les montées de fièvre se montraient aussi nombreuses, néanmoins la température de leur fils ne dépassait plus les trente-neuf degrés depuis le milieu de la nuit. L'espoir naissait enfin. Et effectivement, la journée confirma la tendance. La situation s'améliorait timidement, leur fils paraissait s'orienter dans la bonne direction. Constance se sentit immédiatement plus forte et ses larmes ne venaient plus. Elle proposa même à Guillaume de se rendre un peu à son bureau, lui qui donnait désormais l'impression d'être beaucoup plus ébranlé qu'elle. Peut-être un miracle avait-il lieu et la jeune mère voulait y croire.

Quand subitement, autour de dix-sept heures, la petite bouille aux taches de rousseur ouvrit un œil péniblement.

— Maman ? Maman ?

Constance ne put retenir ses larmes, mais des larmes de joie cette fois. Roméo revenait à la vie. Il était présent, se réveillait enfin et lui parlait.

— Oui, mon cœur. Je suis là.

— Je suis fatigué, maman, et j'ai mal à la tête.

— Je sais, c'est normal, ne t'inquiète pas. Je suis là et papa va arriver. Nous sommes avec toi. Tu gagnes, mon amour. Tu vas combattre ta maladie. Je suis tellement heureuse et fière de toi ! Tu as été très courageux !

Elle lui serra la main, l'embrassant tendrement. Le petit garçon semblait sur le point de remporter sa bataille. Ce soir-là, Constance resta avec son fils, hors de question de le laisser seul une nuit de plus. On lui installa un fauteuil modulable dont le dossier pouvait s'abaisser. Et cette nuit-là, enfin, elle trouva le sommeil. Un sommeil léger, entrecoupé de multiples réveils, et non réparateur, mais ça n'était pas grave. Elle avait tout le temps de reprendre des forces et de l'énergie. Il n'était pas question d'elle de toute façon, il était question de son fils. Assise, le bras tendu, la main de son enfant serrée au creux de sa paume, elle dormit par intermittence et sentit progressivement l'apaisement poindre.

Dès le lendemain, Roméo fut changé de service dans le but de rester sous surveillance encore un peu, puis aussi afin d'avoir la certitude que le garçonnet ne présentait pas de séquelles cérébrales. Le jeune médecin rencontré le second matin vint saluer l'enfant lors de son transfert, le félicitant chaleureusement pour sa réussite. Il salua Constance courtoisement, regrettant le contexte de leur rencontre. Il aurait aimé en savoir davantage sur cette femme. Cependant, il en était ainsi. Arrivé dans sa nouvelle chambre d'hôpital, Roméo eut l'autorisation de boire un peu et recommença à manger.

On lui fit un nouvel électroencéphalogramme durant l'après-midi, et par chance tout allait bien. Constance reprenait lentement vie. Elle refleurissait comme le font les fleurs au printemps. Son sourire enchanteur illuminait à nouveau son visage, ses yeux n'étaient plus rouges et se recoloraient progressivement de leur si beau vert perçant. Et Roméo renaissait aussi. La vie avait gagné cette fois, puisque la mort n'avait emporté personne.

GABRIELLE

18

Marguerite et son époux Albert avaient donné naissance à sept enfants. Trois filles et quatre garçons. Ils perdirent malheureusement leur première très jeune de la rougeole, puis au cours des années soixante leur second, un fils, à la suite d'un grave accident de la route. Au cours du reste de leur vie, ils ne parlèrent jamais de ces événements, ni avec leurs enfants, ni avec leurs petits-enfants. Seuls leurs aînés les évoquèrent parfois, ramenant à la vie furtivement ces descendants perdus. Le vieux couple ne cessa de répéter que la vie leur avait appris à savoir profiter des bons moments, sans s'arrêter sur les mauvais. Restaient désormais Roger, l'aîné, âgé de bientôt soixante-quinze ans. Ensuite Annie. Puis nous avions Paul, suivi de Gabrielle. Et enfin, petit dernier, arrivé après sa sœur excentrique, Louis, le père de Constance. Gabrielle, fille cadette de la fratrie et tante spéciale de Constance et ses cousins, possédait une place particulière au sein de la famille Garin.

Cette figure atypique avait été très belle plus jeune, et possédait en quelque sorte un petit air de ressemblance avec l'actrice Romy Schneider. Malgré les années, cette femme était restée pleine de charme et de caractère. Elle possédait un tempérament de feu. C'était une femme entière, relativement autoritaire, mais surtout auprès de ceux qui la côtoyaient de près, ne prenant que très rarement des détours lorsqu'elle ressentait le besoin d'exprimer quelque chose. La diplomatie n'avait jamais été son fort et elle se disait qu'après tout, le fond était toujours bien plus important que la forme.

De taille moyenne, possédant des formes, néanmoins, le tout dessinait une silhouette harmonieuse. Ni trop, ni trop peu. Elle avait toujours possédé une chevelure brune ainsi que des yeux très sombres, proches du noir. Elle avait aussi un grand front lisse, alors qu'elle avait fêté depuis peu ses soixante-six ans, ainsi qu'un magnifique sourire illuminant son très beau visage, malgré le temps qui passait. De profil, la ligne de son nez paraissait impeccablement dessinée. Elle se maquillait peu, juste suffisamment pour mettre en valeur et souligner ses yeux pénétrants, et portait du rouge à lèvres continuellement rose, plus ou moins éclatant, assorti en fonction de ses tenues.

Gabrielle détenait la palme de la coquetterie. Elle possédait une collection de chapeaux impressionnante qu'elle portait en toute occasion, sauf durant l'été. Parce qu'en cette saison, elle s'enturbannait de foulards multicolores, laissant son visage dégagé éclairer l'espace et ses yeux pétillants et scintillants. Quant aux chaussures, ah les chaussures ! Elle en possédait peut-être une centaine de paires. Il était d'ailleurs rare de la voir avec les mêmes aux pieds deux fois de suite. C'était à se demander comment sa petite maison parvenait à contenir toutes ces chaussures, ces chapeaux et ces étoffes sans éclater en les faisant jaillir par les fenêtres.

Cette bâtisse avait été construite bien longtemps auparavant en grosses pierres grises, mais aurait tout à fait pu être recouverte d'un patchwork multicolore, confectionné de teintes vives exclusivement, à l'image de cette femme tout en couleurs. Et il en était de même avec les vêtements qu'avec le reste, bien entendu. Lorsqu'elle trouvait quelque chose qui l'inspirait dans une boutique, Gaby l'achetait en au moins deux exemplaires, juste au cas où. Puis pour parfaire ses tenues, il allait de soi qu'elle n'oubliait pas les bijoux.

Son péché mignon : les colliers. Courts, longs, sautoirs, en perles, en bois, rouges, bleus, dorés... Tout y passait. Elle les rangeait dans de multiples paniers en osier disposés un peu partout dans son intérieur, débordant de tous côtés, certains tombés au sol auprès de ces cabas.

Chaque voyage se trouvait marqué par l'achat d'un collier, et Gabrielle voyageait beaucoup. Une autre passion. Sa destination préférée : l'Inde, ou bien le Sénégal, ou encore Bali. Elle n'arrivait pas à choisir, et en même temps n'en avait pas besoin. Au moins trois fois par an et durant plusieurs semaines, elle s'évadait à l'autre bout du monde et partait s'éveiller à ces cultures lointaines. Durant ces fabuleux périples, elle alternait entre les plages paradisiaques et les villages les reculés, goûtant toutes les cuisines au risque parfois de tomber malade. Mais elle s'en fichait. Elle devait s'imprégner de chaque tradition, sans exception, et tous ces pèlerinages représentaient ses bulles d'oxygène et son équilibre.

*****

Gabrielle n'avait eu ni mari ni enfant. Personne de son entourage ne savait vraiment si ce fut un choix de sa part, ou si ce fut un concours de circonstances, car elle était toujours restée discrète à ce sujet. Elle présenta bien, une fois ou deux, un homme à sa tribu, mais aucun ne resta sans que personne n'en connaisse la raison ou n'ose même le demander, de peur de se faire rabrouer. Elle vivait seule dans sa maisonnette moyennement rangée et ordonnée, cependant à chaque fois magnifiquement décorée. Elle adorait la décoration, passant des heures à arpenter les boutiques, surtout quand il s'agissait d'acheter de nouveaux rideaux ou des plaids dont elle raffolait. Elle en changeait plusieurs fois par an selon la saison, tant et si bien que chacune des pièces de son habitat disposait de son propre thème. Ses invités traversaient le monde à chaque porte franchie.

Cet insolite personnage avait travaillé en Suisse, où elle avait été employée dans une grande entreprise d'horlogerie. Elle avait occupé un poste de secrétaire toute sa carrière au sein de cette firme, son but ultime ne résidant pas dans son épanouissement professionnel. Son besoin profond fut l'harmonie de sa famille. Cette femme avait sans relâche été tournée au service des siens. Enfant, elle s'était beaucoup occupée de ses frères et sœurs, secondant énormément Marguerite. Adulte, ce furent ses frères et sœurs qu'elle épaula dans leurs rôles de parents. De la garde des enfants lorsqu'ils étaient malades aux semaines de vacances d'été au bord de la mer, à partir de la première de ses nièces, elle choisit spontanément d'endosser le rôle de « Tatie gâteau ». Elle aima passer des après-midis à les pouponner, les promener, les faire jouer. Cuisiner pour eux, notamment ses plats de lasagnes incomparables que tous lui réclamaient sans cesse depuis leur plus tendre enfance.

Par ailleurs, elle s'occupa beaucoup de ses parents au cours de leur retraite. Albert en fin de vie tout d'abord pour lequel elle se dévoua corps et âme. Après le décès de ce dernier, l'enfant prévenante vint habiter avec

Marguerite. Au début, pour la soutenir, puis au bout de quelques mois, elle décida finalement de rester vivre auprès d'elle. Elle constatait que sa mère ne remontait pas la pente et ne supportait pas le vide laissé par son époux. Jusqu'à son départ. Gabrielle regagna son domicile ensuite, ne souhaitant pas errer dans cette maison trop hantée par les souvenirs de ses parents ainsi que par son passé. En bref, cette femme pétillante menait une vie tournée vers les autres, et probablement pas assez vers elle-même, sauf extérieurement, soignant parfaitement son apparence.

De plus, chacun des Garin la considérait comme le ciment de la communauté. Le lien entre tous, qu'elle entretenait et maintenait coûte que coûte. Malgré parfois quelques distensions ici ou là entre certains, autant ses trois frères que sa sœur aînée, tous sans exception mettaient le poing dans leur poche et se rabibochaient. Aucun ne souhaitait s'attirer les foudres de la brune fréquemment tranchante dans ses propos.

Grâce à elle, l'union des Garin avait persisté à la suite de la perte de leurs parents. Elle était devenue le fil rouge, le liant de cette famille. Et le symbole de ses traditions. Les fêtes de Noël perduraient, malgré la vente de la maison parentale, grâce à elle seule et à sa détermination sans faille. Elle commençait d'ailleurs souvent à aborder le fameux sujet dès le mois d'août. Dès l'été, la tantine leur soufflait son besoin, afin que tous se préparent psychologiquement, à l'idée que l'année en question – le vingt-cinq décembre, comme chaque année depuis leur enfance – le repas de midi de Noël aurait lieu chez les uns, ou chez les autres. Peu lui importait où au demeurant, elle souhaitait qu'ils fassent la fête tous ensemble. Et il en était ainsi, car aucune négociation n'était ni possible ni envisageable.

À chacun des anniversaires de ses neveux, et ils étaient dix, elle trouvait toujours un petit cadeau, un petit quelque chose. Chacun de ses voyages était aussi marqué par une carte postale avec un petit mot personnalisé pour tous. Elle partit pour exemple en séjour à New-York durant les études de Romain aux États-Unis, le fils aîné de Paul. Elle lui cuisina là-bas un énorme plat de lasagnes apportées au fond de sa valise dans son minuscule appartement, lui fit un peu de lessive, de rangement, au point presque d'en oublier de visiter la ville. Elle consacrait ses mercredis à emmener ses parents chez Louis, garder Constance. Même suite à leur décès, elle continua de garder ce mercredi libre pour venir voir sa nièce jusqu'à ce qu'Antoinette, la grand-mère maternelle de cette dernière, ne la remplace peu à peu.

Lorsque la génération suivante commença à agrandir un peu plus le groupe, elle passait parfois une semaine, fréquemment plus d'une semaine d'ailleurs, chez chacun de ses neveux et nièces. La tante vieillissante s'occupait de tous leurs petits, imperturbable, régulière et fiable. Bien sûr, Roméo, le fils de Constance, n'avait pas fait exception. Pour lui comme pour les autres, Tatie Gabrielle faisait office de troisième grand-mère ; bien trop permissive envers les petits, ce qui n'était pas le cas avec les grands en général, néanmoins tellement affectueuse avec eux. Le temps passant, elle partit faire du tourisme plus près de chez elle et moins longtemps. L'Inde fut remplacée par l'Italie, puis le mois d'évasion se transforma en une semaine tout simplement. Mais elle persista tout de même, au moins une fois par an, à partir en balade à travers l'Europe ou bien la France.

*****

Ce fut quelques années à la suite du décès d'Antoinette que les choses changèrent pour Gabrielle. Un jour comme un autre, la même année que la méningite de Roméo. Un beau matin durant cet hiver doux, Gabrielle constata qu'elle avait un problème. Son utérus présentait de sévères troubles. Elle garda d'abord tout cela pour elle et consulta un gynécologue. Ce dernier lui parla en premier lieu d'un fibrome utérin qui nécessitait une intervention chirurgicale, parce qu'il se trouvait bien trop volumineux. Curieux, pour une femme dont les cycles menstruels avaient cessé depuis plusieurs années, mais n'étant pas spécialiste, elle fit confiance à cet homme.

En catimini, elle programma cette intervention qui eut lieu durant le mois de février. Cette dernière se passa correctement, en surface seulement. Moins d'un mois plus tard, elle constata de nouveau des saignements. À la suite d'un rendez-vous chez son médecin spécialiste, ainsi que des examens supplémentaires, le diagnostic tomba. Elle développait un cancer. Un cancer très rare. Un sarcome des muscles lisses. Un cancer très agressif et bien souvent implacable.

Une nouvelle intervention fut programmée, urgemment cette fois. Le médecin désirait envoyer Gabrielle à Lyon, dans un centre de référence pour ce type de pathologies, or Gabrielle ne voulut rien savoir et refusa catégoriquement. Il était hors de question qu'elle s'éloigne de sa famille, de chez elle. De plus, un peu comme tout le monde, après avoir surfé et recherché sur Internet afin d'en savoir plus au sujet de son mal, elle en découvrit l'issue qu'elle soupçonnait déjà. Elle savait désormais à peu près tout.

Par pudeur ou par peur, elle n'en dit rien à ses proches. La femme, discrète concernant sa santé, leur expliqua brièvement au détour d'une conversation qu'il était tout simplement question d'un souci de femme. Elle n'entra toutefois pas trop dans le détail. Mais elle se préparait déjà avec courage. La deuxième intervention ne se déroula pas aussi bien que prévu. Le chirurgien ne réussit pas à retirer la totalité de la masse. Celle-ci était énorme et avait bien malheureusement grossi trop vite. Le macabre mécanisme s'était mis en marche et rien ne pourrait l'arrêter. Gabrielle refusa une nouvelle fois de se rendre à Lyon, têtue qu'elle était, puis rentra finalement chez elle déjà affaiblie, et ce fut une descente aux enfers rapide et inexorable qui s'installa.

En quelques jours à peine, la douleur s'intensifia de manière exponentielle. Rien ne la calmait, ne serait-ce qu'un peu. La pauvre Gabrielle passait son temps, couchée en chien de fusil sur son canapé, soutenue par Annie, sa grande sœur impuissante, pourtant volontaire, présente pour elle. Annie était la seule personne à qui elle avait dévoilé le secret et lui avait fait promettre de ne rien révéler à quiconque. Tant bien que mal, cette dernière tentait de lui cuisiner des petits plats afin qu'elle avale un tout petit quelque chose. Mais Gabrielle n'y parvenait pas. Elle demeurait constamment centrée sur sa douleur, intenable par moments et lui arrachant quelques râles, fermée au reste du monde. Il n'était pas possible de se rendre disponible intellectuellement pour autre chose que cette souffrance qui occupait tout l'espace. Quelques fois, le supplice se calmait un peu, lui laissant un léger répit durant lequel elle trouvait l'énergie de prendre une douche, consommer un petit quelque chose. Puis, cela s'intensifiait de nouveau, amplifiant des cycles chaque fois plus difficiles à surmonter.

Annie, au bout de quelques semaines, rompit la promesse qu'elle avait faite à sa cadette, le cœur lourd. Elle ne pouvait laisser sa petite sœur seule et douloureuse, sans compter qu'elle se sentait impuissante et inutile. Elle avait besoin de l'aide ainsi que de la force de sa famille. Il fallait bien tout ça pour cheminer vers l'issue fatale de Gabrielle à venir. Et elle ne s'accordait pas le droit de priver ses frères de leur soutien ou leur présence auprès de celle qui les avait toujours unis. Elle contacta ses frères un à un et leur expliqua la situation.

— Roger, c'est Annie.

— Salut, Nanou. Qu'est-ce qui t'amène si tôt ? Tu es tombée du lit ?

— Non. Mais je dois te dire quelque chose.

Son ton était grave.

— Je t'écoute.

— C'est Gaby.

— Quoi, Gaby ?

— Elle est malade, Zef.

— Malade ? Mais, elle a été opérée. C'est fini, non ?

— Justement. Non. C'est un cancer. Et il s'aggrave de jour en jour. Je m'occupe d'elle en secret depuis des semaines, mais là, je suis à bout. Elle m'avait fait promettre de ne rien vous dire, mais je n'en peux plus. J'ai besoin de vous tous. On va la perdre.

Zef demeura silencieux quelques secondes. Il devait accuser le coup. Gaby était si importante pour lui.

— Oui, Nanou. Je serai là. On sera tous là, c'est évident.

— Merci, mon Zef. Je dois te laisser, je vais appeler Paul et Louis. On se tient au courant, hein !

— Oui, je vais appeler les filles, moi. Je t'embrasse.

C'est ainsi que la mécanique automatique Garin se mit en marche. Chacun appela ses enfants et en quelques heures tous savaient. Et tous s'inquiétaient. Sans le deviner à ce stade, Gabrielle ne resterait pas seule dans la terrible traversée de cette épreuve.

Dès le lendemain matin, après l'appel d'Annie à la première heure, Roger passa dans la petite maison grise. Sa décoration multicolore avait un air presque grotesque et caricatural au vu du contexte, désormais. Puis, Louis se présenta, et enfin Paul, afin de constater respectivement de leurs propres yeux l'étendue du désastre. Les trois hommes découvrirent leur sœur dans un état de souffrance insoutenable et déjà très amaigrie, voire quasiment émaciée.

— Gaby, insista Paul, tu ne peux pas rester comme ça, toute seule chez toi. Tu as besoin d'un médecin. Tu souffres beaucoup trop !

— Non, je t'assure, je n'en ai pas besoin. Entre les crises, ça va, quand même. J'arrive même à manger un peu.

— Tu plaisantes, Gaby ! rétorqua Louis. Tu as perdu au moins dix kilos. Et nous ne nous sommes pas vus il y a très longtemps. Non, je ne suis pas de ton avis. Je rejoins Paul. Il faut que tu ailles à l'hôpital. De gré ou de force !

Ils convainquirent Gabrielle de rappeler son médecin spécialiste tout en restant auprès d'elle. Ce dernier leur expliqua au travers du haut-parleur du téléphone à tous ce dont elle souffrait, une fois le consentement de sa patiente recueilli.

Ultérieurement au choc de l'annonce pour tous, et moultes négociations avec la principale intéressée qui, bien qu'affaiblie, restait déterminée et pleine d'autorité, enfin, Gabrielle accepta d'être transférée à Lyon urgemment. Et ce fut chose faite. Dès le jour suivant, elle fut emmenée au centre de référence régional pour ce type de cancer. Elle fit le choix de partir seule, demeurant très fière, et tous se montrèrent présents, au moment de son départ dans l'ambulance. À l'occasion du démarrage du véhicule, elle les salua dans un sanglot qu'elle ne put retenir malgré toute sa force de caractère.

Une fois la malade accueillie dans cet établissement à la pointe de la recherche, les nouvelles ne furent guère réjouissantes, puisque pour les spécialistes, cette patiente arrivait trop tard. On la plaça donc quelques jours dans un service de gestion de la douleur où elle reçut une transfusion sanguine, entre autres. Cela la requinqua un peu. Dès qu'elle fut à nouveau estimée transportable, devenue malheureusement une cause perdue et si isolée de ses racines, la médecin chef lui trouva une place dans un centre de soins de suite. L'établissement était niché dans la montagne, en Haute-Savoie. Annie s'occupa des modalités administratives en lien avec l'hôpital de Lyon, car désormais, et en seulement quelques jours, Gabrielle délirait la majeure partie du temps. Elle n'était plus vraiment elle-même et son état général dégénérait très vite.

Chaque nouvelle journée marquait une étape supplémentaire dans sa chute. Les médecins expliquèrent malgré tout à Annie que la morphine pouvait causer ce type d'hallucinations. Parce que Gabrielle voyait des chats, des chats devant toutes les portes. Ils remuaient la queue, comme elle disait, et demandaient à sortir, mais jamais personne ne leur ouvrait. Elle vit aussi un sanglier une fois. Il traversait la route. Puis un autre jour, elle annonça avoir fait une découverte : un des infirmiers en charge de son dossier avait noté son adresse sur un papier et envisageait de monter « un coup » pour la cambrioler. Elle se comporta d'ailleurs de manière odieuse avec ce pauvre homme qui en avait certainement vu d'autres, bien sûr. Pourtant, elle ne lui facilita pas vraiment la tâche. C'était un espion sous couverture d'après elle, qui partait dévaliser les domiciles des malades chaque nuit pendant leur hospitalisation, pour son propre dessein. Mais elle n'était pas dupe et le gardait à l'œil.

*****

Une ambulance revint finalement la chercher au centre lyonnais au bout de plusieurs jours et ramena la pauvre femme décatie dans ses montagnes. C'était maintenant l'été, il s'était écoulé si peu de temps depuis le début des symptômes initiaux. Une fois installée dans sa dernière demeure, ce qu'elle n'avait d'ailleurs pas compris et c'était tant mieux, toute la famille s'organisa pour lui rendre visite à tour de rôle afin qu'elle ne reste quasiment jamais seule, de jour comme de nuit.

Dès le premier soir, le dimanche, exaspérés par les horaires d'accueil des visites plus que restreintes au vu de la situation, Paul et Louis décidèrent subitement, au cours d'un dîner peut-être un peu trop arrosé, d'aller dormir auprès de leur sœur. Ils finirent par escalader le portail encerclant le bâtiment où était arrivée cette dernière autour de minuit, un sac de couchage chacun sous le bras. La colère les envahissait, ou probablement le désespoir. Ils avaient aussi préparé une gourde de vin rosé, ainsi qu'un morceau de fromage et de pain dans un petit sac à dos, à cette heure plus qu'inconvenante. Les frères désarmés entreprirent leur méfait nocturne, comme deux adolescents en pleine rébellion. Bien entendu, ils déclenchèrent l'alarme de sécurité de l'enceinte. Et les deux grands-pères, un peu penauds, durent se justifier puis montrer patte blanche au vigile afin qu'il les laisse rejoindre leur sœur. Ils la veillèrent et se racontèrent des histoires de leur enfance tout le reste de la nuit durant, sous l'œil amusé de l'équipe médicale de service.

Et ces roulements se répétèrent chaque nuit, bien sûr plus convenables ensuite que cette intrusion inappropriée, mais aucun ne pouvait se résoudre à abandonner Gabrielle dans ce lieu isolé. Elle ne méritait pas cela et leur devoir était d'être présents pour elle. Ce fut ainsi jusqu'au dernier jour. Les Garin comprirent rapidement que le temps allait être désormais compté ; ils avaient une mission à relever : l'accompagner jusqu'au bout, ainsi que quelques derniers souvenirs à fabriquer en sa présence. Leur sœur et tante si aimante, dévouée, s'apprêtait à les quitter sous peu : sa vie ne tenait plus qu'à un fil. Et ils refusaient d'en perdre la moindre miette.

La génération suivante opéra de même, chacune et chacun amenant sa progéniture auprès de Tatie Gaby, un moment quotidien ou presque, afin qu'elle demeure entourée de tous sans aucune exception. Et bien sûr, Constance ne dérogea pas à la règle, malgré le fait qu'elle fut à peine sortie de l'épreuve de la maladie de son fils. Gabrielle occupait une place spéciale pour elle depuis toujours, étant donné qu'elle se trouvait en toute dernière place de la famille, tout comme Roméo à son rang. Ils n'entretenaient pas une relation privilégiée avec cette tante chapelière, car celle-ci ne faisait de préférence pour aucun et les aimait tous profondément avec intensité, mais peut-être un lien juste un peu plus grand. Peut-être simplement par le fait de leur absence de successeur au sein de leurs générations respectives. Si bien que Gabrielle n'eut plus besoin de partager son temps avec d'autres neveux ou petits-neveux pour s'occuper d'eux. La dame au rouge à lèvres rose partait garder Roméo au moins une fois par semaine à Aix-les-Bains depuis sa naissance, souvent restant plusieurs jours auprès du petit bonhomme. Par conséquent, Constance ressentit spontanément qu'elle devait à sa tante de l'entourer au mieux dans cette ultime étape, afin de lui rendre un peu de tout ce temps investi pour elle, puis pour son fils.

*****

Dès l'arrivée de Gaby au centre, la dernière de ses neveux et nièces décida de fermer sa boutique temporairement et s'organisa avec Guillaume pour les quelques derniers jours d'école de l'année scolaire, ainsi que la gestion quotidienne de Roméo. Elle parcourut les trajets depuis Aix-les-Bains chaque jour. Parfois, Gabrielle ne savait plus qui était cette jeune femme blonde lui rendant visite, incapable de la reconnaître. Puis, d'autres fois la lucidité s'était réinstallée transitoirement et sa tante disposait de quelques infimes forces pour tenir une petite conversation, cependant de temps en temps sans queue ni tête. Il semblait finalement assez naturel à Constance de se trouver présente pour sa tantine. Elle lui amena un matin un de ses rouges à lèvres, qui finit au fond du tiroir de la table de nuit. Puis, une autre journée, ce fut une petite canette de soda, dont Gabrielle ne pouvait que s'humecter les lèvres, et avec de l'aide. Constance restait présente des heures durant, un livre à la main, dans cette chambre disposant d'une vue imprenable sur les montagnes.

Quelque part, sa présence assurait la liaison entre les différents membres de la famille ainsi qu'avec l'équipe médicale. Quand l'un d'eux arrivait au chevet de la malade, elle transmettait les nouvelles du moment, puis sortait et partait flâner dans le parc du centre pour laisser à chacun un temps d'intimité privilégié avec Gabrielle. Elle s'asseyait paisiblement sur un banc de pierre puis lézardait et bronzait un peu. Nous étions à la belle saison et la chaleur était agréable, les rayons du soleil chauffaient sa peau, une légère brise douce agitait ses mèches de cheveux. L'odeur de la montagne, de l'air pur, ainsi que la vision d'un panorama magnifique, invitaient au repos et à la méditation, ce dont elle avait bien besoin à la suite de l'épisode difficile de Roméo. Seul bémol, l'aspect du bâtiment. Lugubre et très austère. Il était niché au milieu de rien, presque aucune habitation dans les environs, au pied d'une falaise calcaire vertigineuse, comme perdu tout au bout de la route. Rien derrière lui. Il représentait finalement assez bien la situation que Gabrielle et son clan vivaient cette semaine-là. Plus rien après le bout de cette route. Plus rien ensemble.

19

La chambre dans laquelle sa tante avait été installée dénotait avec la situation. Elle symbolisait le confort et la douceur, alors qu'elle était destinée à accueillir des drames. La pièce principale était très vaste, à la suite d'un petit couloir d'entrée, les murs avaient été recouverts de papier peint aux tons pastel. S'y trouvaient plusieurs fauteuils, assez moelleux, ainsi qu'une console sur laquelle était disposé un vase. Il restait vide. Néanmoins, ce pot à l'allure quelconque octroyait aux proches la possibilité d'y installer des bouquets. Ainsi, ils pouvaient égayer un peu l'ambiance, s'ils le souhaitaient. Sur les murs, plusieurs tableaux représentant divers paysages étaient accrochés, donnant un peu de chaleur au lieu. D'immenses fenêtres habillées de persiennes, permettant d'ajuster la luminosité, découvraient une vue sur la montagne située à l'arrière du bâtiment. Constance trouvait ce paysage très beau et très apaisant. Dans un angle, se trouvait un meuble faisant office de petite armoire afin de pouvoir y ranger les effets des patients. Puis une deuxième pièce complétait la première, une très grande salle de bains dotée de toilettes ainsi qu'une douche, elle aussi aux tons très doux. Mais Gabrielle ne la verrait pas, elle ne parvenait plus à se lever.

Durant ses derniers jours, Gabrielle fit quelques révélations au cours de ses périodes d'éveil et de lucidité de plus en plus rares. Peut-être par hasard, ou peut-être pour se soulager un peu.

— Tu sais, Constance, j'ai des regrets quand même.

— Lesquels, Tatie ? lui répondit-elle, toujours à l'écoute, comme elle savait le faire

— Je n'ai jamais été maman. C'est pourquoi je me suis occupée de vous, tes cousins et cousines, vos petits à tous. Mais moi, je n'en ai pas eu. Aucun enfant. Et l'amour aussi, je regrette.

— Que veux-tu dire par là ?

Gabrielle tourna la tête, fixant la montagne, en silence. Elle réfléchissait, allait chercher au fond de sa mémoire.

— Il y a trente ans, j'ai rencontré un homme. L'amour fou.

— Ah oui ? Qui était-ce ?

Sa tante aiguisait sa curiosité, elle souhaitait en savoir plus.

— Peu importe, c'est du passé maintenant. Mais, si tu savais comme je l'ai aimé !

Constance ne dit rien, la laissant développer comme bon lui semblait. Gabrielle ferma les yeux pendant un instant, puis reprit.

— C'était une histoire d'amour passionnelle, passionnée. Mais il était marié. Quel gâchis ! Il n'aimait plus sa femme depuis longtemps, et il était malheureux comme la pierre. Cependant, il ne l'a pas quittée. Enfin, pas pour moi. Je crois d'ailleurs qu'il ne l'a jamais fait. Cela dit, nous n'avons plus aucun contact depuis une éternité.

La nièce de Gaby sentit la douleur au travers de ces mots. Elle ne savait comment rebondir sur cette révélation, parce que parfois, il n'y a pas grand-chose de plus à dire, le silence se suffit à lui-même. Sa tante continua.

— Au bout de quelques années, je l'ai finalement quitté. Je n'en pouvais plus de cette situation, et je ne supportais plus de le partager. Mais je ne l'ai jamais oublié.

— Oh, Tatie, je suis tellement désolée pour toi.

Elle lui saisit la main comme pour lui apporter un peu de chaleur.

— C'est comme ça, bichette, c'est comme ça.

À ces mots, Gabrielle eut subitement les yeux brillants et mouillés de larmes. Malgré les années, la force des sentiments qu'elle éprouvait pour cet amour clandestin dont elle tut le nom ne s'était jamais éteinte. Son feu brûlait, puissant comme au premier jour, mais juste en secret, rien que pour elle. Elle raconta ensuite qu'une fois cette histoire terminée, elle se refusa de nouvelles rencontres et demeura seule. Plus aucun homme ne partagea sa route dès lors. Certains essayèrent, néanmoins les malheureux trouvèrent porte close, le cœur de Gabrielle ne pouvant plus s'ouvrir à quiconque. Elle estimait n'avoir pu être la femme que d'un seul homme, même si ce dernier n'avait pas souhaité l'afficher au grand jour. Et la maîtresse abandonnée ne put jamais remplacer cet amant perdu.

Elle émit aussi un autre regret.

— J'aurais aimé voyager plus, aussi. J'aurais pu aller voir le monde un peu plus.

— Mais tu as déjà pas mal visité de pays ! Peu de gens voyagent autant que tu l'as fait !

— Oui, mais qu'est-ce qui m'en empêchait ? Rien. Enfin si, mes parents, je voulais rester près d'eux. Tu sais, je n'en ai pas assez profité tant qu'ils étaient encore en forme. Je le regrette aussi.

Constance ressentait que ce matin-là était un matin difficile. Gabrielle voyait tout en noir, ne s'attardant que sur ses erreurs passées. Elle tenta de lui remonter le moral malgré la nostalgie qui l'habitait.

— Je peux te dire que tu as été là pour eux. Je me souviens que tu as habité avec Mamie, tu t'es occupée d'elle. Personne d'autre que toi ne l'a fait. Moi, je crois que tu n'as rien à te reprocher.

— Et puis mon travail aussi, Constance. Je n'étais pas ambitieuse. J'aurais pu faire mieux.

— Arrête, Tatie ! Tu te fais du mal pour rien ! Ta vie a été remplie, tu n'as rien à regretter. On fait tous comme on peut !

Soudain, comme un ordre, elle réclama à Constance de rester vigilante.

— Surveille-les, Constance !

— Qui ? demanda sa nièce, interpellée par cette injonction.

— Tous, Annie, Paul, Roger... ton père.

— Mais pourquoi ? l'interrogea Constance.

— Tu sais, il y a des jalousies entre eux depuis des années. Ils ne disent rien, pourtant, ils n'en pensent pas moins. Mais je veille au grain, sans cesse.

— Où veux-tu en venir ? Je ne comprends pas.

— Depuis la mort de nos parents, continua-t-elle, je m'obstine à ce que la tribu reste soudée. Et ça n'est pas toujours facile. Tu sais, Roger, c'est un homme compliqué. Il est plein de complexes et un peu jaloux aussi. Mais c'est mon frère, je l'aime beaucoup. Et je suis presque certaine qu'il suffirait de pas grand-chose pour qu'il arrête de venir pour les fêtes de famille. Il en veut un peu à tout le monde.

— Tu dois te tromper, Tatie ! Roger est gentil comme tout !

— Non, il en veut à Paul. Les terrains qu'ils ont reçus pour leurs maisons… Roger s'est continuellement plaint du fait que le sien était plus petit et moins ensoleillé. Il a sans cesse pensé que nos parents l'aimaient moins que Paul.

— Pourtant, ils sont identiques, leurs terrains ! Qu'est-ce qu'il raconte ? Et Papy et Mamie n'ont en aucun cas fait de préférence entre vous, si ?

Constance ne croyait pas vraiment ce que sa tante évoquait. Elle devait se mélanger un peu, mais la seconde poursuivit à nouveau.

— Eh non ! Nos parents ont sempiternellement eu une attitude juste et équitable avec nous cinq, mais il est comme ça. J'ai parlé avec lui, souvent. Je lui ai même écrit une lettre pour qu'il n'oublie pas. Et tu sais, il a la tête dure, Zef, finit-elle d'un ton résigné.

La nièce de Gaby se sentit peinée par ces révélations. Elle n'avait pas, par le passé, posé de regard autre que bienveillant envers cet oncle, et n'imaginait pas qu'il puisse réfléchir de la sorte. Gabrielle reprit, elle paraissait épuisée. Néanmoins, elle souhaitait ne pas cesser de parler. Cette conversation semblait véritablement importante pour elle, pour ne pas dire essentielle.

— Protège les Garin, Constance. Le lien qui les retient depuis plus de vingt ans, c'est moi. Quand je serai morte, il n'y aura plus rien. C'est pourquoi il faut que ce lien, ce soit toi maintenant ! Ils ne feront plus l'effort, tu verras. Alors surveille-les.

Constance ne souhaita pas y croire, ne s'étant pas une fois interrogée sur ce sujet. Pour la benjamine des Garin, les rapports unissant les membres de sa communauté ne pouvaient être autrement qu'indéfectibles. Par ailleurs, elle n'avait jamais, absolument jamais au cours de sa vie, constaté de sous-entendu, ni même décelé de tension quelconque entre eux. Elle se dit à cet instant, empreinte d'une pointe de déception, que son père et sa fratrie devaient finalement être de très bons comédiens. Elle se dirigeait tranquillement vers la quarantaine et rien ne l'avait interpellée. La jeune femme se demanda au fond si elle ne souffrait pas d'une trop grande naïveté, et qu'elle se berçait d'illusions. Pour elle, ses proches existaient comme une somme d'individus, tous différents, oui, mais tous égaux. C'était pour elle un fait établi.

Gabrielle lui expliqua ensuite que maintenir le déjeuner du vingt-cinq décembre en famille, se révélait difficile pour elle, un peu plus chaque année. Certains voulaient vivre leur vie plus individuellement, perdant peu à peu l'envie de partager, notamment Annie, et bien entendu Zef. Ils s'étaient éloignés petit à petit, plus ou moins, au fil du temps. Ce triste constat peina Constance. Elle ressentit l'inquiétude de Gabrielle, car cette dernière, malgré ses souffrances, percevait au fond d'elle qu'une fois disparue le ciment s'effriterait. Et tout partirait probablement en poussière. Elle demanda ensuite à sa nièce de lui faire la promesse.

— Fais-moi une promesse, Constance, lança-t-elle d'un ton sentencieux.

— Oui, Tatie, ce que tu voudras.

— Si tu vois que ça dégénère, raisonne-les. Et je te dis, Zef, je lui en ai parlé, Annie aussi. Et ton père. Mais fais ce qu'il faut pour que les Garin restent unis, pour mes parents, s'il te plaît. Fais-le pour nous tous.

Constance attendit quelques secondes, réfléchissant à tout cela, puis accepta.

— Oui, Gabrielle Garin. Je te promets solennellement de maintenir l'union entre tes frères et ta sœur. Je ferai tout ce qu'il faudra.

*****

Les deux jours suivants, toujours en alternance avec Annie, Louis, Paul et Roger, puis les cousins plus ou moins éloignés, Constance opéra sa mission pleine d'abnégation, restant fidèlement au chevet de sa tante. Cette femme, belle encore si peu de temps auparavant, mais qui ne ressemblait désormais plus qu'à l'ombre d'elle-même. Son visage s'était creusé, ses yeux jaillissaient de son visage comme exorbités. La tumeur au sein de son abdomen, dorénavant si volumineuse, donnait de Gabrielle l'image d'une femme sur le point de donner la vie tandis qu'elle perdait la sienne. Durant les derniers jours, elle ne parla plus, à bout de forces, somnolant la majeure partie du temps ou dormant profondément.

Parfois, la mourante ouvrait subitement les paupières, jetant un œil glacial au vide face à elle, ou peut-être à la personne à côté, ou peut-être à quelqu'un dans son esprit. Ou bien à la mort. Car cette dernière rodait, elle lui tournait autour telle une hyène, tandis que son odeur apparaissait et s'amplifiait sournoisement, prête à l'emmener à chaque instant. Mais Gaby n'était pas prête, tout le monde le comprenait. Son tempérament de feu ne pouvait pas abandonner, malgré son corps transformé en un amas osseux, disposé tant bien que mal dans son lit médicalisé. Ses jambes enflées, énormes, donnaient l'image de deux troncs d'arbre recouverts par leur drap blanc. Gabrielle respirait la bouche grande ouverte, accompagnée d'un bruit de crépitement qui se faisait entendre depuis sa cage thoracique lors de chaque inspiration. Elle luttait courageusement pour sa survie devenue si fragile.

20

Vendredi. Hier, en effet, l'état de Gabrielle s'était à nouveau dégradé. Elle se trouvait désormais au plus mal. Constance était rentrée tard dans la soirée à Aix-les-Bains tandis que Paul passait la nuit auprès d'elle. Ce soir, ce serait son père. Il était très tôt, le jour se levait à peine. La jeune femme avait préparé une salade légère pour le midi. Roméo avait de son côté rempli un petit sac à dos, parce qu'en fin de journée, après l'école, il irait chez leurs amis Jasmine et Pierre et dormirait là-bas. Leur petite fille Mila aimait beaucoup Roméo. Les deux enfants étaient scolarisés au sein du même établissement ; Mila se trouvait au niveau inférieur de ce dernier, en petite section de maternelle et les petits s'entendaient bien.

Malheureusement, Guillaume devait partir en déplacement le soir, une fois de plus pour ses affaires, et ne pouvait garder leur fils. En conséquence, Constance avait appelé Pierre sur le trajet du retour la veille, elle avait besoin d'aide.

— Coucou, Pierre ! Comment vas-tu ?

— Bien, Constance. Et toi ? Comment va ta tante ? Jasmine m'a dit que ça n'allait pas fort, mais n'est pas rentrée dans le détail.

— Écoute, c'est un peu compliqué en ce moment, comme elle te l'a dit. Je crois que c'est la fin pour Gabrielle, cette fois. Le médecin m'a dit qu'elle ne verrait certainement pas la semaine prochaine. Je ne te cache pas que c'est très triste. Je trouve que c'est terriblement cruel.

— Je comprends, ce sont des périodes toujours difficiles. Qu'est-ce que je peux faire pour toi ? lui demanda son ami, toujours serviable.

— Oui, justement. C'est d'ailleurs pour cela que je t'appelle. J'ai besoin de ton aide. Je ne pourrai pas être à l'heure pour la sortie de l'école demain afin de récupérer Roméo. Peut-être même que je ne pourrai pas rentrer du tout, et Guillaume doit partir en déplacement le soir. Il a un rendez-vous qu'il ne peut pas décaler. Il ne peut pas non plus récupérer le petit. Donc je voulais te demander si ça ne vous embêterait pas, Jasmine et toi, de récupérer Roméo, puis de le garder jusqu'à samedi. Je te le demande, parce que je ne me vois pas l'emmener, ça n'est pas une place pour un enfant.

— Non, pas du tout ! Jasmine a une soirée avec les filles de la salsa, mais je gérerai, ne t'inquiète pas ! Des nuggets, quelques frites devant un dessin animé, les enfants devraient passer une super soirée ! Est-ce que ça te conviendrait ?

— Oui, c'est parfait ! répondit Constance, soulagée. Avec un programme comme celui-ci, Roméo sera aux anges ! Merci, Pierre, tu es un amour. Je ne savais pas comment m'en sortir, tu m'aides beaucoup.

— OK, on fait comme ça. Je les récupère à 16 h 30 demain, et je m'occupe d'eux.

Son cher petit serait assurément entre de bonnes mains pour la nuit, aucune inquiétude à nourrir, car Pierre était un homme patient et attentionné.

Constance partit donc tranquille ce vendredi matin d'été, aux aurores ou presque, en direction de l'établissement hébergeant sa tante. Ayant conduit une petite heure de voiture sans encombre, la voilà enfin arrivée. À nouveau, une belle journée qui s'annonçait, se dit-elle. Le soleil s'élevait tranquillement, réchauffant petit à petit l'atmosphère. Paul était parti du centre de soins vers cinq heures du matin, selon sa mère qu'elle eut en ligne au cours du trajet. Gabrielle n'en avait plus pour très longtemps, d'après lui. La nuit avait été vraiment très compliquée apparemment. Sa sœur avait fait plusieurs pauses respiratoires, mais ne lâchait pas. Elle ne voulait pas partir, incapable d'abandonner. Paul avait, au petit matin, décidé de faire un saut chez lui afin de se doucher et de revenir au plus vite, accompagné de Françoise, son épouse. Ils seraient de retour dès la fin de matinée. Il avait d'ailleurs appelé aussi Roger et Annie. Tous les Garin étaient désormais informés du fait que l'histoire de Gabrielle touchait à sa fin ; le clan se retrouverait au complet d'ici le milieu de la journée au centre.

*****

Une fois parvenue au terme de la route sinueuse, Constance se gare sur le parking proche de l'entrée du bâtiment. Il n'y a pas de visiteurs en cette matinée, parce qu'il est toujours très tôt. Elle descend de sa voiture, attrape son sac ainsi que les quelques roses qu'elle avait coupées dans son jardin avant de partir tout à l'heure. Elle souhaiterait mettre un peu de couleur et de douceur dans la chambre de Gabrielle. Elle pénètre dans le hall puis monte au premier étage. Tout semble calme, car il n'est que sept heures à peine et les couloirs sont déserts. Elle parcourt le corridor qui mène à la chambre cent neuf. En ouvrant la porte, l'odeur lui saisit immédiatement les narines. Elle est là. La mort. Elle ne rôde plus. Hier encore, la Faucheuse effleurait sa tante, tournoyait autour d'elle telle une brume vaporeuse délicate. Aujourd'hui, elle a pris place ici et s'est installée. Elle ne repartira pas seule.

Constance s'arrête une minute, inspire profondément et crée le vide à l'intérieur d'elle-même. Ses paupières couvrent quelques secondes ses iris émeraude, puis se retirent et la voilà prête. Elle va devoir accomplir cette tâche pour laquelle personne n'est jamais suffisamment préparé, elle en a la certitude, ayant acquis cette expérience au cours de sa vie. Ces circonstances reconnaissables entre toutes. Cette tâche que beaucoup fuient, mais qu'elle accueille avec courage et constance depuis son enfance, puisqu'il en est ainsi. Elle ne ressent aucune peur et espère juste être à la hauteur du moment. Parce que c'est le moment. La fleuriste referme la porte derrière elle avec gravité, mais ne regarde pas Gabrielle pour l'instant. Elle ne veut pas, pas tout de suite, car il faut d'abord s'imprégner de l'atmosphère.

Son sac à main est abandonné discrètement sur un fauteuil, les fleurs négligemment disposées sur la console. Elle les laisse dans leur emballage d'aluminium, puisqu'il n'est semble-t-il plus question de décoration. Les mettre dans le vase ne lui paraît vraiment pas fondamental. Elle fixe le sol, écoute les sons, proches, puis lointains. La chambre est calme, on y ressent la chaleur du soleil entre les persiennes, néanmoins, la pénombre l'emporte sur l'ambiance générale de la pièce. La belle Constance s'approche enfin et relève les yeux en direction du corps. Le corps. Il ne reste que ça. Un corps exténué, décharné. Pire qu'hier. Mais Gabrielle est en vie, ou plutôt ce qu'il en reste. Sa bouche, ouverte, happe l'air tant bien que mal. Ses yeux demeurent fermés, la tête légèrement tournée en direction de la jeune femme, ses cheveux semblent sales, elle transpire beaucoup. Le crépitement a disparu. Gabrielle retient la vie, encore un peu, alors qu'elle subit un calvaire et qu'il ne lui reste plus rien à quoi se raccrocher. Triste réalité. Constance se trouve presque choquée de l'état dans lequel elle découvre sa tante, malgré le fait qu'elle ne l'ait quittée que depuis quelques heures seulement. Tout va trop vite, c'est une certitude.

Tout à coup, elle ressent le devoir d'exécuter quelque chose une fois de plus, car la fin de matinée arrivera sans doute trop tard pour Gabrielle. Elle doit lui parler maintenant. La situation résonne... Albert... Antoinette... Roméo... Les scènes successives remontent à la surface. La situation requiert de la dignité, mérite de choisir et prononcer les termes les plus justes. Pas de sous-entendus. Rester claire, même si elle n'a aucune certitude sur le fait que Gabrielle l'entende ou la comprenne toujours. Elle n'en sait rien au fond, mais ressent la nécessité de le réaliser. Cérémonieusement, debout face à la mourante, Constance cherche son courage au plus profond d'elle-même. Elle pose sa main sur le poignet cachectique de sa tante, réchauffé par un rayon de soleil et le caresse avec douceur et tendresse.

— Tatie, je sens que c'est le moment pour toi. Arrête de te battre, je t'en conjure. Libère-toi. Laisse-toi la possibilité de ne plus souffrir, parce que malheureusement, tu ne parviendras pas à gagner ; ta maladie a déjà remporté la victoire. Je sais que c'est dur. Je suis là, n'aie pas peur. Je reste avec toi. Tout le monde va arriver. Ils seront là dans quelques heures tout au plus. Tes frères, ta sœur, ton clan. Nous allons tous t'accompagner, rester auprès de toi. Tu n'es pas seule.

À cet instant, Gabrielle s'acharne encore et mène son combat désespéré contre sa torture, semblant ne pas réagir aux mots de sa nièce. Seule sa main serre faiblement le drap. Constance de poursuivre.

— Tu vas y arriver. Ne résiste pas. Laisse-toi aller, s'il te plaît. Stoppe cette souffrance inutile. Tu peux lâcher cette vie qui n'en est plus une. Laisse-toi voguer vers autre chose. Rejoins tes parents, rejoins la paix. Et merci pour tout ce que tu as fait pour nous sans relâche. Je ferai de mon mieux pour respecter tes demandes et honorer ma promesse. Je surveillerai les relations des membres de la famille et tenterai tant que possible de maintenir leur union. Sois tranquille.

En terminant ces mots, Constance ne peut retenir ses larmes, la gorge serrée. La souffrance de sa tante lui semble si violente, ce combat si inégal. Quelle tristesse profonde ! Des flots de larmes salées dévalent le long de ses joues tel un torrent face à ce moment solennel. Soudain, la mourante desserre sa main, tandis qu'un sourire de soulagement tente de s'esquisser sur son visage, puis sa dernière expiration s'envole. C'est fini. Gabrielle est partie, elle ne subit plus. Sa souffrance s'en est allée, elle est libérée.

UN SEIZE AVRIL

21

Ce fut une belle journée, ce mardi seize avril. Constance terminait bien ce jour de travail, remplie de satisfaction. Elle avait reçu plusieurs commandes pour le samedi à venir. Des bouquets de mariées, des compositions de tables. Pour le jeudi, huit bouquets à confectionner en l'honneur des cinquante ans d'un avocat bien connu de la ville. Les amis et relations de ce monsieur avaient anticipé leurs commandes pour l'événement, ce qui facilitait bien la vie de la petite fleuriste. En effet, le nombre de demandes atteignait la limite de ses capacités de confection. Cependant, ça ne lui faisait pas peur. Elle avait contacté ses fournisseurs, tout devait normalement se dérouler convenablement jusqu'à la fin de la semaine. Elle disposait par ailleurs de plus de disponibilités personnelles cette semaine-là qu'en temps normal, car, vacances scolaires obligent, son fils était parti pour la semaine. Et son mari, bien occupé par sa propre activité depuis plusieurs mois, allait être absent presque tous les soirs, excepté celui-ci. Tout en créant ses œuvres florales durant l'après-midi, elle réfléchissait à son dîner à venir en compagnie de son Guillaume. Il rentrerait assez tard, d'après ce qu'il lui avait dit le matin même, mais elle trouverait bien quelque chose d'acceptable au fond du congélateur.

Elle avait appelé Jasmine durant la matinée, profitant des vacances scolaires pour échanger avec son amie qu'elle avait un peu de mal à voir ces dernières semaines, étant donné que cette dernière semblait assez débordée en cette période. Elle s'était apparemment inscrite à un nouveau cours de salsa, une sorte de cours de perfectionnement, selon ce qu'elle avait pu lui en dire. Et ce petit stage de vacances lui permettait de parfaire sa technique. Cette belle brune frisée au corps parfait dansait telle une déesse.

La contempler onduler son corps sur cette musique latine enivrante dégageait une exquise sensualité. Constance aurait aimé danser aussi bien que son amie, or elle n'osait franchir le pas. Elle ne possédait pas cette sensibilité, et probablement pas ce tempérament. Constance ne savait pas user de son corps autrement que pour les « choses de la vie » et n'en jouait pas. Et pourtant, elle possédait tous les attributs nécessaires pour ce type de pratique. Cependant, elle n'avait jamais passé le cap, malgré les suggestions de Guillaume, qui lui, connaissait quelques pas de salsa et certaines danses de salon. Elle l'aurait certainement fait, si son mari avait pu libérer du temps pour venir danser en sa compagnie. Mais l'idée de le pratiquer seule ne la faisait pas trépigner d'envie. L'utilité de l'apprentissage d'une danse de couple sans son partenaire lui paraissait relativement peu évidente, à dire vrai.

Vingt heures ce mardi soir de vacances de Pâques. Constance revenait de son magasin après l'avoir nettoyé de fond en comble. Elle ramena quelques pivoines chez elle, afin de profiter de leur odeur si agréable. Leur beauté ronde et romantique ainsi que leur parfum lui procuraient toujours autant de plaisir, malgré les années. Les fleurs possédaient un côté inexplicablement apaisant pour cette femme, en perpétuelle quête de douceur. Elle avait donc préparé un bouquet relativement volumineux, en choisissant les plus belles pivoines de sa boutique, et les avait enrubannées d'un fil de jute.

En arrivant devant son pavillon, elle constata que les lumières du séjour étaient allumées. Guillaume était étrangement déjà rentré ce soir-là, malgré ce qu'il lui avait annoncé le matin au petit-déjeuner, si bien que cela lui sembla plutôt curieux. D'autant que depuis plusieurs mois, il s'absentait très fréquemment du fait de son travail et ne parvenait pas à rentrer avant qu'elle ne fût déjà endormie sur le canapé. Son entreprise avait d'ailleurs pris une ampleur considérable. Il était amené à se déplacer à Paris et découchait au moins une à deux fois par semaine. Sa femme trouvait cela un peu pesant, car durant ces soirées, la mère de famille trouvait le temps long. Mais elle s'occupait, s'étant récemment remise à la musique. Elle utilisait ces soirées libres, sans son époux mais en compagnie de son fils, pour renouer doucement avec le violon.

Roméo étant entré en classe de sixième en septembre, il devenait très indépendant désormais, nécessitant moins d'aide pour son travail scolaire qu'auparavant. Il avait d'ailleurs demandé spontanément à partir en colonie de vacances pour cette période de congés, et avait choisi un centre où pratiquer des sports de montagne. Une semaine complète dans le Vercors à faire du rafting dans les torrents, escalader les parois rocheuses, randonner et pratiquer du canyoning. La semaine suivante, le jeune garçon partirait passer un peu de temps avec ses grands-parents, Louis et Gisèle. Il rentrerait le vendredi de sa colonie, puis ses parents le conduiraient chez eux en fin de week-end. Il leur fallait profiter de ce temps auprès de leur petit-fils, puisque cela ne durerait probablement pas bien longtemps encore. Bientôt, Roméo préférerait certainement passer les vacances avec ses amis, comme tous les adolescents. Constance était ravie pour lui, malgré une petite pointe de nostalgie, lorsqu'elle l'observait se transformer. Mais son épanouissement et son évolution la rendaient fière. L'école se passait bien aussi. Un préadolescent, pour le moment en cours de transformation, équilibré, bien dans sa peau, sûr de lui. Que demander de plus ? Rien, tout allait bien.

*****

Lorsqu'elle franchit le seuil de la porte, elle découvrit son mari assis au bout de la table de la salle à manger. Il s'était servi un verre de vin blanc posé devant lui, accompagné d'une bouteille tout juste entamée et tenait son téléphone portable à la main. Il avait l'air préoccupé et paraissait l'attendre. Elle se fit la réflexion qu'il ne l'attendait plus vraiment ainsi ces derniers temps, même les rares fois où il pouvait rentrer à la maison avant elle. Leur mariage suivait un rythme de croisière après plus de vingt années de relation, peut-être la routine les avait-elle un peu éloignés l'un de l'autre, cependant rien de dramatique non plus. D'ailleurs, le terme « éloignés » ne lui semblait pas tout à fait exact. Ils passaient moins de temps ensemble, mais ces instants demeuraient continuellement de qualité. Leur mariage ronronnait paisiblement, comme un chat dormant près d'une cheminée. Elle se dit que le moment était probablement venu pour eux de se projeter à nouveau à deux, se réinventer ensemble, se lancer d'autres défis. Des projets, pourquoi pas professionnels, sportifs, ou même seulement programmer quelques week-ends dans certaines capitales d'Europe. Ou tout simplement quelques sorties en amoureux.

Elle posa son trench beige sur le portemanteau de l'entrée, après l'avoir salué gaiement de loin. Elle jeta ses clés sur la console, là où ils les déposaient chaque soir, et constata que celles de son mari n'y étaient pas. Une fois ses chaussures retirées, elle s'approcha en sa direction afin de l'embrasser. À cette heure, elle se dit qu'ils pourraient sortir dîner au restaurant plutôt que réchauffer un plat congelé, après tout, ils étaient seuls, sans enfant. Cela pouvait être une bonne occasion d'échanger un peu. Il y avait longtemps qu'ils ne l'avaient pas fait ; elle se rappela d'ailleurs que Jasmine lui avait parlé la semaine précédente d'un très bon restaurant de poissons qui avait ouvert récemment. Peut-être l'occasion de le tester.

Au moment où elle se pencha vers lui, Guillaume esquissa un mouvement de recul. Surprise, l'œil interrogateur, elle se redressa.

— Que t'arrive-t-il ? lui dit-elle.

— Constance, il faut qu'on parle.

L'ambiance parut soudainement trop fraîche, pour ne pas dire glaciale. Elle glissa les pivoines dans un magnifique vase en verre trempé trônant au milieu de la table de verre, au creux duquel un bouquet de marguerites blanches commençait doucement à flécher, puis tira une chaise. Elle s'assit face à son mari en croisant les genoux. La tendre épouse de Guillaume saisit ensuite le verre de vin de son compagnon, puis en but une gorgée. Un très bon vin, moelleux, rond, sucré. Attentive à ce que son époux allait lui annoncer, elle l'observait, l'air toutefois quelque peu inquiet.

— Je t'écoute, chéri. De quoi veux-tu que nous parlions ?

Guillaume ne l'affrontait pas du regard et contemplait son Smartphone, comme un objet soudainement bien trop intéressant, le faisant tournoyer entre ses mains. Un pincement au cœur naquit furtivement derrière son sternum, toujours lui, le même depuis des années, comme annonciateur de mauvaise nouvelle.

— J'ai quelqu'un d'autre dans ma vie, Constance. Une autre femme.

Elle ne put prononcer le moindre mot, figée par cette annonce brutale. La secousse intérieure de ce tremblement de terre ne lui permettait pas de réagir.

— Je veux divorcer. Je vais partir avec elle, et je m'en vais ce soir.

La nausée envahit instantanément son épouse, complètement sidérée. Une envie irrépressible d'aller vomir. Ne pouvant réfréner ce besoin, elle se leva soudainement, en silence, puis partit en courant aux toilettes une main sur la bouche. Elle partait rendre le peu qui gisait au fond de son estomac, suite à son dernier repas. Elle n'en croyait pas ses oreilles, incrédule. Comment était-ce possible ? Lui faisait-il une mauvaise blague ? Était-elle en plein sommeil ? Constance resta pensive face à la cuvette, sous le choc, quelques minutes supplémentaires, puis dut se résoudre à retourner dans la salle à manger, afin de poursuivre cette conversation surréaliste.

À son retour, Guillaume n'avait pas bougé de sa chaise et semblait envoyer un message sur son téléphone. *À cette femme*, se dit-elle. Il était certainement déjà en train de lui dire qu'il l'avait annoncée, « la fameuse bonne nouvelle ». À elle, l'épouse, qui désormais paraissait de trop dans sa vie, au vu de ce qu'il venait de lui apprendre. Celle qui l'empêchait probablement de se réaliser, comme un pesant boulet de forçat, entravant ce malheureux homme marié. Elle. Cette pensée lui fit monter les larmes aux yeux et fit naître une pression au fond de sa gorge, qui la comprimait. Elle restait sans voix, comprenant que sa vie était en train de prendre un tournant inattendu. Pourtant face à cela, elle ne se trouvait qu'impuissante.

Elle saisit un paquet de mouchoirs dans un placard de la cuisine, demeurant silencieuse. Elle en sortit un qu'elle ne déplia même pas, s'essuya les yeux et revint s'installer face à celui qui ne voulait plus d'elle, sans qu'elle puisse comprendre encore pourquoi. Rassemblant toutes ses forces, la femme abattue se racla la gorge, et d'une voix éraillée, ne put poser que deux questions :

— Qui est-ce, cette femme ? Je la connais ?

Il parut gêné. Trop gêné. Constance devina à cette seconde que la réponse qu'il s'apprêtait à lui donner ne sonnerait pas comme la réplique de la secousse tellurique, celle qu'elle avait ressentie quelques minutes plus tôt. Elle allait plutôt se répandre comme le choc principal. Elle se raidit, afin de recevoir la sentence, afin de l'amortir au mieux. Et tandis qu'il prenait une grande inspiration, elle ferma les yeux, prête pour l'impact. Quatre... Trois... Deux... Un :

— Jasmine.

Silence. Constance ne fut pas capable de réagir tout de suite à cette annonce. Elle ne parvenait pas à y croire. Non, c'était impossible ! Pas elle, pas sa meilleure amie ! Comment cette femme, dont elle se sentait si proche, avait l'audace de la trahir à ce point ? Et lui, comment pouvait-il lui faire cela ? Le séisme poursuivait implacablement son œuvre. La femme blonde se fissurait à l'intérieur, de part en part. Elle ressentait la brèche en cours de formation, s'ouvrant, béante et profonde, comme un abyme engloutissant sa vie, ses croyances, ses rêves, ses souvenirs.

Ses mains se mirent à trembler, ainsi que son corps tout entier. Son mari, cet homme si prévenant, si parfait, si aimant, avec lequel elle partageait sa vie depuis ses dix-neuf ans, était en train de la quitter pour celle auprès de qui elle s'était énormément confiée. Son âme sœur s'en allait en compagnie de sa sœur de cœur. Elle avait pourtant parlé au téléphone avec Jasmine le matin même ! C'était impossible ! Aucune allusion, aucun soupçon, rien n'avait transpiré de cet échange ! Par ailleurs, un malheur ne pouvant jamais arriver seul, comme l'a toujours conté l'expression, Guillaume poursuivit sur sa lancée. Après tout, il l'avait déjà mise à terre, il pouvait bien continuer et l'abattre.

— Mila est ma fille. Je ne supporte plus qu'elle soit élevée par Pierre. Il n'est pas son père biologique, et je veux jouer mon rôle auprès d'elle. Elle a le droit d'avoir son vrai père dans sa vie.

En effet, son apollon aux yeux ambre, celui en lequel elle avait une confiance naturelle absolue, était bel et bien sur le point de l'achever en lui portant le coup fatal. Il ne suffit que d'un clignement d'yeux à Constance pour comprendre. Mila, venant de fêter ses onze ans, fête à laquelle ils s'étaient rendus tous les trois quelques semaines auparavant – comme à chacun de ses anniversaires d'ailleurs – cristallisait l'intensité, ainsi que la durée du mensonge de Guillaume et Jasmine.

Elle saisit aussitôt que, lorsque Roméo était né, quelques jours seulement avant que son amie ne lui annonce sa grossesse, son mari couchait déjà avec elle. Elle comprit simultanément que leur histoire préexistait à la naissance de son fils, peut-être même à sa conception. Que sa vie n'était qu'une misérable mascarade. La pauvre épouse abasourdie se sentait avilie, tellement souillée, physiquement, mais aussi émotionnellement. Guillaume lui mentait depuis des années.

Et pourtant, la Terre était vaste, des milliards de femmes la peuplaient.

Or, son mari n'avait rien trouvé de mieux que de choisir Jasmine pour lui briser le cœur. Elle réprima une nouvelle envie de vomir, sentant simultanément la graine de la colère germer dans son abdomen.

— Pierre est au courant ? arriva-t-elle à émettre au prix d'une souffrance incroyable.

— Elle lui a appris il y a quelques heures, répondit Guillaume.

— Vous vous êtes donc mis d'accord, je vois, exprima-t-elle, pleine de fiel.

Ils avaient prémédité leur méfait, avaient tout calculé, et elle n'avait rien soupçonné, se sentant soudainement si stupide.

— Oui.

— Vous allez faire quoi ?

Il hésita quelques secondes, puis sachant tout de même que rien ne pouvait être pire à annoncer encore que ce qui avait déjà été effectué, il continua.

— J'ai loué un appartement à Chambéry, dans le centre-ville. Nous allons y vivre. Je pars ce soir, Constance, comme je te l'ai dit.

— Depuis quand ? Depuis quand as-tu cet appartement ? cria-t-elle, peinant terriblement à garder son calme, bouillonnant intérieurement.

— Quelques mois, mais ça n'a pas d'importance. Et ça ne change rien.

Mais il se trompait, car cela changeait tout, au contraire. Il lui mentait, avait recherché un appartement, en avait visité certainement plusieurs à la recherche d'un nouveau nid, s'était projeté avec Elle. Donc tout était prévu, réfléchi avec sang-froid. Cela changeait évidemment tout. La trahison ne devenait que plus grande et perfide. Il se moquait d'elle depuis une éternité et la traînait dans la boue. Guillaume avait déshonoré celle à qui il avait tant promis. Constance resta de marbre, le fixant de ses yeux verts débordants de rage, mêlée à une déception immense et sans la moindre larme. Elle se leva en silence, s'approcha… puis le gifla sans un mot. Il ne répondit rien, ne riposta pas, sans même l'affronter du regard, sachant probablement qu'il méritait bien ce coup.

Se sentant au plus mal, perdue, ébranlée, elle saisit lentement le vase fleuri sur la table, le leva au ciel et le jeta violemment sur le sol. Le récipient, victime de la situation, éclata bruyamment lors de l'impact, l'eau giclant de toute part et leur aspergeant les tibias. Les pauvres fleurs s'écrasèrent sur le carrelage, tel un jeu de mikado, constellées de débris de verre, en un amas de feuilles et de pétales luisants, arrachés par la violence du choc. Guillaume ne réagit pas, apparemment complètement détaché face à ce qui se jouait.

Il se leva sans même poser les yeux sur elle, la laissant pantoise devant la chaise vide et le cadavre gisant du bouquet. Il prit ses clés, sa sacoche, ainsi qu'une valise préparée avant son arrivée, attendant contre un mur, que Constance découvrit avec stupeur. L'homme de sa vie enfila un blouson de cuir et quitta la maison sans se retourner et sans la moindre hésitation. À l'instant où la porte claqua, la faisant sursauter et hurler de douleur, elle comprit qu'elle venait d'assister à la mort de son mariage.

22

Son mari était parti, l'avait quittée et sa vie volait en éclats, à l'image du vase littéralement brisé sur le carrelage. Tout ne paraissait être qu'un vil mensonge. Constance entendit le moteur de la voiture s'éloigner. Elle n'avait toujours pas bougé, incapable de réagir face à l'événement et pleurait de désespoir. La douleur émergeait du plus profond d'elle-même, la bouleversant totalement. Comment toute une vie pouvait basculer aussi vite ? Elle n'avait rien vu, même rien soupçonné, durant toutes ces années. Laissant les fleurs, le verre cassé et l'eau étalée en une flaque verdâtre sur le carrelage gris perle, elle se dirigea dans la cuisine puis sortit un second verre à vin d'un placard. Il lui était impossible de boire dans celui de Guillaume désormais, c'était impensable. Il ne lui inspirait que du dégoût.

Les yeux rouges et bouffis, reniflant, elle se servit de ce vin blanc, qui ne semblait dorénavant plus doux du tout. Elle en but une gorgée démesurée, comme assoiffée, puis s'effondra en larmes sur sa chaise, la tête entre ses mains. Toutes ces pensées soudaines qui fusaient dans son esprit. Le passé, le futur. Comment allait-elle annoncer cela à Roméo ? À sa famille ? Qu'allait-elle faire de la maison ? Son travail ? Et Pierre ? Comment avait-il reçu la déflagration ? Comment allait-il ? Sa vie subissait un revirement si violent qu'elle se trouvait dans l'incapacité d'ordonner son esprit. Tandis qu'elle se trouvait sur le point de se lever afin de chercher son téléphone dans son sac pour l'appeler, elle fut prise de vitesse, parce qu'on sonnait à la porte d'entrée.

La femme brisée se leva, les jambes tremblantes, comme ne voulant plus la porter, et partit ouvrir. Elle découvrit Pierre, stoïque, lui aussi les yeux rougis, les bras ballants. Après s'être dévisagés silencieusement quelques secondes, ils se jetèrent dans les bras l'un de l'autre en sanglotant de longues minutes sur le perron. S'essuyant le nez et ayant perdu toute dignité, elle le fit enfin entrer. Il tressautait de chagrin.

Une fois à l'intérieur, tandis qu'elle s'éloignait de lui en direction de la cuisine dans l'intention de sortir un nouveau verre, afin de trinquer à leur drame commun, ce dernier découvrit les fleurs couchées au sol, mais ne dit rien. Il n'aurait pas fait mieux. Constance revint, le servit, puis ils se dirigèrent dans le salon et se mirent côte à côte sur le canapé tel deux poupées de chiffon. Ils tenaient chacun leur breuvage alcoolisé, comme seul symbole d'une réalité atroce qu'ils traversaient conjointement. Aucun n'arrivait à briser le silence, mais la présence de l'autre leur paraissait nécessaire et peut-être d'un léger soutien, quoique anodin, au vu de la situation. Ils restèrent de longues minutes ainsi, puis Pierre parla enfin.

— Je savais, Constance, déclara-t-il, les épaules voûtées.

— Quoi ? répondit-elle, les yeux perdus dans le fond de son verre.

— Que Mila n'était pas ma fille. Depuis le début. Je le savais parce que je suis stérile. Je n'ai jamais eu le courage de le dire à Jasmine. Quand nous tentions d'avoir un enfant, j'étais allé voir mon médecin qui m'avait envoyé faire des examens. Et je venais d'apprendre la nouvelle, que je digérais depuis quelques jours, quand un soir elle m'a annoncé sa grossesse. Je n'ai rien pu lui dire. Mais je savais.

— Tu savais aussi que mon mari était le père ? lui demanda-t-elle en pleurant de plus belle, profondément touchée par la révélation de son ami.

— Je m'en doutais, oui. Mais je n'ai jamais cherché à en obtenir la confirmation. Je crois que je ne souhaitais pas le savoir vraiment. Je l'aimais tant, je ne voulais pas la perdre. Je ne voulais pas les perdre, Jasmine et Mila. Et je l'ai élevée comme si elle était de moi, je te le jure. Je l'aime de tout mon cœur de père.

Il s'effondra à nouveau en gémissant, les mains couvrant son visage. Constance lui caressa affectueusement le dos, car elle savait qu'elle n'était d'aucune véritable aide pour cet homme dont le drame était probablement plus grave que celui qu'elle vivait. Ils ne pouvaient pas tomber plus bas, ni l'un ni l'autre. Puis, il se ressaisit et raconta d'une voix chevrotante d'où venaient ses suspicions. Il lui expliqua qu'un jour au supermarché, il avait rencontré par hasard une personne qui était inscrite au même cours de salsa que Jasmine. Au cours de la discussion, cette femme avait pris des nouvelles de l'intéressée, surtout de son entorse, puisque cette blessure l'empêchait de venir danser depuis plusieurs semaines. Cependant,

Jasmine ne souffrait d'aucune entorse à cette époque. Il avait compris qu'elle utilisait la danse comme un alibi, mais s'interdisait de totalement l'admettre. De plus, étant très ami avec Guillaume et toujours au fait de son emploi du temps, il avait remarqué que tous les fameux déplacements à Paris ou les soirs de réunion dont il lui parlait, coïncidaient systématiquement avec des absences imprévues de son épouse. Sans compter que Guillaume demandait sans cesse des nouvelles de Mila depuis quelques mois.

À la suite de leurs entraînements de handball, lorsqu'avec l'équipe, ils sortaient boire un verre tous ensemble quelques fois, Guillaume lui posait fréquemment des questions au sujet de sa fille. L'école, ses amies. Pierre trouvait cela tellement curieux ! Autant d'ailleurs que l'injonction que Jasmine donnait concernant les anniversaires de la petite. Indéfiniment inviter Guillaume et Constance. *C'est normal*, disait-elle. *Ce sont nos amis. Et ils sont importants pour Mila comme pour nous.* Constance jugea subitement que cela semblait finalement peu important pour Mila, cependant beaucoup plus pour cette sournoise amie. Uniquement pour elle. Elle se rendit compte qu'elle ne connaissait probablement rien de la personnalité de Jasmine, ni de celle de Guillaume d'ailleurs. Tout n'avait été qu'un mirage.

Constance repensa aussi au jour où cette confidente d'infortune lui avait annoncé sa grossesse. Elle l'avait serrée si fort dans ses bras, tellement heureuse pour elle. Une comédie de bas étage. Les deux funestes compères ne lui inspiraient que de l'aigreur. Elle se remémora une scène, quelques mois plus tôt, une après-midi durant laquelle Jasmine était venue l'aider à sa boutique, comme elle le faisait de temps en temps. Ce jour-là, elle avait posé beaucoup de questions à Constance sur son couple. Beaucoup trop finalement, avec un tout petit peu de recul, et surtout maintenant qu'elle connaissait le dénouement. Celle-ci voulait savoir si tout se passait bien entre eux, car elle trouvait, disait-elle, Guillaume préoccupé.

Et toutes ces confidences. Tout ce que Constance avait pu lui dévoiler, des choses parfois si intimes sur elle-même, sur son mariage... *Quelle bassesse.* Elle bouillonnait de colère en imaginant que cette femme à qui elle avait donné toute sa confiance, ait pu utiliser ses informations afin de les user pour elle-même.

Les deux conjoints anéantis demeurèrent assis ainsi des heures durant, reconstituant leurs histoires respectives, essayant de mettre le doigt sur les incohérences de leurs époux, les fois où ils auraient pu découvrir la supercherie. Et ils tentèrent de comprendre pourquoi Jasmine et Guillaume n'avaient pas mis fin à cette mascarade plus tôt, seulement aucune réponse ne leur vint clairement. Constance se dit que peut-être son mari n'avait pas su que Mila était sa fille dès sa naissance. Avec le recul, elle finit par se dire que c'était une possibilité envisageable, et qu'ayant découvert cela, son sens des responsabilités l'obligeait à agir. Ou bien était-il lâche, manquant de courage depuis des lustres, incapable de trancher. Puis elle se dit ensuite qu'une autre possibilité fut qu'il ait souhaité tout posséder en même temps, deux femmes, deux enfants, deux vies. Mais finalement, peu importaient les raisons, seul le résultat comptait désormais : elle avait été souillée, depuis des années.

Elle repensa subitement à l'enterrement d'Antoinette. Ce jour où Jasmine avait serré son mari dans ses bras devant elle pour consoler son chagrin. Il pleurait énormément. En effet, pour Guillaume, Antoinette représentait une grand-mère de substitution, car il n'avait pas connu les siennes, et Jasmine le consolait. En y réfléchissant bien, d'une manière non pas conventionnelle, non, pas tout à fait comme l'on se comporterait pour apporter son soutien à un ami. Non, elle portait plus simplement secours à l'homme qu'elle aimait en catimini.

Puis lui revint en mémoire le jour du décès de Gabrielle. Elle ne put s'empêcher d'en parler à Pierre. En se remémorant le passé, elle se souvint qu'il avait récupéré leurs enfants respectifs à l'école ce jour-là, il devait bien s'en souvenir lui aussi. Après l'avoir interrogé, son ami demeura silencieux quelques secondes, hésitant avant de lui répondre. Finalement, à quoi bon se protéger mutuellement, se dit-il. Après tout, le mal était déjà fait. Il lui expliqua donc que c'était en effet aussi une question qu'il avait posée à Jasmine, ayant été choqué par l'absence de son épouse dans de telles circonstances. Cette dernière avait préféré rester fêter avec ses amies de danse, plutôt que de rentrer s'occuper du petit Roméo et de sa fille en sa compagnie, et n'avait pas paru particulièrement émue du décès de Gabrielle. Elle la connaissait pourtant et avait suivi sa chute de si près. De plus, il avait aussi ressenti beaucoup de suspicion vis-à-vis de Guillaume concernant cet épisode en particulier. Son absence à lui aussi ce soir-là. Il n'avait jamais compris par quelle obscure logique, un vendredi soir, face à de tels événements, son ami n'avait pas réussi à renoncer à un déplacement professionnel. Il aurait pu tout abandonner et se rendre auprès de son épouse, afin de la soutenir dans cette épreuve.

Et malheureusement, la raison se révélait abjecte : Jasmine et Guillaume avaient passé la soirée ensemble. Et comble du malheur pour Constance, ils avaient passé cette soirée dans sa propre maison. Oui, Gabrielle étant décédée, Constance avait choisi de rester auprès de sa famille, sachant que son fils était gardé par leurs amis alors que son mari était officiellement en déplacement. Une énième réunion qu'il n'avait pu annuler ou décaler. Mais en lieu et place de réunion professionnelle, apparemment si essentielle à la carrière du chef d'entreprise, ils avaient passé la soirée ici, chez elle. Ils avaient dîné, fait l'amour sur le canapé, celui-ci, sur lequel elle était assise en ce moment même. Jasmine n'avait pas lésiné sur les détails. Quel besoin pour elle de révéler tout cela à son époux hormis celui de le briser ? Cette femme possédait une malveillance sans limites, se dit-elle. Elle devait être machiavélique.

Constance détailla la pièce, cherchant quelque chose, n'importe quoi, qui puisse atténuer sa douleur. Elle mourait intérieurement et se décomposait à l'image d'une sculpture de sable, emportée par le vent. Une photo, un objet, quoi que ce soit lui laissant penser qu'elle n'était pas en train de vivre un cauchemar, mais sans succès. À cette seconde, elle se releva en trombe et courut en catastrophe aux toilettes, vomir encore une fois. Elle partit vomir sa vie.

JASMINE

23

Jasmine Manel devint subitement la nouvelle compagne officielle de Guillaume un seize avril. Du même âge que ce dernier, cette femme était issue d'une famille aisée de la banlieue de Chambéry. Ses parents étaient médecins, retraités tous les deux désormais. Cette dernière, ainsi que sa sœur aînée Daphné, dont elle ne se sentait pas très proche, sans que personne ne sache vraiment pourquoi, avaient grandi sans jamais manquer de rien. Peut-être cela ne lui avait-il pas assez donné le goût de l'effort, car elle n'avait que très rarement eu besoin de se battre pour obtenir ce qu'elle souhaitait. Il lui avait toujours suffi de demander tout et son contraire, sans même véritablement y mettre les formes, et ses chers parents exauçaient ses vœux. Assez bonne élève, sans ressentir la nécessité de se tuer à la tâche et disposant de réelles capacités d'apprentissage pour les matières scientifiques, elle avait décidé d'effectuer des études d'infirmière. Parce qu'envisager des études de médecine comme ses parents aurait été trop chronophage. Lorsqu'elle commença ses études, les sorties s'enchaînèrent au point de rythmer ses semaines. Les soirées festives, les week-ends entre amis. Elle croquait la vie et les excès se succédaient.

Jasmine était une belle plante, assez petite, brune, les yeux pétillants. Ses cheveux frisés systématiquement coiffés de façon impeccable en carré mi-long lui donnaient une allure de jolie poupée, laissant paraître la malice et l'intelligence au travers de son regard vif. Elle possédait un corps parfait, là aussi sans faire le moindre effort. D'ailleurs, difficile d'imaginer qu'elle ne rencontre aucun succès auprès des hommes. Et en effet, les prétendants se bousculaient à sa porte. De la fin du lycée jusqu'à sa rencontre avec Pierre, Jasmine avait enchaîné les conquêtes, perpétuellement à la recherche du meilleur parti, laissant derrière elle de nombreux cœurs brisés. Ce fut donc tout naturellement qu'elle jeta son dévolu sur Pierre lors de la fin de ses études. Il était en passe de devenir à l'époque le plus jeune Directeur de France d'une concession automobile de voitures de luxe. Et parader dans ces bolides excessivement chers procurait à cette jeune femme une fierté exaltante.

Tout devait aller vite pour Jasmine, car elle manquait en général de patience et ressentait le besoin de sauvegarder son nouvel amour très prometteur, au risque qu'il ne lui échappe pour une autre femme. Elle mit consciencieusement tout en œuvre pour que Pierre lui fasse sa demande en mariage rapidement, s'attelant à le rendre fou d'elle, ce qu'elle réalisa sans trop de difficultés. Son intelligence, son assurance et sa beauté envoûtaient tous les hommes, et Pierre ne fit pas exception.

Si bien que dix-huit mois après leur rencontre, la pin-up prit la pose en robe de mariée hors de prix confectionnée par un grand couturier lyonnais devant la mairie de Saint-Tropez. Elle souhaitait se marier dans cette commune, symbole de la fête, de la réussite sociale, de l'opulence. Si bien que le mariage coûta l'équivalent d'un lingot d'or aux deux familles, mais ni ses parents ni son futur époux n'auraient pu le lui refuser. Pierre n'était pas un homme particulièrement beau, somme toute quelconque physiquement, mais excessivement gentil et bienveillant, dévoué à sa merveilleuse petite amie. Par ailleurs, son manque d'assurance et de confiance lui laissait penser qu'il ne pouvait se permettre de la frustrer au risque de la perdre. Quelques semaines à la suite des festivités, leur voyage de noces aux Maldives se révéla à la hauteur des espérances de cette dernière, d'ailleurs. Jasmine menait un train de vie digne de la haute société et cela la satisfaisait, pour un temps seulement.

*****

La vie quotidienne la ramena malheureusement assez rapidement sur terre d'une manière plutôt abrupte. Une fois son diplôme d'infirmière en poche, elle trouva un emploi à l'hôpital de Chambéry, et commença progressivement à déchanter. Les horaires lui paraissaient trop lourds et inconvenants, le salaire médiocre, la reconnaissance des patients ainsi que des médecins insuffisantes en rapport avec l'image qu'elle avait d'elle-même. Quant à Pierre, elle le jugeait bien trop absent et bien trop mou, trop lisse.

De plus, il gagnait bien sa vie, certes, mais cela ne suffisait pas à combler les nombreuses exigences de la jeune épouse, car elle n'avait pas le luxe de dépenser sans compter. Il n'était pas question pour elle de porter d'autres atours que des tenues de créateurs, et quand Pierre le lui faisait remarquer, la jeune femme ne se montrait malheureusement qu'agressive envers lui. De plus, à chaque vacance, elle ne souhaitait que se rendre à l'étranger en le lui imposant. La simple France, pourtant pays si touristique et riche de destinations, ne lui convenait pas, manquait d'exotisme. Et bien évidemment, la merveille exigeait de loger dans des hôtels luxueux, à la hauteur de la valeur qu'elle estimait représenter. Si bien qu'assez vite, Pierre se trouva dans la désagréable posture de courir sans cesse derrière le chiffre d'affaires, espérant maintenir le train de vie de son couple et contenter sa princesse éternellement insatisfaite. Il travaillait de manière acharnée, subissant constamment les reproches de sa si jolie petite épouse autoritaire et capricieuse, ce qui bien entendu ne l'aidait pas à gagner en estime de lui-même.

Le seul plaisir personnel qu'il s'accordait était sa soirée de handball hebdomadaire. Quelques heures durant lesquelles il s'autorisait égoïstement à ne penser qu'à lui. C'est ainsi qu'il fit la rencontre de Guillaume, et que malheureusement ce dernier entra dans la vie de son épouse. Pierre lui avait en effet beaucoup parlé de cet homme, personnage avec lequel il pratiquait du sport, aiguisant la curiosité de sa belle. Si bien que lorsqu'un jour il lui proposa d'inviter à dîner Guillaume et sa femme, afin de mieux faire connaissance, Jasmine accepta immédiatement. Une date fut rapidement convenue, cette dernière commanda un repas chez un traiteur pour ledit repas de présentation, ne voulant bien évidemment pas s'abaisser à cuisiner. Son emploi du temps de starlette ne lui permettait pas de disposer de disponibilités pour réaliser les tâches ménagères. Pour exemple, cuisiner en était une pour cette femme quelque peu tyrannique, mais si séduisante et charmante lorsqu'elle le jugeait nécessaire.

*****

Lorsque Constance et Guillaume passèrent la porte de sa maison le soir de leur première rencontre à tous les quatre, Jasmine fut immédiatement éblouie par la beauté de cet homme nouveau. Son charme naturel, ainsi que sa posture charismatique eurent raison d'elle. Il dégageait extérieurement quelque chose d'irrésistiblement attirant, inexplicable. Elle se dit secrètement dès ce premier instant qu'il fallait absolument conquérir cet homme afin de le posséder. Elle devait l'appâter, coûte que coûte. Son amour pour Pierre ? Quel amour pour Pierre ? Jasmine n'aimait malheureusement véritablement qu'elle-même, trop égoïste et trop dépourvue d'empathie. Si bien qu'en l'espace d'une courte soirée, à force de comparaisons entre les deux hommes assis face à elle, le regard qu'elle posait habituellement sur son mari se transforma brutalement.

Elle, qui le considérait jusque-là comme un homme « utile et pratique », ne perçut subitement en lui plus rien d'autre que l'image d'un vieux jouet usé, inexorablement destiné à devenir d'un ennui mortel. Jouet dont il s'avérait urgent de se défaire. Cependant, impossible d'envisager de le quitter sans plan de secours. Elle devait donc le conserver temporairement, le temps de s'organiser et préparer son futur départ. Son mari ne représentait finalement qu'une chose, un futile objet remplaçable. Son ambition avait désormais changé de direction, Guillaume Rinat représentait son nouvel objectif de vie, et elle envisageait bien de faire le nécessaire pour l'atteindre.

Guillaume possédait une entreprise qui ne faisait que croître à tous niveaux avec les années, de même que ses revenus. Il cochait donc naturellement toutes les cases de l'homme parfait pour Jasmine. À chacune de leurs rencontres, elle l'observait avec attention, lui posant une multitude de questions. Tout l'intéressait à son sujet, et la jeune brunette ressentait le besoin de le connaître totalement. Et dans la dynamique d'en apprendre toujours un peu plus, quoi de mieux que de jouer l'amie de sa femme ? Jasmine, calculatrice hors pair, tissa très progressivement sa jolie toile. Elle se rapprocha de Constance, simulant une attitude continuellement très ouverte et très bienveillante en surface, à la manière dont une amie digne de ce nom devait se comporter. Cette jeune femme blonde, d'une naïveté pathétique, fut d'une facilité déconcertante à embobiner. Ainsi, de confidences en confidences, elle en apprenait sans cesse un peu plus sur son objectif ultime.

Les attentions de Guillaume envers Constance, toutes plus touchantes les unes que les autres, avaient fait naître l'envie chez elle. Cet homme exaltant se comportait d'une façon si aimante et traitait sa femme comme une reine. Sa prévenance, son écoute et sa situation sociale. Jasmine savait par expérience qu'il n'était pas vraiment très difficile, surtout pour une belle femme, de faire flancher un homme, sous réserve d'user des bons arguments. Elle devait avoir la finesse de le fragiliser en douceur, mettre l'accent sur les faiblesses de son couple. Il n'en fallait malheureusement que peu finalement, et l'affaire était conclue. Bien sûr, il était tout de même nécessaire de créer un lien, une connexion forte avec l'homme en question. Le hasard, si tant est qu'il y en ait vraiment eu, leur permit de se rencontrer fortuitement à la sortie d'un cours de salsa, ou devant le petit restaurant dans lequel Guillaume se rendait fréquemment près de son travail. Elle réussit de manière inattendue à déjeuner occasionnellement en sa compagnie, puis d'autres jours boire un café, et progressivement cette belle poupée sema gentiment le doute chez lui, pas à pas, tout en douceur. Jusqu'au jour où elle le mit enfin dans son lit.

24

Il s'écoula quelques années, puis le désir du moment de Jasmine changea. Elle voulait faire un enfant. Son horloge biologique tournait, et ce que femme veut, Dieu le veut. Elle avait affiché, avec beaucoup d'autorité, un calendrier sur la porte du frigo. Une croix inscrite sur les cases correspondant aux jours où Pierre devait honorer son épouse afin de lui offrir ce dont elle rêvait : un bébé. Pierre accomplissait avec abnégation son devoir sans beaucoup de plaisir ni spontanéité. Et malheureusement à chaque fin de cycle la sentence tombait. Aucune grossesse à l'horizon. C'est ainsi que, rongé par le doute, au bout d'une année d'échecs répétés, ce dernier décida secrètement de consulter son médecin généraliste pour apprendre que fort regrettablement, sa stérilité semblait incurable. Parallèlement, Jasmine le rejeta physiquement, renforçant le malaise qu'il ressentait, au point de ne plus le laisser la toucher. Elle partit finalement dormir durant plusieurs semaines dans la chambre d'amis de leur grande demeure.

Puis un jour, Jasmine tomba enfin enceinte. Pierre le savait, ce n'était évidemment pas de son fait. Mais il ne dit rien. Il espérait que cet enfant apaiserait les caprices de sa femme, et aspirait à la retrouver comme lors de leurs débuts, cette période désormais révolue durant laquelle elle l'idolâtrait encore. Jasmine aussi connaissait la vérité sur l'origine de cette grossesse, seulement pour d'autres raisons, ne soupçonnant assurément pas le problème de Pierre. Son mari et elle n'avaient plus fait l'amour depuis des semaines, par conséquent, seul Guillaume pouvait être le géniteur de ce futur enfant. Elle aurait aimé annoncer la nouvelle à ce dernier dès les premiers jours et fêter cela avec lui, mais elle fut bien obligée de patienter. D'autant que la peur qu'il la rejette pour cette même raison pointait en son for intérieur. Cependant, son désir d'enfant, trop prégnant, l'emportait sur toutes les décisions raisonnables possibles. Elle garda de ce fait l'enfant ainsi que son secret, comme on chérirait un trésor, juste pour elle.

Durant les premiers mois de vie de Roméo, Guillaume prit beaucoup de distance avec elle. Il était devenu père et investissait son rôle avec joie. Par ailleurs, semé de doutes, il envisageait clairement de mettre définitivement fin à leur relation, pour ensuite se racheter une conduite et poursuivre sa vie commune avec Constance. De plus, Jasmine elle-même enceinte, il trouvait plutôt inconvenant le fait de la fréquenter durant cette période de grossesse, ne sachant rien de l'origine de ce futur bébé. Puis, il y eut le décès d'Antoinette. Il fut profondément perturbé par la perte de cette « grand-mère ». Ensuite la méningite de son fils. Fréquemment, la vie de Guillaume, ses secousses, empêchait Jasmine de réaliser son rêve. Sans compter qu'elle savait que ce dernier n'avait jamais cessé d'aimer Constance. À plusieurs reprises durant ces quelques années, il rompit leur relation, ne voulant pas quitter la vie qu'il avait construite pour Jasmine. Il vivait mal le fait de mentir à sa femme ainsi qu'à Pierre et n'assumait pas cette double vie, ressentant continuellement de la honte envers lui-même et ses actions. Mais elle le rattrapait, à chaque fois qu'il vacillait, et parvenait à faire vibrer chez lui une corde bien trop sensible. L'homme marié fléchissait parfois pour elle, succombait à ses charmes, puis revenait à la raison et s'éloignait à nouveau. Sa conscience le tiraillait en permanence.

Le jour où elle se sentit tant en danger au point de le perdre pour toujours et renoncer à ses « projets égoïstes », elle décida de lui dévoiler la nouvelle. La petite brune lui révéla que Mila était sa fille et possédait d'ailleurs les mêmes yeux que lui, preuve ultime. Une fois passé le choc de l'annonce ainsi que l'incompréhension, Guillaume comprit qu'il se trouvait face à une impasse. Il aimait profondément Constance, Roméo, et la vie qu'ils avaient construite ensemble, mais il croyait aussi aimer Jasmine, ou plutôt ce qu'elle lui dévoilait d'elle. De plus, il possédait soudainement le statut de « père de Mila », cette petite fille si douce et mignonne, se trouvant face à un terrible dilemme. Ne pouvant plus reculer et se trouvant au pied du mur, il décida finalement d'assumer ses responsabilités. Guillaume prit donc la décision de quitter Constance ainsi que son fils, oubliant ses engagements maritaux, et espérant naïvement que ces derniers ne lui en voudraient pas trop. Il avait perdu tout son bon sens, probablement victime inconsciente de l'influence néfaste de sa maîtresse. Il se sentait investi de la mission d'offrir à Mila la possibilité de grandir en compagnie de son vrai père. Jasmine avait achevé son œuvre de manipulation. Une véritable artiste.

Le soir de sa rupture avec Constance, il rentra dans l'appartement loué par ses soins pour eux deux, penaud et sa petite valise sous le bras. L'homme éprouvait la quasi-certitude qu'il commettait la plus grave erreur de son existence. Consciente du bouleversement ressenti de son nouveau jouet, Jasmine lui sauta immédiatement au cou en l'embrassant langoureusement et lui fit l'amour comme jamais auparavant. Elle l'avait gagné son trophée et sa nouvelle vie l'attendait enfin.

Cependant, une fois le divorce de Constance et Guillaume prononcé, une fois leur maison vendue et la somme partagée, la situation financière et l'éclat de ce bel homme au costume de pigeon ne furent pas tout à fait à la hauteur de ses attentes. Par ailleurs, la pension alimentaire qu'il devait verser à son ex-femme lui coûtait une fortune, et son fils le rejetait. Il ne voulait plus avoir affaire à lui et restait intraitable sur ce sujet. Comme tout cela ne suffisait pas, son propre divorce à elle ne fut pas simple non plus. Pierre exigea la garde partagée de Mila et resta inflexible sur ce point. Il lui versa néanmoins sa part de leur maison sur les hauteurs du Bourget-du-Lac qu'il conserva, pourtant le montant final ne représenta pas autant qu'espéré.

La frustration puis la colère de Jasmine grandissaient graduellement, ajoutées au fait que Guillaume montrât des signes de faiblesse, ce qui n'arrangeait rien. Il ressentait la culpabilité d'avoir semé le mal autour de lui, semblait malheureux et se noyait dans le travail. Jasmine lui rendit donc progressivement la vie impossible, passant chacune de leurs soirées à lui reprocher tout et son contraire. Constamment distante, fréquemment fuyante, l'accusant de ne pas s'investir suffisamment dans sa relation avec Mila. Cependant, malgré tous ses efforts, Guillaume n'y parvenait pas. Il ne l'avait pas élevée toutes ces années et cette enfant demeurait pour lui la fille de Pierre, pas la sienne. Il ne se sentait finalement pas légitime vis-à-vis d'elle, qui se trouvait de plus profondément perturbée par les révélations dont elle avait eu connaissance. Elle le rejetait, elle aussi, tout comme son propre fils. Guillaume avait, en conséquence, tout perdu.

25

Guillaume consulta sa montre. Il était déjà 19 h 45 passé, et il traînait au travail, réfléchissant sur sa vie. Il aurait fallu rentrer, mais l'idée ne l'enchantait pas. Comme chaque soir, il retrouverait Jasmine, rongée par la rancœur, et supporterait ses reproches. Qu'allait-elle à nouveau inventer ce soir ? Oh, il le savait, elle regorgeait d'imagination. Il ne doutait pas l'ombre d'une seconde qu'elle saurait mettre le doigt sur le point qui deviendrait l'alibi à la dispute du jour. Elle avait d'ailleurs téléphoné plus de six fois, depuis 18 heures. Or, il n'avait pas décroché ni consulté les messages qu'elle avait laissés sur le répondeur. Il n'en éprouvait pas la moindre envie. Il constatait d'ailleurs avec lucidité que leur couple se portait on ne peut plus mal. Jasmine se comportait de manière tyrannique un jour sur deux, cela devenait insupportable. Elle lui faisait vivre un enfer, et rien ne laissait penser que cela pourrait changer. Quant à Mila, au cours des semaines durant lesquelles sa mère l'avait en garde, la jeune fille passait son temps cloîtrée dans sa chambre. Elle parvenait tout juste à le saluer poliment lorsqu'elle le croisait. La jeune fille usait avec brio de multiples stratégies, afin de l'éviter au maximum. L'homme était conscient que leur relation s'avérait chaotique. De plus, il savait qu'il portait en grande partie la responsabilité de tout cela.

Ce qui le peinait finalement le plus était surtout le rejet qu'il inspirait à Roméo. La veille encore, il avait tenté d'aller à sa rencontre afin de discuter avec lui à la sortie du collège. Dès qu'il l'aperçut, son fils partit en courant, s'échappant dans une ruelle. Les journées de l'homme se suivaient inlassablement et se ressemblaient inexorablement. Comme il le pressentait, quitter Constance s'était bien révélé être la plus grosse erreur de son existence. La dépression le guettait désormais. N'étant pas spécialiste en la matière, il observait néanmoins sa propre décadence, incapable de l'éviter ni de même la ralentir. Il n'obtenait que ce qu'il méritait, voilà le jugement qu'il portait sur lui-même.

Constatant tout de même qu'il n'allait pas pouvoir passer la nuit au bureau, l'homme décida de rentrer. Il récupéra ses affaires personnelles, ferma tout, puis appela l'ascenseur afin de rejoindre sa voiture garée au sous-sol. Durant la descente des quelques étages, il se dit qu'il aurait aimé prendre des nouvelles de Pierre. Son ami lui manquait, tout comme leurs entraînements de handball. Mais l'amitié que cet homme lui portait appartenait désormais au passé au vu de la trahison dont il avait été victime. Le sport aussi. Jasmine, au cours d'un de ses multiples caprices, l'avait incité très fortement à ne plus s'y rendre. Résultat : le chef d'entreprise ne possédait plus aucune bouffée d'oxygène, partageant son temps entre le travail et sa nouvelle compagne. Il se sentait comme prisonnier de l'étreinte de Jasmine, et ne distinguait aucune issue afin de s'en libérer.

Une fois rentré dans leur appartement, après de multiples détours dans les rues de Chambéry, reculant chaque instant un peu plus le moment de son arrivée, sans grande surprise, Guillaume découvrit Jasmine sur le canapé. Sa compagne semblait échanger des messages avec quelqu'un, comme presque tous les soirs depuis plusieurs semaines. *Certainement un autre homme*, se dit-il. *Elle est déjà en train de me remplacer.* Il trouva la scène pathétique. Ne souhaitant pas épiloguer ni se justifier sur l'heure de son retour, il se dirigea vers la cuisine afin de se servir un verre pour l'apéritif. Peu importait ce qu'il trouverait, ça ferait l'affaire. Seulement, c'était sans compter sur la harpie qui n'attendait que lui pour fondre à nouveau sur sa proie et pour certainement s'empresser de lui ravir le peu d'honneur qui lui restait.

— C'est à cette heure-ci que tu rentres ? Ton téléphone est en panne ? lui lança-t-elle, pleine de mépris.

— J'avais du travail, j'étais très occupé et je n'ai pas vu tes appels, lui répondit-il sans la regarder.

— Et ton répondeur, tu ne peux pas le consulter non plus ? Non, bien sûr, Monsieur est beaucoup trop important !

— Arrête, Jasmine. S'il te plaît, fit-il d'un ton agacé. Je suis fatigué, et je n'ai pas envie de me disputer.

Il s'assit sur un tabouret de bar de la cuisine et commença à siroter son apéritif. La fraîcheur de son breuvage lui faisait du bien. Tandis qu'il buvait, Jasmine se leva, fermement prête à en découdre.

— Et que fait-on ce soir ?

Il la dévisagea avec étonnement. Que lui racontait-elle ? Il était bien trop tard pour envisager une quelconque sortie.

— Quoi ? Ce soir ? Mais rien, Jasmine. Je travaille demain tout comme toi, et je suis crevé en plus.

— Une soirée de plus devant la télé ! Je n'en peux plus, Guillaume !

Son ton transpirait le reproche. C'était parti, ils allaient se disputer.

— Non, je ne veux pas sortir. Et n'oublie pas que tu as ta fille, cette semaine. On ne va pas la laisser seule, elle n'a pas besoin de ça.

— Mais Guillaume, sache que si elle est dans cet état, c'est ta faute ! Tu ne fais aucun effort avec elle. Tu l'ignores, alors que tu es son père ! répliqua-t-elle pleine de colère.

— Écoute, je suis son père peut-être, seulement juste son père biologique. Tu vois bien qu'elle ne veut pas de moi ! Et je la comprends ! Elle vit un calvaire depuis bientôt deux ans, mets-toi à sa place. C'est une ado qui vient d'apprendre que toute sa vie n'était qu'un mensonge depuis sa naissance !

Jasmine bouillonnait. Son visage, si beau habituellement, semblait se transformer, comme la cire d'une bougie coulant à cause de la chaleur de la flamme. Guillaume la trouva d'une laideur nauséabonde. Sa compagne reprit de plus belle.

— Bon, admettons, on ne sort pas ce soir puisque tu n'y es pas disposé. Et ce week-end ? Qu'est-ce que tu as prévu, vu que Mila sera repartie chez Pierre ?

— Je n'ai rien prévu non plus, répondit-il en soupirant.

Sa compagne, au bord de l'implosion, se servit, elle aussi, un verre qu'elle avala cul sec et le fixa de ses yeux rageurs.

— Et la maison ? Quand est-ce qu'on l'aura notre maison ? Tu me fais vivre dans cet appartement miteux depuis deux ans, et tu ne regardes même pas les annonces immobilières. Qu'est-ce que tu attends, franchement ? Tu crois que ça me plaît de vivre ici ?

Là, c'en était trop. Il allait sortir de ses gonds. Elle le mettait hors de lui.

— La maison ? Et avec quel argent, Jasmine ? Avec quel argent ? Tu dépenses tout en fringues ! Regarde, la robe que tu portes, elle coûte une fortune et tu trouves ça normal ! Tu ne te rends pas compte du train de vie que tu m'imposes, vraiment !

— Évidemment ! Tu me fais porter la responsabilité du fait que ta femme t'a plumé ! Ton avocat était nul, tu t'es fait rouler dans la farine !

pesta-t-elle d'une mauvaise foi hors du commun.

Elle n'en loupait pas une. Par quelle magie parvenait-elle à le percuter en plein cœur, à chaque fois qu'elle ouvrait la bouche ? Un don inné, certainement. Et subitement, comme un sursaut, le peu d'honneur et de dignité dont il disposait encore s'exprima à sa place.

— Je n'en peux plus, Jasmine. Je ne te supporte plus. Je crois que tout est fini entre nous.

Elle l'observa, silencieuse d'abord, puis serra les poings, vibrant de fureur. Elle devenait effrayante pendant qu'elle se trouvait sur le point d'entrer dans une rage folle. Elle hurlait maintenant.

— Mais tu sais quoi ? Tu sais quoi ? Non, ça n'est pas toi qui me quittes ! Personne ne me quitte. C'est moi qui te mets dehors ! Et tu sais ce que tu vas faire ? Tu vas aller te chercher une valise, la remplir et dégager de ma vue. Casse-toi !

Curieusement, Guillaume aurait pu se sentir affolé, désorienté, ou même juste mal, car la situation lui avait échappé. Mais il n'en fut rien. La rage dont Jasmine faisait preuve n'était rien d'autre que ce qu'elle était réellement au plus profond d'elle-même, un odieux personnage. Donc finalement, tout cela soufflait comme un vent libérateur. Il sortait enfin de cette prison. Calmement, il se leva et partit remplir une valise, juste l'essentiel, pas besoin de s'alourdir de quoi que ce soit de cette phase négative de sa vie. Il revint ensuite, chargé de ses affaires. Jasmine pianotait à nouveau sur son téléphone. Elle tchattait, comme si la rupture et la dispute qu'elle venait de vivre n'avaient jamais eu lieu, le sourire aux lèvres, l'ignorant copieusement. Il se demanda l'ombre d'une seconde si elle n'était pas amnésique ou schizophrène. Elle avait changé d'attitude comme on retournerait une pièce de monnaie.

L'homme l'observa quelques secondes, certain désormais que la cause de son sourire ne pouvait être qu'un autre homme, possédant très probablement une excellente situation, sa future proie. Il tourna sèchement la tête et partit vers la porte qu'il ferma tout en attrapant son blouson de cuir. Celui qu'il aimait tant, celui que Constance lui avait offert, dernier vestige de sa vie passée. Il partirait dormir à l'hôtel, et ensuite, il réfléchirait à ce que deviendrait sa vie. Une page se tournait, cette femme l'avait abîmé, le laissant éreinté et exsangue. L'heure était maintenant à sa reconstruction.

CONSÉQUENCES

26

Officiellement, aux yeux de la loi, Guillaume Rinat n'étant pas le père de Mila, la mère de cette dernière ne put lui réclamer d'argent, ce qui le rassura quelque peu. Celui-ci coupa finalement les ponts et disparut de la vie de Jasmine, sans le moindre regret. Elle le remplaça vite, comme il l'avait deviné au vu de son comportement le soir de leur séparation. Il ne savait pas pour quel nouveau trophée et ne souhaitait pas connaître la réponse. Il voulait juste essayer d'oublier cette tranche de vie. Il tenta ensuite un chemin de rédemption, essayant vainement de revenir vers Constance, de retrouver sa vie d'avant. Mais celle-ci ne put pas lui pardonner, ni lui accorder sa confiance à nouveau. Quelque chose en elle restait brisé et irréparable, malgré toutes ses excuses et malgré le temps. En dépit de tout l'amour qu'elle avait pu éprouver pour lui, elle ne désirait plus de sa présence dans son univers. Sans compter que, nonobstant sa rupture avec Jasmine, Roméo restait intraitable et ferme envers lui. Son père avait « ravagé sa vie », comme il le disait parfois lors de moments de colère, et demeurait incapable, à ce stade, de lui pardonner ses actes. Notre homme esseulé trouva donc, non sans peine, un petit studio meublé en location dans les alentours d'Annecy, espérant secrètement se rapprocher de son ex-femme et de son fils. Il se concentrait sur son travail, tant bien que mal, et digérait la culpabilité de ses décisions. Sa chute avait été vertigineuse.

*****

Concernant la famille Garin, le clan ressemblait dorénavant à une légende. Comme Gabrielle l'avait pressenti, une fois son décès appartenant au passé, les rancœurs des uns et des autres remontèrent à la surface, au point d'en arriver à de nombreuses disputes. Et les liens se rompirent. Seuls Louis et Paul continuèrent à se fréquenter et perpétuaient ensemble les repas du vingt-cinq décembre, refusant de laisser mourir la tradition de leurs parents. L'abandon de cette coutume aurait tinté comme un manque de respect envers Marguerite et Albert. Par ailleurs, cela demeurait nécessaire pour eux deux, cela maintenait leur équilibre. Quant à Annie et Roger, ces derniers ne leur adressèrent plus la parole. Annie leur reprocha à tous de l'avoir abandonnée lors de la maladie de Gabrielle. D'après elle, ils s'étaient délestés de la charge de travail que Gabrielle représentait, la laissant seule face à la déchéance de leur sœur. Elle estimait avoir sacrifié bien trop de temps afin de demeurer au chevet de sa sœur cadette, et aurait souhaité de leur part une gratification imaginaire qui n'arriva jamais. La rancune fit le reste. Elle coupa le contact avec chacun de ses frères du jour au lendemain et ce fut sans appel. Paul tenta néanmoins une multitude de fois de sonner à sa porte, aller à sa rencontre, afin de la raisonner, de trouver des solutions, en vain. Puis il se résigna avec fatalisme. Sa sœur ne lui ouvrit pas une fois son domicile, le laissant parfois des heures entières dehors, tout en vaquant à ses occupations comme si de rien n'était. Il se risqua aussi à lui rédiger une lettre avec l'aide de son épouse, enveloppe qu'il retrouva trois jours plus tard dans sa propre boîte aux lettres, restée cachetée, signifiant un message on ne peut plus clair.

Quant à Roger, son attitude fut bien plus sournoise. Ce frère aîné, timide et renfrogné, se plaçant en retrait depuis toujours, feignit quelque temps de maintenir le lien. Puis lors d'une fête de Noël, il ne put officiellement se rendre au repas de famille. Une autre fois, lors des cinquante ans d'un de ses neveux, un des fils de Paul, Alban, le malchanceux Roger réalisait des travaux dans son appartement de vacances. Besognes manifestement impossibles, vraiment malheureusement, à reporter. Puis une autre indisponibilité lors d'un nouvel événement, et ainsi de suite. Roger n'eut aucunement le courage d'affronter ses frères, puis finalement ces derniers se fatiguèrent de tenter de le rattraper, tandis qu'il s'envolait au fil des années. Le temps opéra son œuvre, ils ne se rassemblèrent plus, sans officiellement demeurer en froid. Mais personne n'était véritablement dupe ; ses deux frères devinaient la raison. Roger possédait un tempérament jaloux. Enfant déjà, ce trait de caractère lui jouait des tours. Tous le savaient, néanmoins Gabrielle avait toujours possédé le don de le raisonner et prononçait inlassablement les mots justes, afin qu'il ne se laisse pas emporter par ses émotions.

Mais leur sœur disparue, désormais, plus aucun garde-fou ne se dressait entre la rancœur qu'il croyait ressentir et sa fratrie. Il estima donc subitement un jour que le terrain qu'il avait obtenu lors du partage anticipé de l'héritage de leurs parents, terrain sur lequel sa maison était bâtie, possédait une valeur bien moindre que celui de Paul. Valeur inférieure à cause de sa surface ainsi que son exposition. De fait, il considérait avoir été désavantagé, et en conséquence, n'avoir probablement pas assez été aimé par Albert et Marguerite. Puis vis-à-vis de Louis, l'argument fut le suivant : le petit dernier avait eu la chance de faire de plus grandes études. Roger enviait inconsciemment sa situation et nourrissait de la colère envers son benjamin depuis de nombreuses années. Zef remodelait presque systématiquement les situations à sa convenance et dans son propre intérêt. L'auto-victimisation demeurait par facilité bien plus aisée que la remise en question, voire juste la compréhension. Il ruminait sa colère depuis une éternité, les obstacles de la vie, ni même les années, ne réussissant à l'apaiser. Même son épouse, grande femme restant en retrait et constamment silencieuse en société, semblait résignée. Elle insinuait en filigrane qu'elle n'avait jamais rien pu y faire, sous réserve qu'elle ait un jour essayé, ce que personne ne savait. Le navire de la tribu Garin sombra, inexorablement, suite à de multiples tempêtes. Dorénavant, son épave gisait au fond d'une mer noire, inconnue, inaccessible et paraissait en l'état, malheureusement irrécupérable.

Malgré la promesse faite à Gabrielle, Constance ne réussit pas à rapprocher les individus de cette génération. Certains demeurèrent fatalistes et d'autres campés sur leurs décisions. Elle finit par abandonner, observant avec amertume et tristesse le délitement de cette si belle famille, qui avait symbolisé son socle toute sa vie. Elle perdit progressivement le contact, elle aussi, avec les enfants de Roger, tout comme ceux d'Annie. Les descendants des uns et des autres se rangeaient loyalement derrière la décision de leurs parents. Ainsi, les Garin survivant à la désagrégation du clan, redoublèrent d'efforts.

Les trois fils de Paul, Romain, Alban et Matthieu, ainsi qu'elle-même, s'obstinèrent à demeurer proches. Les fêtes d'anniversaire de leurs enfants respectifs demeurèrent des prétextes aux rassemblements. Roméo, ainsi que ses cousines et cousins au second degré, grandissaient tout en se côtoyant régulièrement. Ils nouaient ensemble leurs propres liens. Paul et Louis se posaient en grands-pères fiers, heureux d'assister à ces moments de convivialité, malgré la déception de l'absence d'Annie et Roger. Ils n'avaient pu que subir les choix des deux autres, mais gardaient secrètement l'espoir qu'un jour les choses changeraient. Ils se rencontraient d'ailleurs quelques fois lors de certaines sépultures d'amis ou de cousins éloignés. Cependant, les quelques brefs échanges qu'ils parvenaient à effectuer demeuraient distants et froids. Et ça n'avait lieu qu'avec Roger, car Annie ne se déplaça pas une fois. Elle était tout bonnement sortie de leurs vies et s'obstinait, malgré les années, à les fuir.

27

Roméo vécut très mal le divorce de ses parents. Lui, qui avait été durant sa petite enfance un enfant plein de malice et de bonté, puis un préadolescent si équilibré et jovial, vit son univers voler en éclats, à l'issue d'un retour de colonie de vacances.

Ce jour-là, le jeune homme en devenir était rentré à Aix-les-Bains en car. Durant le trajet, il s'était remémoré les montagnes, laissant défiler intérieurement toutes ses expériences vécues. Il avait ressenti tellement de plaisir durant cette semaine de plein air, et avait aussi tant de choses à raconter à ses parents. Leur parler de l'escalade, les voies si complexes qu'il avait réussi à gravir, ainsi que les amis rencontrés. Il avait tant à dire et se faisait une joie de la soirée qui s'annonçait, bercé d'insouciance qu'il était encore. Quand le bus se gara sur le parking, il n'aperçut que sa mère. Il la trouva amaigrie et fatiguée, sans compter que son père était absent. Une fois les enfants descendus, leurs valises récupérées, sa mère l'avait ramené à la maison. Elle ne lui avait rien dévoilé durant le trajet, répondant vaguement à ses questions, attendant qu'ils soient rentrés, avant de lui apprendre la terrible nouvelle. Et enfin elle lui expliqua la situation.

— Mon chéri, il faut que je te parle, lui dit-elle, tandis qu'ils arrivaient chez eux.

— Oui, Maman.

— Assieds-toi, s'il te plaît. C'est important.

Constance savait éperdument que les terribles informations qu'elle allait dévoiler à son fils allaient inexorablement le priver de son insouciance et de sa joie de vivre. Seulement, Guillaume parti, elle n'avait d'autres choix, elle ne pouvait pas lui mentir, car son fils était en droit de savoir. La mère brisée devait s'armer de courage et trouver les mots les moins difficiles à prononcer, afin de ne pas dévaster son petit.

— Mon poussin, je dois t'annoncer quelque chose de très difficile.

Elle lui prit les mains, le fixant droit dans les yeux. À cet instant, le jeune garçon comprit que sa mère était sur le point de lui révéler quelque chose de très sombre. Chose qu'il n'était finalement pas sûr de vouloir connaître, redoutant que cela ne le bouleverse.

— Maman, tu me fais peur. Et Papa, où est-il ? Il rentre bientôt ?

Elle prit une grande inspiration et enfin se lança, puisque de toute façon, elle n'avait pas le choix.

— Non, Papa ne rentre pas bientôt. Il ne rentrera pas, mon cœur. Papa est parti.

Roméo n'en croyait pas ses oreilles. Il voulait en savoir plus.

— Mais il est parti où ? Et quand rentre-t-il ?

Les larmes commençaient à poindre au bord des yeux de son enfant, qu'elle sentit si fragile subitement. La tristesse qu'il ressentait lui déchirait le cœur. Elle pensa un instant à Guillaume. Quelle lâcheté de sa part de l'avoir abandonnée ainsi, la laissant tout affronter. Cette attitude lui paraissait absolument impardonnable, et ne lui ressemblait vraiment pas ! Il n'avait plus rien de l'homme qu'elle avait côtoyé durant de si nombreuses années. Jasmine avait transformé celui qu'elle avait aimé et en avait fait un être sans âme, déshumanisé.

— Non, quand je te dis qu'il ne rentrera pas, c'est parce qu'il m'a quittée, mon chéri. Nous allons probablement divorcer. Je suis tellement désolée pour toi !

Roméo refusait d'accepter.

— Mais pourquoi, Maman ? Vous vous entendiez bien ! Je ne comprends pas ! Vous ne vous disputez jamais ! Pas comme les parents de mes copains qui ont déjà divorcé. Vous, vous êtes différents ! C'est impossible, tu te trompes !

Ne pouvant échapper à ce moment qu'elle n'aurait aucunement voulu vivre, elle dut bien se résoudre à lui fournir les raisons du départ soudain de son père. Envahie de chagrin, tout en tentant de demeurer digne, car Roméo ne méritait pas de la voir au plus mal, elle continua péniblement le déroulement de ses explications. Elle lui raconta, avec le plus de douceur dont elle était capable, que son père l'avait quittée pour partir vivre avec Jasmine, sa meilleure amie. Puis pour parfaire le tableau, Mila n'était autre que sa demi-sœur.

En effet, ce fameux soir, la vie de Roméo ne fut plus jamais la même, puisqu'elle bascula. Il y eut un avant puis un après. Le préadolescent développa une colère immense envers Guillaume, ainsi qu'envers la cause de tout cela, Jasmine, ne supportant pas la trahison dont il s'estimait lui-même victime tout comme sa mère. Il développa une haine farouche, depuis cette soirée, à l'encontre de cette femme, refusant systématiquement de la rencontrer. Ce qui arrangeait bien celle-ci, ne se trouvant pas dans l'obligation de partager Guillaume.

Même si, lors des débuts de la séparation de ses parents, il accepta encore de rencontrer son père, espérant vainement le ramener à la raison, le pauvre Roméo comprit peu à peu que rien ne changerait. Comme si ce dernier restait hermétique face à ses arguments. Puis le jeune homme refusa finalement tout bonnement de le voir, ou même échanger avec son père, malgré les efforts répétés de celui-ci. Guillaume tenta à maintes reprises de venir lui parler à la sortie du collège, ou lors de ses cours d'escalade. Roméo, dans le meilleur des cas, l'ignorait, et dans le pire, l'insultait. L'adolescent rageur le traitait de tous les noms d'oiseaux dont il disposait et fuyait en courant. Son père n'était qu'un menteur usurpateur. Et son fils ne se gardait pas de le lui faire savoir.

*****

Par ailleurs, le divorce se révéla houleux. Guillaume, probablement influencé par sa vipère de nouvelle compagne, mit des bâtons dans les roues de Constance et son avocat, tout au long de la procédure de séparation. Parfois simplement en prenant un temps infini pour répondre aux courriers, mais la quasi-totalité du temps, en refusant chaque requête de son confrère. Après une année de combat, Constance, épuisée de la situation, accepta la mise en vente de la maison. Elle prit la décision, en accord avec son fils, de se séparer de son deuxième enfant, sa si jolie boutique de fleurs. Ils décidèrent ensemble de retourner auprès du clan Garin, ou plutôt ce qu'il en restait depuis le décès de Gabrielle, afin de se ressourcer et de se reconstruire. Dans un second temps, ils définiraient ce qu'allait être leur avenir à tous les deux. Car Constance avait obtenu la garde de Roméo et sans grande difficulté. Jasmine devait être ravie de ne pas avoir à supporter le fils de son conjoint, gardant l'exclusivité vis-à-vis de son nouveau compagnon. La maison fut vendue en moins d'une semaine, ce qui permit à Constance de récupérer une somme plus que convenable. Elle pouvait enfin sereinement rechercher un nouveau logement sans difficulté.

Elle parvint aussi à céder le bail de son magasin assez rapidement, si bien qu'en quelques semaines à peine, Roméo et elle partirent en Haute-Savoie. Ils n'emportèrent dans leur déménagement que quelques valises et laissèrent tous les meubles de la maison. Ils souhaitaient tourner la page ensemble, sans conserver de souvenir de cette tranche de vie. Un nouveau départ en quelque sorte. D'ailleurs, Constance n'assista pas à la signature de la vente définitive auprès du notaire, réglant les papiers en amont. Elle ne souhaitait ni affronter son ex-mari ni son ex-amie. Il n'en était plus question.

28

Après avoir passé une journée entière chez Louis et Gisèle, une carte du département de la Haute-Savoie étendue sur la table de leur cuisine, le jeune homme avait sélectionné pour sa nouvelle destination un lac ainsi que des montagnes. Ils souhaitaient trouver un cadre de vie ressemblant à Aix-les-Bains. Sa mère, ravie des critères de son fils, avait ajouté le dynamisme. Elle recherchait une ville de taille moyenne, possédant de multiples activités, aussi bien sportives que culturelles. Ils hésitèrent longuement avec la ville d'Évian-les-Bains, quoiqu'assez mal accessible, étant donné qu'elle se situait au bout de la Vallée Verte.

Annecy fut donc la destination qui l'emporta, parfaite pour eux et comportant leurs critères respectifs. Ils vécurent quelque temps chez Louis et Gisèle, puis dénichèrent enfin un bel appartement en dernier étage d'un immeuble non loin du centre-ville, possédant une vue magnifique sur le Lac ainsi que ses montagnes. Elles surplombaient la ville du Mont Veyrier au Roc des Bœufs, en passant par la Tournette. Ils le décorèrent ensemble à leur goût, prirent leurs marques, si bien que peu à peu, Roméo retrouva sa joie de vivre.

C'était un enfant possédant une grande force intérieure, solide et stable. Malgré tous les obstacles traversés en peu de temps, il remontait la pente et retrouvait sa sérénité. Il était inscrit dans un nouveau collège et commençait à nouer des relations amicales avec d'autres adolescents. Ses résultats scolaires s'amélioraient régulièrement, le jeune homme s'épanouissant progressivement au sein de son nouvel environnement. Ses parents, malgré toutes leurs différences et leur échec notable, pouvaient être fiers de ce qu'ils lui avaient transmis.

Ce fut en revanche bien plus long pour Constance, car elle eut beaucoup de mal à accepter ces multiples trahisons. Dans un premier temps, elle ne souhaita pas travailler et n'en était pas capable, trop ébranlée par cette situation qu'elle avait subie de bout en bout. Elle restait inlassablement assise des heures durant, pendant que son fils était à l'école. Face à l'étendue calme et bleue du lac, elle tentait péniblement d'intégrer ces multiples changements, afin de retrouver un peu de sérénité, essayant de réaliser une introspection profonde, comprendre ses erreurs. Après quelques mois, elle fit le triste constat que les fleurs ne l'apaiseraient plus. Elle se sentait vide à la suite de cette épreuve, et ni leur beauté ni leur parfum ne parviendraient à la combler. Il était temps pour elle de se reconstruire sous une autre forme. Ce fut ainsi qu'elle décida de changer de voie professionnelle.

Durant une année, elle effectua une formation dans la pâtisserie. Louis et Gisèle la soutinrent totalement, ainsi que Roméo. Il se sentait investi de la mission de protéger sa maman et voyait d'un très bon œil qu'elle ait envie de changement. Sans compter qu'il était très gourmand. La pâtisserie, les gâteaux, tout cela semblait naturel à Constance, parce que le sucre consolait les chagrins, surtout les chagrins d'amour. Néanmoins, une fois son diplôme obtenu, elle ne voulut pas se remettre à son compte. Juste travailler, juste s'occuper l'esprit. La nouvelle annécienne trouva donc un emploi dans une boutique de la vieille ville, sans grande difficulté. Une ambiance conviviale et dynamique y régnait, sans aucune autre responsabilité que simplement bien effectuer son travail, consciencieusement. C'était ce dont elle avait besoin à ce moment de son existence. La vie touristique quasi-permanente de cette ville lui donnait la douce sensation d'être un peu en vacances durant toute l'année. Ce petit air festif perpétuel lui faisait du bien, probablement un petit quelque chose transmis d'Antoinette.

Elle reprit peu à peu le sport, troquant la course à pied par le trail. La sportive partait parfois des heures durant, arpenter les sommets tout autour du lac, s'offrant la paix et le silence, une fois l'ascension terminée. L'altitude la revigorait. Constance ressuscitait peu à peu, mais cette guérison la transformait profondément. Elle se découvrait peu à peu une force dont elle n'avait jamais soupçonné l'existence, et cette métamorphose dont elle n'était que l'observatrice, lui inspirait joie et allégresse.

Au bout de deux ans de séparation, Guillaume tenta de réintégrer sa vie. Dans un premier temps, elle se dit que peut-être méritait-il une chance. Elle accepta de le revoir. Pas une fois en compagnie de son fils, à qui elle ne révéla rien. Seulement elle et Guillaume, rien qu'eux. Lors de leurs rencontres, il paraissait profondément sincère, se confondant sans cesse en excuses, pleurant sur le cadavre de leur histoire. Elle essaya de lui pardonner en y mettant tout son cœur. Cependant, à chaque parole malencontreuse, une scène de leur vie commune émergeait de sa mémoire. L'ombre de la trahison s'esquissait à nouveau, laissant tout le loisir au pincement du fond de sa poitrine de s'exprimer. Puis, systématiquement la conversation dégénérait en dispute.

Elle ressentait finalement autant de colère que son fils envers son ex-mari. Après quelques tentatives infructueuses de sorties au restaurant, elle dut lui avouer que plus rien ne serait possible entre eux, plus jamais, puis lui demanda de renoncer. Elle ne parviendrait aucunement à lui accorder à nouveau sa confiance. L'insécurité qu'il lui inspirait ne leur serait que néfaste à tous les deux. Elle ne parviendrait plus à avancer avec lui à ses côtés.

Guillaume fut dévasté par cette requête. Il accepta, fort malheureusement à contrecœur, le tout l'entraînant dans une profonde dépression. Il ne pouvait s'en prendre qu'à lui-même, sachant éperdument qu'il n'avait pas eu le courage de repousser Jasmine durant leur mariage. Malgré de multiples tentatives de rupture, il avait succombé systématiquement, et durant des années, à chacune des avances de celle-ci. Ébats perpétrés sans protection, si bien qu'il devint le père biologique de Mila. Puis, il avait abandonné lâchement sa famille officielle au bord de la route sans la moindre empathie. Il portait la responsabilité de l'ensemble de la situation et ne se trouvait pas en mesure de se défausser. Un enfant illégitime, aboutissement ultime de sa trahison. Il avait semblé être un homme parfait, il y avait maintenant longtemps. Cependant, tout ceci ne représentait désormais plus qu'un des vestiges de son ancienne vie aux yeux de Constance. Dans sa nouvelle existence, Guillaume, ainsi que les fantômes du passé, n'avait plus sa place. Il allait devoir s'y habituer et se reconstruire seul, elle n'avait plus le temps pour l'y aider.

*****

Elle décida ensuite de renouer avec sa passion d'autrefois. Les chevaux. La nouvelle divorcée partit à la recherche d'une ferme équestre où apprendre à monter à cheval. Elle trouva un lieu parfait, un petit centre familial, dont la cavalerie se composait de chevaux de toutes races et statures. Un coup de cœur pour l'un d'entre eux, Ludy, lui fit passer le cap de la propriété. En à peine quelques mois, à sa grande surprise. Elle se rendait compte que désormais, elle acceptait de s'écouter. Elle acheta l'équidé un samedi matin, après avoir présenté l'animal à Roméo. Le jeune homme n'hésita pas une seconde. Voir sa mère si gaie et enthousiaste lui faisait beaucoup de bien. Il éprouvait le besoin de se placer en protecteur vis-à-vis d'elle, leur relation demeurant inexorablement fusionnelle. Sans compter que la transformation qu'elle était en train d'opérer lui procurait un sentiment d'admiration.

Ludy était un hongre de huit ans, issu du croisement entre un trait comtois avec un cheval de selle français. Il n'avait pas une hauteur au garrot excessive, ayant plutôt pris les gènes de sa mère, et possédait l'ossature robuste et large des chevaux de travail. Sa robe baie, légèrement pommelée au niveau de sa croupe, lui donnait une allure sympathique. Il arborait une crinière blanche très fournie au crin solide. D'un tempérament calme et tranquille, ce cheval avait tout du compagnon parfait pour partir randonner dans les montagnes d'alpages et les chemins escarpés. Il disposait d'un pied sûr et certain en toutes circonstances, possédait une grande endurance malgré son poids, et ne tremblait devant rien. Ni les chiens ni les tracteurs ne le perturbaient, inébranlable face à tout événement extérieur. Son œil franc avait inspiré confiance à Constance, dès qu'elle le vit la première fois.

Elle apprit joyeusement les bases de l'équitation grâce à lui, sans grande difficulté. Son dressage, bien que basique, se révélait suffisant pour répondre aux ordres simples d'une cavalière peu expérimentée. Et cela satisfaisait largement cette dernière. Le centre équestre se situant dans les environs d'Annecy, Constance s'y rendait afin de passer du temps en sa compagnie presque tous les jours, à la suite de son travail. Elle montait parfois, et d'autres fois pansait uniquement son animal, prenant tout simplement soin de lui. Ils nouèrent une amitié si forte qu'il reconnaissait le bruit du moteur de sa voiture et l'accueillait en hennissant depuis son box les jours de pluie. Lors des jours ensoleillés, l'animal arrivait au galop, quel que soit le lieu où il se situait dans son pré.

La nouvelle amazone prit progressivement de l'assurance en équitation et partit en balade, d'abord accompagnée par un moniteur, puis finalement seule avec son cheval. Ils arpentaient tous les chemins du secteur, des plus plats aux plus abruptes. Si bien que très vite, plus aucun sentier n'eut de secret pour eux. Quand Ludy montrait des signes de fatigue, notamment dans les côtes du fait de sa stature lourde à porter, elle descendait de son dos puis marchait devant lui. Elle lui permettait de reprendre son souffle, en même temps qu'elle perdait le sien.

Elle s'arrêtait souvent au milieu des champs, le laissant brouter tranquillement à la recherche des pousses d'herbe les plus tendres, tandis qu'elle cherchait de petites fleurs à lui glisser au milieu de ses crins. Grâce à lui, Constance recouvrait miraculeusement la joie et le sourire. Il participait à sa thérapie, à sa reconstruction. Il l'apaisait. Elle se retrouvait enfin et se sentait peu à peu, prête à rompre avec la solitude qu'elle s'imposait depuis son divorce.

CONSTANCE

29

L'année des seize ans de Roméo fut une année pleine de changements. Ceux-ci s'initièrent au gré d'une balade à cheval au bord du lac, un lundi matin de février. Constance, à ce moment-là âgée de quarante-deux ans, fut interpellée par un homme en plein effort de course à pied. Il fut surpris par l'arrivée soudaine de cet imposant cheval à l'arrière de lui, ne l'ayant pas entendu arriver. Il écoutait de la musique durant son jogging, et dans la surprise du moment, avait sursauté, puis trébuché. Il avait finalement fini le postérieur au milieu d'une flaque de boue, laquelle gicla gaiement sur l'ensemble de sa tenue jusqu'au sommet de son bonnet de polaire noire. D'abord fou de colère, il hurla, le visage constellé de terre. Puis, lorsque Constance opéra un demi-tour pour revenir vers lui, tentant de s'excuser de toutes les manières possibles, il cessa aussitôt. Le charme de la cavalière avait eu raison de la contrariété du coureur, tout fut subitement oublié en un claquement de doigts.

— Je vous rembourserai le montant du nettoyage, lui proposa-t-elle par politesse et par gêne.

— Non, ça n'est pas la peine.

— Si, si, j'insiste. Vous êtes tombé par ma faute.

— Non, répliqua l'homme. Je vous propose plutôt de m'offrir un verre un soir, dans la semaine, lança-t-il d'un œil bleu rieur.

Sentant tout de même la gêne et le trouble de la cavalière suite à sa proposition, il se risqua à se montrer rassurant.

— Ne vous inquiétez pas, Madame. Je suis sain de corps et d'esprit. Je ne suis pas dangereux, s'exclama-t-il en riant.

— Heu, c'est que... Nous ne nous connaissons pas, je ne sais pas...

— Écoutez, je n'ai jamais fait ce genre de proposition à quiconque. Mais vous me paraissez sympathique et vous semblez avoir besoin d'un peu de gaieté. Alors, je vous propose de vous divertir un peu !

Ne devinant pas si tout cela était bien vrai et prise de court, Constance accepta enfin, quoiqu'un peu méfiante. L'homme, apparemment assez confiant et sûr de lui, nota son numéro sur son Smartphone, puis lui fit la promesse de l'appeler dans la journée. Ils pourraient ainsi convenir d'un soir de rendez-vous dans le courant de la semaine.

Cet homme lui inspirait une curieuse confiance de prime abord, ne sachant trop pour quelle raison, mais elle accepta de se laisser guider par son intuition. Elle remonta enfin sur Ludy, légèrement troublée. Elle le salua d'un geste de la main, puis s'éloigna au petit trot, finalement assez amusée par cette rencontre, un léger sourire s'esquissant sur son visage. Elle se dit secrètement qu'elle ne risquait pas grand-chose après tout. Elle ne lui avait même pas donné son prénom. Et puis cette rencontre fortuite annonçait peut-être quelque chose de sympathique.

Notre cavalière n'eut pas beaucoup de temps pour oublier ce personnage, car moins de deux heures après leur rencontre, un appel venant d'un numéro inconnu fit vibrer son téléphone portable. Constance venait de remettre son cheval au pré suite à leur promenade, rangeant selle et filet à l'intérieur de la sellerie des cavaliers propriétaires du centre.

Elle décrocha.

— Bonjour Madame. Je vous rappelle assez rapidement, et vous m'en voyez bien confus, mais je suis le coureur de tout à l'heure.

— Oui, je me souviens bien de vous, répondit-elle, à nouveau gênée. Vous n'êtes pas blessé au moins ?

— Non, plus de peur que de mal, cependant rien de grave. Juste un peu de boue.

Ne sachant quoi répondre à cet inconnu, un silence probablement légèrement trop long plana dans l'atmosphère. Le ressentant, l'homme reprit.

— Bon, j'ai bien réfléchi. Je ne vous demanderai pas de m'offrir un verre.

— Ha, très bien.

Elle fut étonnée que cet homme la contacte pour lui faire part de ce genre de décision, il lui aurait été plus aisé de ne pas appeler. Cependant, elle s'accommodait de ce changement de cap. Lorsque soudain, il continua.

— Non, je préférerais vous inviter à dîner, finalement.

Elle n'en revenait pas. Ce personnage paraissait véritablement très curieux, plein de surprises.

— Mais, vous m'aviez dit que...

— Non, non. Oubliez ce que je vous ai dit tout à l'heure. Je serais ravi de vous inviter afin de faire plus ample connaissance avec vous. Je n'y connais rien aux chevaux, vous devez avoir beaucoup de choses à m'enseigner, j'imagine. Je serais ravi de passer une soirée en votre compagnie.

Cet homme l'amusait, grâce à sa spontanéité inopinée. Il avait retourné la situation d'une manière plutôt agréable et incongrue. Elle réfléchit quelques secondes, puis acquiesça finalement. Bien que la mettant un peu dans l'embarras, cette démarche lui semblait saine et pleine de fraîcheur inattendue. Et malgré un léger fond de crainte, peut-être le temps était-il venu de vivre différemment et d'accepter la nouveauté.

— Alors ? Seriez-vous libre ce soir ?

Elle hésita un court moment, trouvant la proposition quelque peu singulière. Elle oscillait entre la crainte et l'enthousiasme. Après réflexion, elle acquiesça finalement. Elle songeait à Roméo, mais pensa qu'il ne devrait pas percevoir cette sortie d'un trop mauvais œil. Cependant, elle ne manquerait pas de recueillir tout de même son opinion en fin de journée.

— Oui, ce soir, je suis d'accord.

— Parfait ! répondit-il d'un air très enthousiaste. Eh bien, c'est une chance, parce que j'avais justement réservé une table pour vingt heures, au restaurant de l'Impérial Palace.

— Euh... Oui, vingt heures, c'est d'accord. Mais sachez que cela me gêne, je me sens tellement confuse.

— Ne le soyez pas ! la coupa-t-il. Je redoutais que vous ne refusiez. Me voilà comblé ! Donc, je vous dis à ce soir, Madame !

Il raccrocha aussitôt, laissant Constance debout, abasourdie, entourée de toutes les selles de chevaux, un sourire béat illuminant son visage. Elle allait probablement dîner ce soir avec un homme inconnu le matin même. Et comble de la situation, il ne lui avait ni donné son nom ni demandé le sien ! Elle rentra dans son appartement, après avoir offert à son cheval quelques morceaux de carottes sortis d'un petit sac en plastique préparé à son intention, comme à la fin de chacune de leurs sorties. L'animal les avala avec avidité, puis appuya son chanfrein contre sa main. Elle le caressa quelques minutes, lui racontant la situation saugrenue, ou bien se l'exposant à elle-même, elle ne savait pas trop, mais un petit quelque chose lui procurait une sensation de plaisir oublié depuis bien longtemps. Peut-être pouvait-elle se l'autoriser à nouveau.

*****

Une fois rentrée puis douchée, elle passa par toutes les émotions possibles. D'abord enthousiaste, puis effrayée, ensuite réjouie et à nouveau déboussolée. Elle tenta de se convaincre du fait qu'il semblât insensé de se rendre dans ce restaurant. Puis, elle imagina subitement que cet individu ne viendrait peut-être pas à ce rendez-vous, perpétrant un canular. Se sentant à l'apogée du ridicule, elle décida fermement de ne pas s'y rendre, puis changea à nouveau d'avis la minute suivante. Elle ressentait une forme de trouble créé par cet homme surprenant, ne sachant plus à quel saint se vouer. Incapable de trancher définitivement, la mère de famille attendit impatiemment le retour de son fils.

Le jeune homme arriva enfin, trouvant une femme irritée trépignant dans la cuisine.

— Salut, M'man !

— Ah, enfin ! C'est à cette heure-ci que tu rentres ? lui dit-elle d'un air excédé.

— Quoi ? Il est dix-huit heures quinze et j'ai terminé les cours à dix-huit heures, je ne vois pas comment j'aurais pu faire plus vite ! Qu'est-ce qui t'arrive, M'man ? lui lança-t-il interloqué.

Une fois relativement calmée, sa mère lui expliqua sa journée et lui révéla son émotion. Elle dévoila l'affolement qu'elle éprouvait depuis le milieu de la journée. Roméo l'observait d'un air amusé durant sa tirade. Il ne se souvenait pas l'avoir déjà vue dans cet état d'euphorie contenue, parsemée d'anxiété. Trouvant la situation plutôt cocasse, il lui conseilla fortement de se rendre à ce dîner. Constance n'y croyait pas ! Son fils, sa chair, sa merveille, l'encourageait à sortir au restaurant en compagnie d'un homme, dont elle ne connaissait même pas le prénom !

— Mais tu es sûr ? Et si c'est un malade ? cria-t-elle, presque morte de peur.

— Maman, calme-toi. Déjà, tu seras dans un restaurant. Donc pas isolée au fond d'une cave avec cet homme. Et puis moi, je trouve plutôt charmant d'inviter une femme de cette façon. Il a du culot. C'est divertissant. Vas-y, je suis certain que tu ne risques rien.

— Mais… Et toi ? Tu vas passer la soirée tout seul ?

— Arrête, M'man. J'ai beaucoup de boulot déjà. En plus, tu ne sors jamais. Alors amuse-toi, pour une fois ! Sans compter qu'on habite quasiment à côté de l'Impérial, tu peux rentrer à pied. Au pire, tu m'appelles si besoin et je viendrai te chercher. En courant, je serai là en moins de cinq minutes, tu n'as vraiment pas grand-chose à craindre.

L'attitude rassurante de son fils l'apaisa. En effet, Roméo avait bien grandi. Il mesurait presque la même taille que son père désormais, mais ne semblait pas encore en avoir terminé avec sa croissance. Ce jeune pratiquait énormément de sports en tout genre, ce qui lui offrait une musculature conséquente. Ses yeux ambre brillaient toujours, posés au cœur de la constellation de taches de rousseur déposées sur ses pommettes. Sa barbe commençait à assombrir ses joues ainsi que son menton. Il se laissait pousser les cheveux, conservant leurs reflets roux depuis plusieurs mois, et les coiffait haut sur son crâne. Un bel adolescent, sans aucune trace d'acné, à la carrure imposante.

Malgré ses expériences de vie, il restait très solide intérieurement. Pas de crise d'adolescence en vue. Il s'épanouissait dans la tranquillité et la force, travaillant ses cours sérieusement, son temps réparti entre le lycée et le sport. Il avait souhaité s'inscrire dans un club d'aviron et sortait s'entraîner deux fois par semaine ainsi que les week-ends. Au lycée, les matières scientifiques n'avaient aucun secret pour lui, permettant à son esprit logique de s'exprimer. Il passait sa scolarité au Lycée Berthollet où son année de première se déroulait paisiblement.

En revanche, le jeune n'avait toujours pas revu son père, conservant envers lui une rancœur tenace. Résiliente, Constance donnait à Guillaume régulièrement des nouvelles de leur enfant, ou lui envoyait parfois quelques photos. Elle tentait fréquemment d'évoquer le sujet auprès de son garçon, malheureusement la situation ne progressait pas.

Légèrement soulagée, sa mère inspira profondément et acta définitivement de se rendre à ce dîner, ressentant discrètement son petit pincement au cœur. Curieusement, elle se fit la réflexion qu'il ne s'était pas manifesté depuis longtemps. Annonçait-il à nouveau une mauvaise nouvelle, ou symbolisait-il un flot de sensations juste un peu trop turbulentes ? En cet instant, aucune certitude ne pouvait en découler. En plus, au vu de l'heure, elle manquait cruellement de temps pour une introspection. La pendule de la cuisine indiquait déjà dix-neuf heures, qui plus est le jogging qu'elle portait ne convenait évidemment pas pour le type d'établissement où elle se rendait !

Constance partit en trombe dans sa chambre comme le ferait n'importe quelle femme pressée par le temps. Roméo l'entendit ensuite pester, durant vingt bonnes minutes. Elle ne possédait bien sûr rien de convenable à se mettre, malgré son dressing au bord de l'implosion. Sa mère affolée défila devant lui, affublée de robes, pantalons et jupes de toutes couleurs ou styles. Son petit lui suggérait, lors de chaque proposition, de conserver ladite tenue, car tout lui seyait à merveille. Mais rien ne la satisfaisait.

Le choix fut enfin porté sur un jean noir, brodé aux chevilles d'arabesques dorées, dont les motifs terminaient leur course légèrement au-dessus des malléoles de ses chevilles. Elle rehaussa ensuite cette étoffe d'un chemisier rouge aux manches évasées. La quadragénaire chaussa une paire de derbys noirs vernis, puis se maquilla légèrement. Et comme à son habitude, elle noua sa longue chevelure de la manière dont il aimait tant, ce chignon romantique que son fils lui connaissait de tout temps.

En sortant de sa chambre, enfin prête, laissant une montagne de linge sur son lit, Roméo songea en l'observant tendrement que sa mère demeurait encore à son âge une belle femme. Elle ne changeait pas et le temps ne l'abîmait pas. Constance, toute tourmentée, à la limite de la panique et le cœur battant la chamade, saisit son sac à main, puis ramassa son manteau trois quarts de couleur noir. Sa mère l'embrassa sur le front et partit en courant, par peur d'arriver en retard à son rendez-vous.

30

Elle chemina rapidement le long de la promenade du Docteur Paul-Louis Servettaz, puis arriva face à l'hôtel. Il faisait nuit noire et le froid était saisissant. Elle entreprit l'ascension des quelques marches devant l'entrée du Palace, deux à deux. Cet établissement de luxe demeurait une figure emblématique de la ville d'Annecy, depuis le début du vingtième siècle. Huit étages se dressaient face à elle, d'un blanc immaculé, son toit sombre ardoisé arrondi lui donnant une magnifique silhouette Belle Époque. L'hôtel abritait un Casino ainsi que trois restaurants, plus un bar. Tandis qu'elle montait doucement, Constance se fit la réflexion qu'elle ne connaissait pas le nom du restaurant, parmi les trois, auquel l'homme avait effectué la réservation. Il ne le lui avait pas dit, mais elle n'avait pas non plus eu la présence d'esprit de le lui demander. Elle s'arrêta subitement, se murmurant intérieurement qu'elle commettait une terrible erreur. Elle devait opérer un demi-tour urgent et partir, toute cette réalité lui paraissant incroyablement ridicule. Dîner en compagnie d'un illustre inconnu, au cœur d'un hôtel luxueux, ça n'avait véritablement aucun sens. Elle jeta rapidement un œil furtif sur sa montre, constatant un léger retard. Cinq toutes petites minutes. Se résignant et soupirant à mi-hauteur de l'escalier, elle décida de redescendre, quand soudain elle perçut une voix. Celle de son homme mystère.

— Madame ! Madame ! Je suis là, je vous attends ! Je suis là, au sommet des marches !

Son sang ne fit qu'un tour, lui brûlant subitement les joues. Elle se retourna lentement, peinant presque à reprendre son souffle, puis repéra l'auteur de ces mots. Il était donc venu. Lui, le joggeur. Il patientait sagement à l'extérieur du bâtiment, vêtu d'un duffel-coat sombre. Une partie de son visage était masquée par une très grosse écharpe à larges mailles, sombre comme son manteau. Ne portant pas de bonnet comme le matin même, il semblait avoir une coiffure courte, légèrement rehaussée au-dessus du front, ainsi qu'une paire de lunettes de forme rectangulaire. Il lui devenait impossible désormais de rentrer chez elle pour se cacher sous un plaid de son canapé. Elle s'ordonna de rassembler tout son courage afin de monter jusqu'au parvis. La quadragénaire entreprit lentement la fin de son ascension, observant cet homme dans la pénombre, silencieuse.

Arrivée auprès de lui, elle ne réussit à émettre qu'un mot, tout petit, au prix d'un effort considérable.

— Bonsoir.

— Bonsoir Madame, répondit-il d'un air amusé.

Elle reconnut son œil malicieux, se trouvant plus proche de lui à cet instant. Il reprit.

— Richard. Je me présente, Richard Faure.

— Constance, Constance Garin, répondit-elle rouge pivoine.

Par chance, dans l'ombre de la nuit, elle se dit qu'il ne pouvait pas encore s'en rendre compte.

— Enchanté, Constance. Je suis ravi que vous soyez venue me rejoindre pour dîner ce soir. Je vous emmène ? lui proposa-t-il, tout en lui présentant son coude, afin qu'elle le saisisse.

— Euh, oui... Bien sûr.

L'homme la conduisit tranquillement à l'intérieur du Palace. Ils passèrent devant la réception, puis Richard la guida jusqu'au restaurant La Voile. Ils furent accueillis chaleureusement par un maître d'hôtel, qui après les avoir invités à retirer leurs manteaux, les accompagna jusqu'à une petite table ronde magnifiquement dressée. Celle-ci était recouverte de nappes de tissu superposé marronné et blanc, située en bord de baie vitrée. La salle, à l'ambiance chic et feutrée, affichait des murs havane, assortis aux fauteuils de velours façon Chesterfield. Une épaisse moquette noire légèrement zébrée amortissait le bruit de leurs pas.

De hautes fenêtres permettaient de contempler les jardins du parc, ainsi que le lac. La nuit étant tombée tôt en ce soir d'hiver, on ne parvenait qu'à deviner les reflets de l'eau à l'horizon. Cependant, les lumières des habitations en bord de rive dessinaient les contours de cette étendue calme, en ce début de soirée. Toute la longueur de la pièce exposée au sud-est se composait de baies vitrées hautes très larges aux sommets arrondis, rappelant la façade du bâtiment. Une légère musique d'ambiance virevoltait dans l'air, la température du lieu semblant, elle aussi, parfaite. Constance savoura la sensation, n'en revenant pas de se trouver dans cette salle.

Ce mystérieux Richard l'invitait dans un restaurant gastronomique. Elle ne put s'empêcher de s'interroger sur les futures surprises ou intentions de cet homme tandis qu'elle s'installait. La timide invitée déposa son sac à main sur un petit pouf en velours couleur crème. Lui aussi s'assit. Après avoir commandé deux coupes de champagne, Richard posa avec flegme un regard embaumant sur son invitée. Il ne put s'empêcher de la féliciter pour le choix sa tenue, sobre et élégante.

Constance ne savait que trop mal comment se comporter en ce début de soirée, bégayant presque à chacune de ses phrases, comme une enfant. L'homme donnait l'impression pourtant d'apprécier sa timidité, la taquinant subtilement sur la couleur de ses joues, ce qui ne manqua pas d'en intensifier le ton. Tandis qu'ils patientaient, elle l'observait, ou plutôt le dévisageait. Richard possédait des yeux d'un très beau bleu ciel. Son visage doux aux traits fins inspirait confiance. Il devait probablement posséder des cheveux clairs, cependant leur coiffure courte empêchait d'en déterminer la couleur véritable. Son visage étrangement plaisant possédait un nez fin, longiligne, des sourcils bien dessinés, clairs, rehaussant la couleur de ses yeux. Elle détailla ensuite sa tenue. Un élégant jean noir dessinant les muscles de ses jambes, au-dessus duquel une chemise blanche impeccablement repassée lui donnait l'allure d'un homme d'affaires. Au milieu de son col entrouvert, elle distingua aussi un lacet de cuir noir, mais ne put déceler la forme du pendentif. Le cuir semblait vieilli et retint son attention un instant, puis elle détourna les yeux, gênée de l'observer telle une bête curieuse.

Richard, ressentant le malaise de son invitée, rit de bon cœur et décida de briser la glace.

— Eh bien, je vous propose de nous présenter, ma chère Constance. Pour vous faciliter la tâche, je commence si vous le voulez bien. J'ai quarante-deux ans. Je suis médecin et je travaille à l'hôpital. Enfin, j'exerçais à l'hôpital, pour être exact. Car je suis en cours de changement professionnel. Je vais m'installer à Genève, à partir du premier mars. Pour le moment, je ne travaille pas et réside dans cet hôtel, étant donné que je recherche un appartement à Annecy. Je fais une pause. Je vivais vers Aix-les-Bains, cependant ma femme est décédée. Il y a trois ans. Du coup, j'avais besoin de changement. Un nouveau départ, en quelque sorte.

À ces mots, une ombre de tristesse glissa sur son visage. Elle ressentit une grande peine pour lui. Tout en l'écoutant, elle ne pouvait s'empêcher d'éprouver une impression de déjà-vu vis-à-vis de ce personnage qu'elle n'arrivait pas à s'expliquer. Le timbre de cette voix, le bleu de ces yeux, le lacet de cuir, Aix-les-Bains, médecin... Ces quelques informations recueillies, ainsi que cette perception subtile... Subitement, elle eut une intuition. Toutefois, la coïncidence paraissait trop grande, si bien qu'elle réfréna son raisonnement.

— Médecin, dans quel domaine ? demanda-t-elle attentive.

— Je travaillais en service de réanimation, plus précisément en pédiatrie. Mais je vais nous faire gagner du temps, Constance. Nous nous connaissons, je pense. Brièvement. Cependant je crois bien que nous nous sommes déjà rencontrés auparavant.

La mère de Roméo tombait sous le choc. Fort heureusement, étant déjà assise, elle ne risquait pas de chuter de sa chaise. Pourtant, cet instant précis aurait pu lui faire perdre l'équilibre.

— J'ai eu le doute ce matin suite à ma chute, mais j'avais le sentiment de vous avoir déjà rencontrée. En vous découvrant sur votre cheval, j'ai été littéralement subjugué. La seule fois où j'avais déjà ressenti cette émotion envers une femme, c'était à Aix-les-Bains, il y a longtemps. Une dizaine d'années, je dirais. Je ne me souviens pas exactement. Et ce soir, en me trouvant plus proche de vous, votre coiffure, votre identité. Je suis presque certain que cette femme, c'était vous. Vous aviez un petit garçon, il souffrait d'une méningite, il me semble. La situation était compliquée.

Constance tombait sous le choc, sidérée. Richard n'était autre que le médecin avec lequel elle avait échangé un matin, son fils malade dans les bras. La scène resurgit de sa mémoire immédiatement, dans cette chambre d'hôpital, accompagnée des sensations perçues lors de son entrée. Cet homme à l'allure de surfeur. Elle ne parvenait pas à parler, le dévisageant, incrédule, tentant d'assimiler ces confidences. Puis, recouvrant doucement ses esprits, elle continua fébrilement.

— Roméo. Il s'appelle Roméo.

— Oui, c'est ça, dit-il avec satisfaction et se tapant dans les mains. J'en étais sûr ! C'est bien vous ! Je ne me suis donc pas trompé sur mes sensations. Ah, quelle chance pour moi !

Totalement désorientée et abasourdie, elle réussit tout de même à poursuivre, tandis qu'un serveur déposait les deux coupes de champagne sur la table.

— Mais, c'était il y a tellement longtemps ! Comment pouvez-vous vous en souvenir ? Vous voyez défiler tant de gens dans vos métiers. Vous ne pouvez pas mémoriser tous les patients, si ?

— C'est vrai. On ne se souvient pas de tout le monde. Mais dans votre cas, si. Je me rappelle parfaitement ce jour, de ce petit quelque chose de troublant qui se trouvait dans votre regard, de la douceur, de la force aussi, que vous dégagiez. D'ailleurs, je les discerne dans vos yeux à nouveau en ce moment. Et votre visage, j'en avais oublié les détails, mais globalement vous n'avez pas beaucoup changé. Mes souvenirs restaient fidèles à votre image. Vous êtes une belle femme, et je peux vous assurer que je n'en rencontre pas tous les jours. Et pour ne rien vous cacher, à l'époque, si j'avais fait votre rencontre dans d'autres circonstances, je me serais permis de vous inviter. Car j'étais célibataire durant cette période. Malheureusement, votre situation ne le permettait pas. Le hasard de la vie vous a mise à nouveau sur mon chemin ce matin, ou peut-être même le destin, je ne sais pas. J'ai saisi cette chance. Et vous voilà ici ce soir. C'est absolument incroyable !

Si spontanément Constance avait pu se métamorphoser en un animal, elle aurait probablement opté pour la souris. Souris qui serait partie se réfugier immédiatement sous une plinthe, très loin de cette salle de restaurant. Malheureusement, elle conservait sa forme humaine et son embarras colora à nouveau ses joues. Elle baissa son regard vert, ému, en direction de la coupe de bulles joyeuses, serrant frénétiquement les mains, posées sur ses genoux. Et contrairement à leur rencontre première de nombreuses années auparavant, Richard, lui, ne baissa pas ses yeux, la transperçant de son bleu azur.

— Trinquons ensemble à nos retrouvailles, ainsi qu'au destin ! lança-t-il, presque euphorique.

Constance saisit timidement son verre et le tintement des coupes retentit dans la salle presque comble. Elle distinguait la beauté des yeux de cet homme à travers les bulles du champagne, leur donnant un ton de vert de manière éphémère. Un sentiment d'apaisement, mêlé d'un fond d'embrasement, s'invitait au cœur de sa poitrine. Aucun pincement, pour une fois. La vie semblait lui offrir quelque chose et son intuition lui dit à cet instant qu'elle ne devait pas en perdre la moindre miette. C'est ainsi qu'elle accepta de sortir de sa réserve, profiter de ce dîner. Un sourire s'éveilla, illuminant son visage, pour le plus grand plaisir de son hôte.

*****

La soirée se déroula de façon délicieuse jusqu'à tard dans la nuit. Le repas fut exquis, à la hauteur de la finesse de cet homme. Richard se révélait être un personnage attentionné, paraissant profondément doux et gentil. Il parla durant quelques minutes de son épouse, qui était décédée d'un cancer du sein à l'âge de trente-cinq ans. Il n'avait pas refait sa vie à la suite de sa perte, ne souhaitant pas prendre le risque de revivre une telle douleur. Ils n'avaient par ailleurs pas eu d'enfant avant sa maladie, et il se disait avec un peu de recul qu'il acceptait cette situation, le fait de ne pas avoir de descendance. Soigner les enfants lui suffisait, si bien qu'il pensait ne pas ressentir de manque. Constance lui parla quant à elle de Roméo, de son évolution. Elle lui montra quelques photos de lui, après avoir d'ailleurs envoyé un message à ce dernier, afin de lui dire que tout se déroulait à merveille. Roméo répondit immédiatement par une petite émoticône effectuant un clin d'œil, ce qui la fit sourire. Elle discuta ensuite de Guillaume, de Jasmine, leur histoire. Elle lui raconta l'effondrement brutal de sa vie quelques années auparavant, puis la reconstruction qui avait suivi, Ludy…

Leurs échanges se révélaient fluides, simples et authentiques. Les deux convives tombaient peu à peu sous le charme de l'autre, laissant le temps comme suspendu. À la suite du dîner, l'homme l'invita au bar afin de déguster un dernier cocktail, ce qu'elle accepta. Parce qu'aucun des deux ne souhaitait à ce moment mettre un terme à cette douce soirée. Le charme opérait. Constance ressentait l'espoir croître à nouveau en elle. La fleur s'épanouissait doucement au contact nouveau de la bienveillance de cet homme. Et pour ce dernier, il en fut de même. Plus la présence de Constance se prolongeait, plus une envie profonde de rapprochement, intense, l'habitait et grandissait. Subitement, il ne put plus se retenir, se noyant dans le vert de ses yeux, et posa un doux baiser sur les lèvres rosées de la femme. Elle sursauta, saisie par l'instant, puis lâcha prise. Enfin. Elle posa tendrement une main sur la joue de cet homme si surprenant, puis de l'autre, lui retira ses lunettes avec délicatesse. Elle savoura la douceur de ce baiser, fermant les paupières, comblée de plaisir. Ils restèrent ainsi plusieurs secondes, leurs bouches ne pouvant se séparer.

La respiration de Constance devenait plus soutenue, tandis que Richard ressentait sa musculature se tendre. Empli de gêne et ne sachant comment s'y prendre, afin de ne pas paraître pressant ou malintentionné, il avoua en chuchotant qu'il souhaiterait pouvoir avoir la chance de la serrer dans ses bras dans un lieu plus intime.

Constance, contrairement à tout ce à quoi elle aurait pu s'attendre d'elle-même, accepta, si bien que les deux soupirants se rendirent dans la chambre de Richard au troisième étage. Ils montèrent en silence, chacun ressentant que la moindre parole risquerait de ternir la magie qui s'opérait en cette nuit hors du temps. Une fois la porte de la chambre franchie et une fois la pièce rapidement éclairée, Richard la serra fort, tellement fort que Constance crut en perdre la tête. Elle inspirait son parfum poivré à la touche acidulée, mélangé à son odeur propre qui l'enivrait profondément. Il sentait vraiment bon le doux. Le doux, comme Albert. Cette rémanence la rassura. Elle ne se trompait pas. L'homme relâcha son étreinte, lui saisit le menton tout en la dévisageant intensément avec un doux sourire, puis l'embrassa de nouveau, profondément cette fois.

Leurs désirs s'exprimèrent en cette folle nuit, oubliant tout, vivant l'instant. La chaleur de Richard ramenait Constance à la vie, tandis que les caresses de cette dernière exaltaient son amant. L'intensité de ce moment hors du temps leur fit chavirer l'esprit ainsi que le cœur, chacun à sa manière, tandis que la magie accomplissait son œuvre, inexorablement. Leurs vies allaient se trouver changées à compter de cette nuit, l'un comme l'autre en avait la certitude. Personne n'avait caressé Constance depuis Guillaume, mais les mains expertes de cet homme la révélaient, elle devenait une femme nouvelle.

Vers deux heures du matin, totalement déboussolée, les jambes tremblantes d'émotion, pendant que Richard s'était endormi profondément, humant sa chevelure blonde aux arômes floraux et iodés, elle se leva. Elle se rhabilla discrètement et rentra à pied dans son appartement, au sein duquel son fils dormait depuis plusieurs heures, après avoir glissé un mot sur l'oreiller : « MERCI ».

Le lendemain matin, Richard n'attendit pas longtemps avant de faire parler de lui. Il était moins de huit heures lorsque le premier message envers la douce Constance retentit. Message simple et court : « Quand puis-je te revoir ? Tu me manques déjà. ». Leur histoire était en marche.

31

Richard tomba éperdument amoureux de Constance, tout comme elle, à la manière de deux adolescents. Il ne l'avait jamais oubliée depuis leur première rencontre et le hasard les avait remis sur leurs chemins respectifs. À lui aussi la vie, bien qu'injuste, notamment face à la maladie de sa première épouse, semblait offrir une seconde chance. Leur entente paraissait si naturelle et leurs désirs tellement similaires, que les deux amants émerveillés ne parvenaient pas à s'éloigner l'un de l'autre plus que quelques heures. Constance présenta Richard à Roméo dès les premiers jours, un peu comme si l'approbation de son fils lui permettrait de se libérer. D'abord surpris, l'adolescent ne put qu'être enchanté pour elle. Cet homme faisait partie de ceux qui l'avaient aidé à survivre lors de sa méningite. Il supposa par conséquent assez spontanément que Richard se montrerait bienveillant à l'égard de sa mère. Il suivit lui aussi son instinct et accepta avec facilité de lui accorder sa confiance. Avec raison, car Richard se révélait être un homme doué d'une bonté infinie et son empathie arrivait même parfois à lui jouer des tours.

Lors de sa prise de poste à l'hôpital de Genève, Constance découvrit ainsi comment, malgré son expérience professionnelle, les drames des patients dont il avait la charge le bouleversaient. Il ne parvenait pas à maintenir la distance suffisante, à se protéger des douleurs de ces vies qu'il sauvait, mais acceptait cette responsabilité avec résilience. Leur histoire d'amour naissante ne souffrait d'aucune ombre. En moins de six mois, la métamorphose de leurs vies symbolisait la réussite de la lumière sur l'ombre.

Tout d'abord, réussite vis-à-vis de Roméo. Cet adolescent, privé de père suite aux événements des années précédentes, trouvait en Richard l'écoute et la présence suffisantes pour l'accompagner en cette période de sa vie.

Les deux hommes partaient naviguer ensemble, puisque Richard se débrouillait en tout, notamment en sports d'eau au sens large. Le lacet de cuir de son cou, ainsi que les fleurs hawaïennes décorant son tee-shirt douze ans plus tôt, n'étaient pas choisis seulement pour lui donner un style vestimentaire décontracté ou « branché », mais traduisaient plutôt son mode de vie.

En effet, Richard surfait, même plutôt très bien. Il avait parcouru le monde, de l'Australie à la Polynésie en passant par l'Océan Indien, sans cesse à la recherche de contrées sauvages où se trouvaient les vagues mythiques à dompter. La vague de Jeffreys Bay, de Waimea Bay, le tube de Padang-Padang... Il les avait toutes vues. Il pratiquait le kitesurf aussi, possédant en outre une excellente endurance pour les sports de fond. L'aviron ne lui faisait donc pas peur et le plaisir procuré par ses sorties en compagnie de Roméo lui remplissait le cœur. Roméo n'était pas son fils, mais il se laissait l'opportunité de nouer une relation de qualité avec cet enfant meurtri. Et ce dernier le lui rendait bien. Leur entente fut facile et naturelle, car avec Richard tout semblait aisé.

Puis il fut question de sa réussite auprès de Constance. Il prit instinctivement le risque de lâcher prise dès le début de leur histoire, dès la première nuit, sans véritablement savoir pourquoi. Comme lors de son entrée dans la chambre du service de réanimation de l'hôpital d'Aix-les-Bains, un petit quelque chose, dont il était incapable de donner la moindre signification, lui insufflait de ne pas freiner cette histoire. Accorder sa confiance à cette femme. Il eut encore raison. Constance lui apportait la fraîcheur ainsi que la poésie dont il manquait depuis la mort de son épouse. Le regard douceur émeraude qu'elle posait sur lui le galvanisait et leur relation devint, elle aussi, fusionnelle. Sa gentillesse et sa candeur l'émerveillaient chaque matin. Oui, chaque matin, en effet. Les deux amants, inséparables dès les prémices de leur histoire, trouvèrent naturel de ne pas se quitter et décidèrent très rapidement d'emménager ensemble.

Dans un premier temps, Richard chercha discrètement sa place au sein de l'appartement de la mère et son fils, puis cette jeune famille fraîchement recomposée décida d'investir un nouveau chez eux. L'homme gagnait très bien sa vie et profitait d'une situation plus que confortable, si bien que la seule difficulté qu'ils rencontraient résidait dans le fait de trouver chaussure à leur pied. Constance souhaitait ne pas trop s'éloigner du centre équestre ni de Ludy, et son vœu fut exaucé.

Un samedi matin, Richard révéla à Constance qu'il avait peut-être trouvé le lieu de vie de leurs rêves.

— Constance, j'aimerais que nous allions visiter une maison ce matin. Serais-tu d'accord ? Je crois bien que l'agence immobilière a trouvé une merveille, lui dit-il durant le petit-déjeuner.

Elle sentit l'enthousiasme dans sa voix, ce qui semblait promettre en effet une belle trouvaille.

— Oui, bien sûr. Où est-elle cette maison ? Elle dispose de tout ce que nous recherchons ?

— Tout et plus encore, je crois bien, répondit-il tout en gardant une petite touche de mystère.

— Tu peux m'en dire plus ? Tu me mets l'eau à la bouche !

— Haha, s'amusa-t-il ! Je ne te dirai rien de plus si ce n'est qu'elle n'est pas loin de ton cheval. J'ai vu des photos, mais je préfère te laisser la découvrir. Il faut que tu la visites, elle paraît magnifique.

— Ha, ça, c'est un bon point déjà ! Proche de Ludy, et magnifique en plus, ça s'annonce très séduisant ! Alors allons-y, qu'est-ce que tu attends ?

Lorsqu'ils arrivèrent devant le portail gigantesque en fer forgé, Constance eut le souffle coupé. L'agence immobilière avait en effet déniché pour eux un véritable bijou. La propriété se situait les pieds dans l'eau, à dix minutes du club équestre et disposait d'un terrain si vaste que Constance pourrait même s'offrir le luxe d'y faire vivre son cheval si elle le souhaitait. Leur voiture descendit l'allée bordée de rosiers tout en boutons. Le parc était tout simplement magnifique, impeccablement entretenu, disposant d'une vue extraordinaire sur la montagne.

Lorsqu'ils descendirent de leur voiture, le couple tomba amoureux des platanes bordant la terrasse extérieure, une terrasse de pierres naturelles, splendides, à l'image du reste. Quant à la maison, un chef-d'œuvre. C'était une bâtisse datant de plusieurs siècles, intégralement construite de pierres. Elle possédait un charme absolu, se trouvant certainement trop grande pour un ménage de trois personnes, mais incitant à la remplir d'amis, ainsi que de membres de la famille. Constance eut immédiatement la sensation d'être dans son élément en pénétrant à l'intérieur. Cette maison dégageait une âme. Elle transpirait la sécurité et le bonheur. La compagne de Richard se projeta naturellement dans chaque pièce, avec l'intime conviction qu'ils se sentiraient bien dans cette demeure. Leur nouvelle vie s'écrirait ici.

Une fois la promesse d'achat signée, ils décidèrent de préparer les cartons pour leur déménagement s'annonçant proche. Constance décida de conserver son appartement. Elle le proposerait à la location, afin de le conserver pour Roméo. Il serait heureux de posséder un appartement le jour où il souhaiterait prendre son envol. Sans compter que la propriété appartiendrait à Richard, et que, sait-on jamais, au besoin, elle aurait de quoi se retourner, même si au fond d'elle cette hypothèse ne paraissait pas véritablement envisageable. Mais on ne sait jamais, l'expérience de Guillaume avait tout de même laissé quelques traces. Durant le courant de l'été, les trois compères déménagèrent et prirent possession ensemble de leur nouveau foyer.

Les deux tourtereaux entamèrent leur nouvelle vie, rythmée par le sport, le rire et l'amour. Quelque chose de magique les enveloppait, un prélude de vie nouvelle, incroyablement doux, pétillant et sécurisant. L'un et l'autre s'apportaient mutuellement ce dont chacun manquait, et leur épanouissement commun étincelait sous le soleil d'été. Richard, dont les compétences de cavalier n'étaient elles aussi plus à prouver, décida de partager parfois quelques randonnées en compagnie de Constance et Ludy.

Son argument de méconnaissance de l'équitation, évoqué lors de son premier appel téléphonique, n'avait été qu'un infime prétexte pour entamer la discussion avec elle. Le propriétaire du centre équestre lui laissait à disposition une petite jument baie anglo-arabe, sanguine et assez dynamique, nécessitant suffisamment de technique et de tempérament pour sortir en extérieur. Lorsque la météo le leur permettait, les deux bien-aimés s'aventuraient dans les sentiers du bord de lac durant des heures. Ils parlaient sans cesse, comme s'il fallait rattraper toutes ces années l'un sans l'autre.

Fréquemment, Richard se disait au fond de lui que, dans l'éventualité où leur rencontre se serait réalisée plus tôt, il aurait aimé devenir père, avoir un enfant avec cette femme. Néanmoins, pour eux deux, d'une part du fait de leur âge identique, et d'autre part à cause de l'endométriose dont souffrait Constance, cette envie ne demeurerait qu'un lointain rêve. Ce qu'il acceptait. La vie qu'il redécouvrait, la relation qu'il créait avec son beau-fils, tout cela, si intense et tellement riche, faisaient de lui un homme des plus comblés.

Sa rencontre avec Guillaume fut tout de même un peu moins douce. Celui-ci réagit très mal à l'arrivée d'un homme dans la vie de son ex-femme et son fils, même si sa relation avec ce dernier demeurait au point mort. Il tentait parfois de se présenter chez eux, demandant Roméo. Toutefois, le jeune homme persistait dans son évitement, même si désormais les insultes ne fusaient plus. Il y avait tout de même un léger progrès.

Pour Guillaume, la présence de Richard actait le fait que jamais Constance ne reviendrait auprès de lui. De plus, la relation apparemment privilégiée de cet homme avec Roméo lui inspirait de la jalousie. Il ne parvenait pas à remonter la pente suite à sa dépression, ne distinguant pas d'issue favorable à l'horizon, restant accroché à ses erreurs passées. Il avait tout fichu en l'air et s'en voulait profondément. Le poids de sa culpabilité représentait un lourd fardeau dont il ne réussissait pas à se délester.

Souvent, en pleurs, il expliquait à Constance qu'il regrettait, souhaitant pouvoir remonter le temps sans commettre les mêmes erreurs. Constance entendait, accueillait ses paroles, mais le sort en était jeté. Guillaume avait eu sa chance durant des années. Il avait eu le loisir de faire preuve de courage à de nombreuses reprises et quitter Jasmine, cependant cette relation, même en pointillé, avait duré bien trop longtemps.

Elle se surprenait à penser qu'une incartade brève aurait pu lui être pardonnée à l'époque, car l'erreur était humaine. De plus, l'amour qu'elle lui avait porté aurait pu suffire à enterrer cette infidélité. Néanmoins, les mensonges répétés, les réunions et déplacements fictifs, la trahison de sa meilleure amie, imaginaire elle aussi, l'enfant illégitime, ainsi que son départ brutal un soir d'avril ne souffraient d'aucune ambiguïté. Elle ne pouvait l'absoudre. Elle continuait néanmoins d'essayer d'aider son fils à relativiser, l'entraînant doucement sur la voie du pardon, mais Roméo réalisait ce parcours avec difficulté. Tout de même, la colère de l'adolescent paraissait s'estomper doucement, très doucement.

LA CHUTE

32

Le premier samedi du mois d'août, la ville d'Annecy débordait de ses touristes venus assister aux feux d'artifice, s'apprêtant à célébrer sa fête, comme chaque année. Ce matin ensoleillé, à l'aube ou presque, Constance souhaitait partir en montagne à cheval tôt. Elle voulait ensuite pouvoir profiter du reste de la journée et lézarder sur une chaise longue près de leur ponton, au vu de la chaleur annoncée. Depuis leur emménagement dans cette nouvelle maison, Louis et Gisèle n'avaient encore pas eu l'occasion de dîner en leur compagnie, si bien que Richard les avait invités pour la soirée. Ils allaient pouvoir assister tous ensemble aux festivités de la ville. Leur jardin semblait disposer d'une situation idéale pour observer les illuminations sur le bassin du Pâquier, lieu des gradins et des tirs de feux. De nombreuses merguez et saucisses parfumées patientaient au réfrigérateur ainsi qu'une bouteille de champagne, promettant un barbecue copieux.

Richard accepta d'accompagner sa douce lors de cette randonnée matinale, pour laquelle ils convinrent de ne s'absenter qu'une heure ou deux tout au plus, afin que les chevaux ne souffrent pas de trop de la chaleur de ce plein été. Ils enfilèrent leurs pantalons d'équitation, leurs boots ainsi que leurs mini-chaps, puis montèrent dans le SUV de Richard. Roméo dormait toujours à cette heure très matinale.

Constance, soucieuse de l'informer, mais désirant le laisser se reposer, lui écrivit un petit mot qu'elle déposa au creux d'un bol de faïence, déposé sur la table de la cuisine. Elle lui remplit un verre de jus de fruits et sortit un pot de confiture à l'abricot dont son fils raffolait, le tout prêt à l'emploi pour réveil de l'adolescent, probablement assez tard d'ailleurs. Une fois parvenus au centre équestre, après un pansage succin des chevaux, les deux cavaliers prirent la direction du Mont Veyrier, la montagne fétiche de Constance.

La température s'élevait doucement. Cependant, grâce à leur feuillage dense, les arbres contenaient une certaine fraîcheur, rendant l'atmosphère agréable avant l'arrivée de la chaleur. Les deux équidés montaient calmement à travers les racines et les pierres blanches, leurs oreilles attentives aux chants des oiseaux. La jument de Richard s'apaisait progressivement en extérieur au fil des sorties, mais demeurait fréquemment quelque peu craintive, notamment lors des bruits soudains. En revanche, sa stature bien plus fine et légère que Ludy lui procurait une agilité que son compagnon de prairie ne possédait pas.

Constance s'engagea sur la voie caillouteuse en première position, sa monture assurant la fonction de guide, rassurant la deuxième. Les deux couples grimpèrent durant une trentaine de minutes jusqu'au parking du pré Vernet. S'ils poursuivaient leur ascension sur quelques dizaines de mètres encore, ils pourraient faire une halte dans un tout petit décroché de verdure. De là, ils profiteraient de la vue sur le Lac encore calme, sans bateaux perturbant les reflets aux multiples tons de verts, les matins ensoleillés.

Les chevaux ne paraissant pas trop essoufflés, Constance dirigea Ludy le long de la continuité du chemin, alors que les deux cavaliers plaisantaient, en équilibre sur leurs montures. Richard redoutait un peu Gisèle ; il recherchait une stratégie à échafauder afin de la dérider un peu, car cette femme avait du tempérament. Il imaginait quelques plaisanteries dont il dévoilait la substance à la fille de cette dernière, espérant recueillir son avis et ne pas faire d'impair.

Soudain, Ludy trébucha. Un rocher recouvert de mousse baignée de la rosée du matin venait de faire glisser le fer de son antérieur avec lequel il prenait appui. L'animal s'affaissa brutalement sur ses genoux, puis déséquilibré, bascula dans le dévers en aval du chemin, entraînant avec lui sa cavalière.

Constance resta malheureusement en selle durant cet incident, si bien que lorsque l'animal s'effondra sur le flanc quelques mètres plus bas, elle demeura coincée sous la masse de celui-ci. Au cours de cet accident tragique, son crâne heurta successivement une pierre, puis une souche d'arbre à proximité. Richard subit le déroulement de cette terrible scène sous ses yeux, impuissant et rempli d'effroi. Il se contenta sur le moment de maîtriser sa propre monture, affolée par le bruit violent de l'accident.

Une fois la chute achevée au pied d'un grand sapin, Ludy demeura immobile plusieurs minutes, sonné. Richard hurla le prénom de sa compagne dont il ne distinguait rien encore. Aucune réponse ne lui parvenait, rien que le silence de la forêt. L'équidé paraissait inconscient. À cette distance, seul le sang s'écoulant des profondes écorchures de ses genoux était visible.

Sa jument enfin calmée, Richard sauta à terre, enroula les rênes autour d'une branche sur le bord du sentier, puis courut jusqu'à sa compagne et sa monture. Durant la descente, il esquiva les ronces, puis les pierres. Il pouvait observer la respiration de Ludy, signifiant qu'il était en vie. L'encolure étendue au milieu des feuilles mortes, les yeux de l'équidé demeuraient clos.

Brutalement, il releva la tête comme surpris. Richard l'appelait en descendant, l'animal reconnut soudainement son nom, s'efforçant de se relever par réflexe. Il s'y reprit à plusieurs fois, probablement du fait de la douleur au niveau de ses genoux, puis parvint enfin à se redresser, découvrant regrettablement le corps inerte de Constance.

Richard hurla son nom, terrifié, la voix éraillée, trébuchant et au bord de la panique. Puis il arriva enfin auprès de son amour blessé. Il l'examina brièvement, prit son pouls, observa sa respiration, tentant de s'adresser à elle, mais aucune réponse. Elle saignait au niveau du nez, d'une arcade sourcilière, et il découvrit un mince filet s'écoulant d'une de ses oreilles, le laissant penser que les blessures s'avéraient probablement conséquentes. Il chercha autour de lui. Pas le moindre promeneur en vue.

Ne pouvant rien faire de plus et sans téléphone avec lui, il saisit le cheval blessé et lui fit remonter la pente jusqu'à sa jument. Il se dirigea avec les deux chevaux, au pas de course et au comble de l'affolement, jusqu'au parking situé un peu plus bas, criant à l'aide tandis qu'il avançait. Un homme l'entendit pendant qu'il se chaussait devant sa voiture, s'empressa d'aller à sa rencontre et immédiatement les secours furent appelés. Ils devaient faire vite.

33

La douleur se montre si forte qu'elle éprouve de la difficulté à respirer. Chaque inspiration est un supplice et la totale amplitude du mouvement paraît insurmontable. Elle aimerait ouvrir les yeux, toutefois il y a quelque chose qui l'en empêche. Ils souffrent, eux aussi, et semblent enflés. Constance se concentre intensément, y met toute son énergie et toute son âme, mais ils n'obéissent pas. Son corps n'obtempère pas. Son esprit ordonne, commande, pourtant son corps ne réagit pas et n'en fait qu'à sa tête. La compagne de Richard ne sait pas où elle se situe. Elle ne se souvient de rien. En se concentrant, elle croit deviner qu'elle se trouve en position allongée, sans certitude aucune. Son esprit flotte dans le brouillard. L'air est frais, presque froid. Mais où est-elle ? Que se passe-t-il ? Elle écoute, s'évertuant à placer toute son attention sur l'ambiance, seulement elle n'entend rien. Mollement, sa volonté tente de la faire parler, cependant ses joues refusent de se mouvoir, sa bouche ne parvient pas à s'ouvrir. De plus, la fatigue est si grande ! Il ne faut pas se laisser glisser, elle le ressent. Elle doit, oui, elle doit… S'endormir…

Elle a dormi peut-être, plongée dans un état se situant à mi-chemin entre éveil et sommeil, sans savoir précisément si cette absence fut longue ou pas. Néanmoins, elle se sent plus alerte. Ces côtes qui font si mal ! Et sa tête ! Quelqu'un la lui serre, l'écrase. Il est si difficile de supporter cette douleur terrible et si violente ! C'est absolument intenable ! Qui peut bien lui faire subir cette torture ? Elle peine toujours à respirer, comme à bout de souffle. *Je dois ouvrir les yeux, je dois comprendre*, se dit-elle à ce moment-là. Péniblement, de toutes ses forces, la pauvre femme concentre toute l'énergie recouvrée suite à ce semblant de sieste sur ses paupières, et enfin parvient à laisser passer un fin filet de lumière. Tout est flou, juste des ombres qui dansent, nébuleuses et impalpables. Impossible de se repérer. Elle ne perçoit pas le moindre son, elle entend juste le silence. Puis enfin, une voix s'élève.

— Constance, ma Constance, mon petit rayon de soleil sucré, c'est moi !

— Qui ? Qui est là ? Je ne vois rien, je ne sais pas qui me parle, répond-elle avec la plus grande des difficultés, peinant à articuler.

— Ma chérie, voyons, c'est moi ! Mamie !

— Mamie ? Antoinette ? C'est impossible ! Tu ne peux pas être là. Tu es morte il y a des années. Je dois avoir des hallucinations, tu ne peux pas revenir d'entre les morts. Je délire, ça ne peut être que cela.

— Mais si, ma chérie. Bien entendu, que je me trouve avec toi. Je suis ici depuis des jours. Je te veille depuis la première seconde de ton accident.

Constance rassemble ses souvenirs, une nouvelle fois. Elle lutte. Quelque chose lui laisse entendre que tout cela n'est pas normal. Il est impossible que sa grand-mère se trouve présente à ses côtés, impossible aussi qu'elle parle avec elle. Il y a un problème, cela semble évident, il ne peut en être autrement.

— Et où sommes-nous, alors ? Quel accident ? Je ne comprends rien ! Pourquoi j'ai si mal, et pourquoi je ne parviens pas à bouger, à respirer ?

— Tu es fatiguée, ma chérie. Ne t'inquiète pas, ça va passer, lui répond sa grand-mère.

— Mais où es-tu ? Je ne te vois pas ? Je t'entends, mais je ne sais pas où tu te situes. Touche-moi, montre-moi que je ne suis pas folle, tente-t-elle d'argumenter tant bien que mal.

— Tu n'arrives pas à me voir ? Je trouve cela très curieux, car je suis juste à côté de toi, je te tiens la main. Je caresse tes cheveux pendant que je te parle.

Prise de panique, Constance s'agite. Elle ne ressent rien. Ni les caresses de sa grand-mère, ni sa main dans la sienne. Elle tente de se mouvoir, tourner la tête, bouger les doigts. Elle doit en avoir le cœur net. Au fond d'elle-même se trouve la certitude que cette situation est imaginaire. Antoinette ne peut pas être ici, en sa compagnie. Cependant, elle n'arrive pas à acquérir la conviction de ne pas être en plein sommeil. Tout est si confus. Peut-être rêve-t-elle ?

— Mamie, est-ce que je dors ? Je suis en plein rêve, c'est ça ? Et tu n'es que le fruit de mon imagination ?

— Absolument pas, ma chère. Tu ne dors ni ne rêves absolument pas. Je suis bel et bien réelle. Je te tiens compagnie, comme tu l'as fait en ton temps.

Ayant du mal à croire ces paroles, elle comprend enfin.

— Je suis morte ? C'est donc ça ?

— Non, tu vis toujours, ma petite. Mais ce qu'il reste de ton existence est fragile, tu as subi un très grave accident avec ton cheval. Tes blessures sont vraiment très sérieuses.

— Mais je ne veux pas mourir ! Pas maintenant ! répond-elle débordée par la colère ainsi que le désespoir. Il est trop tôt, j'ai encore tant de choses à vivre, et Roméo n'a que moi ! Je ne peux pas l'abandonner, je ne peux pas !

Elle pleure à présent à chaudes larmes. De longs sanglots, jaillis du plus profond de son âme, lui arrachent à chaque sursaut, invariablement, un peu plus de souffrance. Des lames de rasoir glissent et cisaillent son thorax, rendant chaque souffle comme une lutte acharnée pour sa survie. La nécessité de respirer sonne comme une évidence. Néanmoins, cet effort est tellement laborieux. Antoinette lui dépose, avec une douceur infinie, un baiser sur le front.

— Je dois te laisser, mon petit rayon de soleil sucré. Je ne t'abandonne pas. En plus, tu as mon bracelet avec toi autour de ton poignet. Il te protégera. Je t'aime. Sois forte et repose-toi mon amour.

— Non, non ! S'il te plaît, ne t'en va pas ! Je ne veux pas ! Reste avec moi, Mamie, j'ai si peur ! hurle-t-elle, les yeux baignés de larmes.

La douleur entraînée par ces pleurs lui presse de nouveau un peu plus le cœur de la boîte crânienne, à tel point qu'elle perd à nouveau conscience, tombant dans un profond sommeil.

Des bruits étouffés de conversation la tirent de ce sommeil sans rêve. Elle touche le drap, sentant sa fraîcheur. Elle reconnaît une odeur. Le parfum citronné de son père. À nouveau, la femme souffrante rassemble une énergie infinie et ouvre enfin les yeux. Son œil gauche ne lui obéit pas, mais le second obtempère. Ils sont là. Ses parents, son Roméo, son beau Roméo. Ils semblent tous les trois si peinés, ils pleurent. Elle aimerait comprendre où elle se trouve, or elle ne peut mouvoir sa tête. Elle est coincée, quelque chose la contient sous le menton, elle ne peut rien faire. Soudain, Roméo qui était enlacé par Gisèle en larmes, se retourne et leurs regards se croisent. Son visage s'illumine immédiatement !

— Maman ! Maman ! Parle-moi, Maman, s'il te plaît ! Réveille-toi, la supplie-t-il.

Constance aimerait lui répondre. Pourtant, elle n'y parvient pas. Elle n'en a pas la force et n'est que douleur. Ça fait si mal ! Elle sent la chaleur d'une larme glissant sur sa joue qui la brûle sur son passage. Immédiatement, ses parents s'approchent eux aussi. Ils paraissent bouleversés. Mais que se passe-t-il, enfin ? Sa mémoire lui fait défaut. Elle aimerait leur poser mille questions, pourtant son corps la retient prisonnière. Son père l'embrasse sur le front. Comme l'a fait Antoinette. Seulement, elle n'est plus sûre finalement. Peut-être était-ce déjà lui ? Elle ne sait plus, tout se mélange.

— Ma chérie, nous sommes là. Richard discute avec les médecins ma puce, il va revenir d'une minute à l'autre, lui dit Louis.

Gisèle reste positionnée derrière lui, incapable de se mouvoir ou de parler. Constance perçoit que sa mère semble au plus mal, ébranlée. Ça doit être grave, se dit-elle. Et Roméo d'enchaîner.

— Maman, bats-toi s'il te plaît. Ne me laisse pas sans toi. Tu es forte, Maman, alors sois-le une fois de plus, une dernière fois. Fais-le pour moi !

À ces mots, l'adolescent s'effondre en larmes, sanglotant. Le voir ainsi lui déchire le cœur, elle ressent le désarroi de son enfant. Sa mère aimerait le consoler, lui dire que ça va aller, mais elle n'en sait rien et n'y parvient de toute façon pas. Elle ressent que quelque chose se passe, que l'état dans lequel elle se trouve ne dégage aucun espoir. Constance ressent le froid, un froid profond.

Soudain, un sifflement se fait entendre à l'intérieur de son crâne. Sur le côté gauche. D'abord faible, puis il s'intensifie, amenant avec lui la douleur. Constance résiste, elle le rejette. Mais en vain. Le malaise monte, grandit, le sifflement devient insoutenable, tout comme le mal. Plus rien ne compte, il n'y a plus que cela, ils prennent toute la place. Elle tente de les combattre, elle n'abandonne pas, cependant son corps le décide à sa place. Au moment où son œil se referme, elle n'aperçoit plus que la vision désespérée de son fils et de ses parents, s'efforçant de la garder auprès d'eux, malheureusement tellement impuissants.

Deux jours s'écoulent à nouveau. Son état ne s'améliore pas, bien au contraire. Constance alterne entre phases conscientes et inconscientes. Elle souffre de multiples fractures. Le crâne, les membres, les côtes. Des lésions viscérales dont certaines apparemment irréversibles, d'après le corps médical. Elle est toujours demeurée sans relâche une femme solide, mais sa chute, soldée par l'écrasement de son cheval sur son corps, a eu raison de sa force. Elle reste hospitalisée en réanimation, sous surveillance rapprochée. Les médecins ne se montrent guère optimistes. Richard demeure auprès d'elle nuit et jour, auprès de son amour, passant des heures au téléphone. Il s'acharne à activer ses contacts, faire jouer son réseau professionnel, à la recherche d'un improbable miracle.

Lui, qui avait déjà perdu sa première épouse, se retrouve plongé en enfer une seconde fois, incapable d'apporter une quelconque aide à celle qu'il aime. Mais il reste, fidèle et loyal, avec elle, lui parlant, la supportant comme le ferait un entraîneur sportif. Il la conjure de se battre. Elle l'entend. Certainement pas tout, parce qu'il lui semble parfois que certaines de ses phrases sont décousues, mais elle s'accroche à ses mots. Force, Courage, Amour. Ils la bercent tandis qu'elle les retient du bout de ses doigts.

Alors qu'elle s'enfonce dans un répit peut-être un peu plus profond que la fois précédente, un sommeil sombre où tout est noir, qui l'aspire plus, toujours plus en profondeur, elle l'entend. Sa démarche. Le son est lointain, certes, néanmoins il s'amplifie : un pas glissé. À ce bruit, elle se sent rassurée, il arrive. Il vient en sa direction. Le bruit d'une canne, suivie du pas glissé. Elle le reconnaît. Celui d'Albert.

Il prend son temps, mais il s'approche, imperturbable et rythmé. Constance n'en croit pas ses oreilles. Curieusement, elle ne sent pas tant de douleur pour une fois. Rien ne siffle, son thorax ne la déchire pas, elle peut même bouger la main. Ses yeux s'ouvrent avec facilité. Ils sont là, c'est incroyable ! Albert et Gabrielle, bras dessus, bras dessous, devant elle. Gabrielle est magnifique, coiffée d'un chapeau vert pomme aux larges bords, son rouge à lèvres fuchsia illuminant son visage. Elle est vêtue d'une tenue blanche en lin, vaporeuse. Un énorme collier rose clair décore son cou. Elle donne le sentiment de s'être apprêtée comme pour une cérémonie de mariage, les cheveux tirés en arrière.

Et Albert. Ses yeux verts, les mêmes que les siens. Constance les observe intensément. Il porte une de ses chemises dont elle se souvient, rose pâle elle aussi. Celle qu'il portait à chaque grande occasion, elle se rappelle cela. Il a repris des joues, son abdomen n'est plus effacé sous sa tenue comme lors de ses derniers jours, il y a plus de trente ans. Son grand-père est juste comme avant. Son héros. Les voilà qui s'asseyent de part et d'autre d'elle, de son lit. Albert pose sa canne en acajou contre le dossier de son fauteuil, il étend sa jambe raide. Ils sourient tous les deux, paraissant en parfaite forme.

C'est alors que son grand-père sort son opinel d'une poche et saisit une pomme flottant dans l'air, puis s'attelle consciencieusement à la couper en quartiers. De la pointe de son couteau, il tend un morceau à Gabrielle, puis continue son ouvrage. Constance se sent si bien. Ces deux présences lui font du bien. Elle aimerait saisir un quartier de fruit, juste pour répéter ce geste oublié. Cependant, elle n'a pas faim. Les contempler lui semble suffisant. Ils sont calmes, silencieux. Un moment d'une douceur exquise, si apaisante, comme si elle était à nouveau une petite fille de huit ans. Albert finit par se racler la gorge, posant ses grands yeux sur sa petite-fille et commence.

— Bonjour, ma petite.

— Bonjour Papy, je suis si heureuse de te voir !

— Oui, je me doute. Moi aussi, tu sais. Il y avait longtemps.

Cette voix, cette voix qu'elle a tellement recherchée dans les tréfonds de son esprit pendant tant d'années pour ne pas oublier, cette mélodie retentit. Enfin. Quelle sérénité tout à coup. Le vieil homme reprend.

— Nous sommes venus avec toi, comme tu l'as fait pour nous, ma chérie.

— Je vais mourir, c'est ça ? répond-elle avec anxiété.

Le vieil homme baisse funestement son regard, l'air profondément triste. Il sait, se dit-elle.

— Ton accident t'a blessée et tu ne pourras probablement pas guérir, c'est ce que pensent les médecins et les infirmières qui prennent soin de toi. Mais nous sommes là. Tu ne nous as pas abandonnés, Gabrielle et moi, c'est pourquoi nous te le devions. Nous passons un peu de temps avec toi.

Constance ne peut réfréner un sanglot de peine profonde. Elle doit accepter, la vie ne l'emporte pas toujours. Néanmoins, elle a eu son lot de bonheurs intenses. Elle ne regrette rien. Roméo, Guillaume, Richard, sa famille, son clan. Elle se tourne lentement vers sa tante, toujours coiffée de son chapeau exubérant, à son image.

— Je te demande pardon, je n'ai pas su tenir ma promesse. Je n'ai pas réussi à conserver l'unité de la tribu. Je suis tellement désolée !

— Ne le sois pas ! Ce sont tous des bourriques ! rétorque-t-elle avec une pointe d'agacement.

Elle reprend, le visage fermé. Gabrielle est si belle, elle aussi. Comme avant, avant sa maladie. Elle a retrouvé sa ressemblance avec l'ancienne actrice.

— Sans moi, ils se sont en permanence comportés comme des enfants ! Ça ne pouvait pas finir autrement ! Mais ils ont bon fond, ils y parviendront, j'en suis certaine. Tout vient à point à qui sait attendre. Et tu auras essayé, tu n'as pas à t'en vouloir. Tu as fait de ton mieux. L'essentiel est que Papa et moi sommes avec toi. Il a raison, tu l'as fait pour nous. Alors à notre tour !

Ils restent un long moment en compagnie de la blessée, lui racontant des anecdotes du passé, ravivant de magnifiques souvenirs presque éteints. Constance se sent apaisée, calmée, protégée par ces deux êtres pour lesquels elle avait eu tant d'amour. Puis la fatigue grandit à nouveau, elle ressent la nécessité de se reposer. Ses deux compagnons s'en rendent compte et se lèvent de leurs sièges. Albert récupère sa canne, Gabrielle s'approche pour lui saisir l'autre bras. Ils l'embrassent fort, elle sent leur chaleur et leur odeur.

— Nous t'aimons, Constance, dit Gabrielle, une larme s'insinuant au coin d'un œil.

— Tu vas très bien t'en sortir, sois confiante. Ça va aller, continue Albert.

Et tandis qu'ils s'éloignent, elle ferme les yeux et s'assoupit, en paix et sans douleur. Tout va bien.

Quelques heures suite à cette visite formidable, la souffrance la réveille à nouveau. Son thorax. Elle n'arrive pas à respirer. C'est si difficile. Elle se sent à court d'air, comme si elle se noyait ! Constance ouvre brusquement les yeux, terrorisée. Et ne voit que du bleu. La mer, le bleu azur. Les yeux bleus de Richard ! Il est là, enfin ! Il est là ! Ses yeux sont si clairs, si beaux, mouillés, comme la mer. Il lui parle. Pourtant, elle ne l'entend pas. Elle n'entend plus rien. Elle doit respirer absolument, mais son corps refuse. Il abandonne, il rend les armes. Ses yeux bleus, l'eau, les vagues. Constance les fixe, elle va plonger dedans. On s'y sent si bien, au cœur de cette mer. Il fait bon, si chaud dans cette eau salée.

Richard est effondré, il est presque vingt heures, sa Constance se trouve sur le point de l'abandonner, c'est maintenant. Abattu, il lui saisit la main, et malgré toutes ses souffrances, cette asphyxie, elle ne le lâche pas des yeux. Elle nage dans son océan, et serre, serre avec ses dernières forces, pour qu'il comprenne et ressente tout l'amour qu'elle éprouve pour lui, qu'il garde un peu de sa présence au creux de sa paume. Elle y est, la femme blonde aux yeux verts flotte, elle est suspendue, dans l'eau, dans le vent, l'immensité du ciel mélangé à la mer la berce telle une vague de douceur. Richard est avec elle pour cette dernière traversée, elle n'est pas seule, et tout va bien, se dit-elle, tout va bien.

Puis tout s'arrête. Vingt heures une. Le cœur de Constance Garin cesse de battre. Elle s'apprête à partir rejoindre les étoiles et à s'envoler vers l'Univers, laissant Richard, son beau Roméo, ainsi que toute son histoire, dans leurs mémoires.

PARADOXE

34

L'église du village de la troupe Garin paraissait comble en ce début d'après-midi du mois d'août. Plus aucun banc ne disposait de la moindre place, obligeant certains à rester debout au fond du bâtiment. Le décès de Constance avait choqué tant de monde par sa brutalité. Cette femme en pleine force de l'âge, si courageuse. Au moment où enfin, elle reconstruisait sa vie et s'apprêtait à renaître, la mort l'avait fauchée en plein vol. Comme souvent dans les campagnes, l'annonce d'un décès faisait le tour de la commune très vite. Et la famille Garin étant grande, rapidement, beaucoup d'habitants furent informés. Tous jugèrent nécessaire de se rendre à cette sépulture. Par ailleurs, les proches de Richard se révélaient fort nombreux, eux aussi, sans compter que ce dernier possédait de multiples relations. Le drame qu'il subissait les touchait et beaucoup exprimèrent le besoin de venir le soutenir.

Le pauvre Richard vivait un nouveau drame. Sa vie avait basculé une fois de plus, néanmoins il gardait tout de même quelque chose de tout cela. Il lui restait Ludy, dont il envisageait de continuer à s'occuper, et puis surtout, il lui restait Roméo. La fracture de cet adolescent adoucissait un peu sa perte propre. Il se sentait le devoir de rester fort pour soutenir cet enfant. Roméo le lui avait d'ailleurs demandé. Il souhaitait rester vivre avec lui et certainement pas partir habiter chez Guillaume. D'autant plus qu'il avait trouvé en Richard un père de substitution, souhaitant conserver leur proximité malgré le départ de sa mère. Richard avait été le dernier amour de Constance. Il avait une confiance immense en lui et ressentait le besoin de rester auprès de cet homme le temps de traverser cette terrible épreuve.

Avant l'heure d'arrivée du corbillard, les deux hommes, accompagnés de Gisèle et Louis, accueillirent les personnes se présentant à eux devant l'église. Gisèle ne dormait ni ne mangeait plus depuis des jours, pleurait sans cesse, incapable de rester digne. Elle perdait sa fille unique. Elle perdait tout. Louis, tout aussi bouleversé que sa femme, n'avait quasiment pas prononcé le moindre mot depuis trois jours. Il restait figé, l'œil meurtri, ressentant une difficulté immense à contenir son chagrin. Cependant, en public, il parvenait tout de même à donner le change, même si aucun mot n'arrivait à sortir de sa bouche. Chaque personne se présentant à eux les embrassait, les enlaçait, avec presque à chaque fois le son d'un sanglot étranglé. Et ils se montrèrent. Roger, ainsi qu'Annie, étaient venus. Oui, ils étaient là.

Annie fut la première à arriver, accompagnée de son époux, ses enfants et petits-enfants. Elle avait vieilli avec les années, certes, mais ses traits demeuraient les mêmes. Elle ne put se retenir et se jeta dans les bras de son frère, sanglotant, lui présentant des excuses sans fin. Elle enlaça ensuite Gisèle qui, à nouveau, s'effondra de douleur, totalement retournée. Enfin, Roméo qui, malgré le drame traversé, réussit tout de même à esquisser un léger sourire envers cette tante, dont il ne connaissait finalement que quelques histoires. Puis ce fut au tour de Roger.

Il apparut, lui aussi accompagné de sa troupe, l'air tout emprunté, affublé de son regard fuyant bien connu. Il se présenta face à son petit frère, le visage triste, lui serra la main, puis tomba dans ses bras en pleurs. Les deux frères restèrent ainsi plusieurs minutes, comme s'ils éprouvaient le besoin de rattraper toutes ces années perdues. Une fois leur étreinte achevée, Roger demanda pardon, plein de culpabilité. Louis, demeurant silencieux, lui posa la main sur l'épaule, sanglotant, mais réussit tout de même à lui glisser un mot.

— On va rattraper le temps, on va y arriver, mon Zef !

— Tu crois, tu me pardonneras un jour ?

— Je t'ai déjà pardonné, lui répondit-il, parce que tu es là. Rentrez, maintenant. Nous nous verrons à la fin de la cérémonie.

Le Zef reprit un sanglot qu'il tenta de contenir de sa main, puis se dirigea dans l'église, les épaules voûtées.

Bien évidemment, Guillaume se présenta à la cérémonie, seulement il resta discret, en retrait. Roméo le vit, bien entendu, et lui jeta un coup d'œil perçant, de toute sa hauteur. Son père ne déclenchait aucune émotion pour lui, hormis une immense froideur. Il restait de marbre face à sa présence. Richard se dirigea tout de même vers l'ex-mari de Constance afin de le saluer, mais les deux hommes ne purent échanger la moindre parole. Il n'y avait rien à dire. Leurs douleurs respectives ne leur permettaient pas de se retrouver, même en cet instant si solennel. Le reste des Garin arriva, tous apprêtés d'une tenue de cérémonie funèbre. Ils avaient vécu presque tous ensemble durant les quelques jours suivant le décès de Constance, tentant de maintenir le mécanisme de la roue de la vie, simplement par leur présence. Tous les petits, la génération de Roméo, étaient présents eux aussi. Personne ne manquait à l'appel.

Des bruits de sabots se firent entendre. Un cheval, au pas. Le son résonnait dans cette petite rue étroite du village, un pas tranquille, au rythme irrégulier. Et il apparut. Ludy, attelé à une calèche corbillard ancienne, toute faite de bois et dotée de grosses roues noires et blanches. Le cheval présentait toujours ses blessures sur ses antérieurs, il boitait un peu d'une épaule. Mais il amenait sa maîtresse et restait digne. Et il avançait vers la foule qui n'était pas tout à fait entrée dans l'église comme s'il comprenait qu'il avait un rôle important à tenir en cette journée. Sur le frontal de son filet, une fleur d'hortensia rose clair avait été accrochée. Et sur le cercueil trônait une composition florale énorme, chargée de roses, de pivoines aux multiples tons ainsi que de marguerites, qui illuminait l'ensemble. Des bouquets avaient été déposés au pied du lit de bois de Constance, si bien qu'on ne le distinguait presque plus.

Le cocher arrêta la calèche devant la porte ouverte du bâtiment. Les dernières personnes arrivées pénétrèrent dans l'enceinte de l'église, ne restaient plus que Richard, Roméo et ses grands-parents. Il n'y avait qu'eux, leur amour perdu, le cheval et le soleil. Après plusieurs minutes de recueillement déchirant, les officiers des pompes funèbres retirèrent délicatement les fleurs, soulevèrent le corps de la défunte et se présentèrent face à l'allée centrale. Un homme les invita d'un geste de la main à se placer derrière le cercueil. Tous se préparèrent à entrer solennellement sur les premières mesures d'un Ave Maria qui commençait lentement à déposer ses notes dans l'air.

Roméo porte pour la cérémonie un costume sombre aux tons de bleu ainsi qu'une chemise blanche. Il ne disposait pas de ce genre de tenue jusque-là, mais avait souhaité en acheter une en compagnie de Gisèle pour honorer la mémoire de sa mère. Il souhaitait être impeccable afin de lui dire au revoir. Il a noué ses cheveux sur le haut de son crâne. Assis auprès de Richard durant l'éloge, l'adolescent garde les yeux rivés sur le cercueil de Constance, se demandant comment il va pouvoir poursuivre sa vie sans elle pour le guider et l'épauler. Il sait qu'il aura besoin de courage, que ça ne sera pas facile. Il devine qu'il aura besoin de l'aide de Richard afin de surmonter tout cela. Son père est là, il est venu à cette sépulture, mais désormais pour lui cet homme ne représente plus rien. Il lui en veut, toujours, et ne sait pas s'il sera capable un jour de lui pardonner sa conduite. Ce n'est pas le moment de réfléchir à cette problématique, pas du tout.

Ça va être à lui. Le jeune homme reçoit un signe de tête du prêtre lui indiquant que c'est à son tour de s'exprimer. Il a préparé un discours, un petit quelque chose, pour sa mère. Il ne pouvait imaginer la laisser partir sans lui rendre un dernier hommage devant cette assemblée réunie en son honneur. Roméo se lève cérémonieusement, passe entre les paniers fleuris et les bougies jonchant le sol, monte les quelques marches devant l'autel puis part s'installer derrière le pupitre. Il retouche la hauteur du micro, observe l'assemblée dont tous les yeux sont rivés sur lui, se racle la gorge, puis commence à s'exprimer.

— Bonjour. Merci à tous d'être venus. Merci... Pour ma mère.

Le jeune homme tourne la tête, fixe le cercueil, les bougies disposées au sol tout autour. Puis, il reprend en soupirant.

— Voilà, je vais vous lire un petit mot que je lui ai écrit. Et je pense qu'il est bon que vous l'entendiez, c'est important pour moi.

L'adolescent toussote un peu, déplie sa feuille manuscrite d'une main tremblante, prend une longue inspiration, comme l'aurait fait Constance avant un moment grave. Il tente de se recentrer, expire, puis enfin se lance à nouveau.

— Maman. Je n'aurais jamais cru vivre ce moment, enfin, pas si jeune. Mais personne ne l'a choisi, il va bien falloir faire avec, je vais devoir m'y habituer et ça ne va pas être facile, tu sais.

Il s'arrête un instant, puis reprend.

— Je voulais te dire merci, déjà. Merci d'avoir toujours été là pour moi. Merci de t'être occupée de moi sans relâche, avec l'amour et la douceur dont tu as constamment fait preuve. Merci. Même si je ne suis pas le mieux placé pour émettre un jugement, j'avais besoin de te dire que tu as été la meilleure mère que l'on puisse avoir. Merci aussi de m'avoir aidé à tenter de pardonner les erreurs de mon père. Je sais qu'il est ici dans l'assemblée et qu'il nous écoute. Papa, j'y parviendrai, peut-être, mais j'ai encore besoin de temps. Cela dit, je te remercie d'être venu aujourd'hui. Merci Maman, pour avoir fait entrer Richard dans ma vie. J'ai été si heureux de te voir à nouveau amoureuse et gaie depuis votre rencontre. Cet homme a été une bénédiction pour toi. D'ailleurs, Richard, je te remercie aussi de la place que tu occupes auprès de moi. Tu m'épaules beaucoup, j'ai beaucoup de chance, tu es quelqu'un de bien.

À ces mots, Guillaume fixe humblement son fils. Il tente de lui transmettre son affection et sa compassion. Les mots de Roméo, les premiers depuis des années, lui laissent entrevoir une lueur d'espoir. Quant à Richard, assis au premier rang, il lui adresse un sourire tandis que les larmes dévalent ses joues. La lucidité de Roméo et son courage le bouleversent intensément. Le jeune reprend son allocution.

— Maman, surtout, je voulais te dire que tu as réussi. Tu as réussi.

Il s'arrête quelques secondes volontairement, portant successivement son regard sur tous les membres de la famille Garin qui sont assis dans les premières rangées de l'assemblée. À l'image de ce clan dont il avait tellement entendu parler depuis sa naissance. Il avait presque la certitude que ce drame pouvait être la source de la réunification de cette tribu. Paul, Louis, Roger, Annie, leurs enfants et petits-enfants. Tous silencieux, à l'écoute des mots du fils de Constance.

— Tu as réussi, Maman. Les Garin sont tous ici aujourd'hui. Tu as tenu la promesse que tu avais faite à Gabrielle avant son départ. Tu les as réunis. Tu n'y es pas parvenue de ton vivant, mais dans la mort, tu l'as fait. Au moins, ton accident n'aura pas servi à rien.

En terminant sa phrase, il retient un sanglot, lève ses yeux mouillés vers les Garin, chacun profondément ému par ces mots. Roger, pour une fois, ne semble pas fuyant. Il le fixe profondément, le visage coupable et défait, sanglotant comme un enfant puni à la suite d'une grosse bêtise.

L'adolescent s'effondre brutalement sur son pupitre, incapable de prononcer le moindre mot supplémentaire. Et la mécanique Garin, remontant du plus profond des abîmes, se remet soudainement en marche, comme le ferait le mécanisme des roues crantées d'une horloge dont le dernier point de rouille aurait enfin lâché. Annie, ne pouvant plus tenir en place et débordée par l'émotion, se lève et se dirige vers Roméo afin de l'enlacer fortement. Immédiatement, Paul la suit. Louis non plus ne résiste pas à rejoindre son petit-fils, dont la vie bascule une fois de plus. Puis timidement, Roger, après une légère hésitation, se dresse enfin et accourt vers ses frères ainsi que sa sœur. Tous s'enlacent, dans la douleur et surtout dans l'amour devant Constance, qui si elle avait été là, leur aurait certainement adressé un clin d'œil en même temps qu'elle ressentirait son petit pincement au cœur. Quoi qu'il en soit, elle a réussi et ils sont enfin réunis. Elle l'a fait.

Mais peut-être est-elle présente, finalement ? Peut-être que ce moment n'est qu'un rêve, juste un rêve, rythmé par les bips constants des machines au cours d'un long sommeil ? Peut-être même que, sans une bonne étoile, tout se serait terminé ainsi ?

CAMILLE

35

La jeune Camille terminait de mettre ses sabots de plastique dans son sac à dos. En réfléchissant à tout ce dont elle allait avoir besoin, elle décida d'y ajouter aussi une pomme et quelques biscuits. Elle inséra aussi plusieurs feuilles blanches dans une pochette cartonnée bleue, ainsi qu'un stylo-bille au cas où elle devrait prendre des notes. L'étudiante fut fin prête et pile à l'heure pour partir en direction de son nouveau terrain de stage. Cette petite jeune femme en deuxième année d'école d'infirmière se trouvait sur le point de découvrir le service de réanimation de l'hôpital d'Annecy, au sein duquel elle resterait plusieurs semaines. Ces derniers jours, elle avait révisé l'essentiel des cours utiles afin d'exercer dans ce type de service et se sentait plutôt prête d'un point de vue théorique. Néanmoins, elle appréhendait ce stage depuis longtemps, car en réanimation se trouvaient les patients les plus graves, ceux nécessitant des prises en charge complexes. Si bien qu'elle craignait un peu de ne pas être à la hauteur.

Il était encore très tôt, il lui avait été demandé d'arriver pour l'heure de la relève, afin d'être opérationnelle dès la première journée. Ça ne lui posait pas de problème, parce que du fait du stress généré par ce nouveau stage, elle n'avait quasiment pas fermé l'œil de la nuit. Comme à chaque fois d'ailleurs, depuis le début de ses études. Ainsi, l'étudiante se trouvait en mesure de se présenter parfaitement à l'heure, sans risque de panne de réveil. Après avoir pris le bus qui la déposa près de l'hôpital, elle se dirigea en direction dudit service hospitalier à travers les couloirs en se perdant un peu. Mais elle arriva tout de même à l'heure. Elle avait pris de l'avance, car on ne savait jamais ce qui pouvait se passer. Et débuter un stage par un retard ne laissait pas vraiment une très bonne impression. N'étant pas native du secteur, c'était la toute première fois qu'elle se rendait dans cet hôpital, situé un peu à l'écart de la ville. Une fois arrivée, elle se présenta au secrétariat commun, puis patienta le temps que l'infirmière cadre arrive pour l'accueillir. Une fois les présentations de rigueur effectuées, la responsable la conduisit au cœur de la ruche, au sein de la pièce névralgique. La salle de relève.

Camille entra donc dans une petite salle comportant quelques tables rapprochées les unes des autres en son centre, des chaises autour, presque toutes occupées. On y trouvait un micro-ondes, un réfrigérateur, une théière, une cafetière, ainsi que de multiples tasses en cours de séchage au bord d'un évier en inox. Un grand tableau blanc recouvrait la moitié d'un mur, décoré de nombreuses abréviations notées, représentant toutes sortes de hiéroglyphes illisibles et ayant probablement tout de même une signification en lien avec chaque patient. Mais Camille ne les reconnaissait pas. Il y avait aussi, un peu à l'arrière de la pièce, un bureau avec un ordinateur.

La jeune femme entra silencieusement derrière sa cadre et décida de se tenir debout, dans un coin, en retrait. Il était l'heure de la relève et les infirmières se transmettaient les informations importantes concernant les malades. Sans compter que si elle se faisait suffisamment petite afin que tout le monde puisse oublier sa présence, elle se dit qu'elle se sentirait un peu plus à l'aise. L'une des soignantes avait apporté un Tupperware contenant d'énormes cookies aux pépites de chocolat noir et blanc. Chacune des femmes ainsi que le seul homme présent ce matin-là, piochaient goulûment à l'intérieur afin d'accompagner le thé ou bien le café qu'ils tenaient tous. Leurs carburants, breuvages dont les effluves mêlés les uns aux autres emplissaient la pièce.

Ils firent chacun à leur tour un petit salut à Camille d'un léger geste de la tête ou d'un simple sourire, tandis que la petite nouvelle restait à l'écart, prête à tout observer, afin de s'imprégner de ce nouvel environnement. On ne lui avait donc pas menti, elle était bel et bien plongée dans le bain dès les premières minutes. Ces deux mois promettaient de se montrer intenses car elle n'avait pas eu le temps de se changer, portant encore son sac à dos vissé sur ses épaules. Elle se trouvait, à peine arrivée, noyée sous le flot d'informations, puisque sa cadre ne souhaitait pas qu'elle rate ce moment essentiel au bon fonctionnement du service.

La réunion commençait tout juste, Camille ne manquerait rien. Elle écoutait avec attention tous les comptes rendus successifs, tentant de s'approprier les termes, effectuant les liens entre les remarques et ses différents cours. Ce qu'elle s'imaginerait, au fur et à mesure des informations recueillies, du type de soins à effectuer pour une infirmière. Elle était très concentrée, parce que les explications fusaient, tout allait vite. Néanmoins, elle constatait presque à chaque fois que les nouvelles concernant les patients ne se révélaient pas vraiment très positives. Monsieur X est décédé cette nuit, Madame Z a décompensé, la sonde du troisième s'est bouchée, et ainsi de suite...

Elle se demanda, au cours de cette réunion, si son choix de terrain de stage n'avait pas été une erreur. La jeune femme n'était finalement pas si sûre d'être déjà prête à vivre des situations d'urgence ou même pires. Possédait-elle assez de sang-froid ? Elle n'avait pas encore une fois assisté au décès de quelqu'un au cours de sa vie, et se rendit compte à cet instant qu'elle le redoutait un peu. Et si elle contactait l'école, afin de leur demander de changer de type de stage ? Quelque chose de plus léger ? Non, c'était couru d'avance, ils refuseraient. On ne change pas de stage comme on change de tee-shirt, impossible. Elle devrait se montrer forte. Ces semaines risquaient d'être longues et perturbantes.

Et tandis que la confiance de Camille fondait comme neige au soleil au cours de ces transferts de données entre les équipes, une des infirmières qui s'en était probablement rendu compte l'interpella. Une dame dont elle se trouvait incapable de donner un âge et paraissant très expérimentée, au vu de ses différentes remarques depuis le début de la relève. Elle lui inspirait assez spontanément beaucoup de respect et d'autorité, mais dégageait tout de même une forme de sympathie rassurante.

— Comment t'appelles-tu ? lui dit-elle avec gentillesse.

— Camille.

— Et es-tu prête, Camille ? Es-tu prête à nous accompagner dans l'aventure des soins de réanimation ? Tu sembles un peu perdue, continua-t-elle avec un soupçon de curiosité.

— Oui, je crois que je suis prête, j'ai bien révisé. Mais en vous écoutant, je me rends compte que j'ai un peu peur.

— Peur de quoi ? lui lança l'intéressée.

— Peur de voir des patients mourir, je crois. Ça m'inquiète un peu, parce que je n'ai jamais vu de mort de près. Et depuis que je suis arrivée, vous ne vous transmettez tous presque que des mauvaises nouvelles.

— Ha, ça ! Oui, ça fait partie de notre quotidien, c'est assez vrai. Mais tu sais, nous avons tout de même aussi quelques bonnes surprises, parfois même plus de bonnes que de mauvaises. Ça dépend des jours. Tiens, d'ailleurs, les filles, annonça-t-elle aux infirmières de l'équipe de jour, on n'en a pas encore parlé, mais vous savez, la petite dame, celle qui a fait sa chute à cheval ?

— Oui, celle dont le conjoint est médecin ? répondit une de ses collègues, regardant son cookie avec attention, tandis que ce dernier s'imprégnait tranquillement du café restant dans le fond de sa tasse.

— Eh bien, contre toute attente depuis son arrêt cardiorespiratoire en post-chirurgie, les filles, elle est sortie du coma. Cette nuit !

Elle se tourna alors à nouveau en direction de l'étudiante et continua.

— Tu vois, Camille, cette patiente, elle est pourtant jeune, mais elle est vraiment arrivée dans un sale état. Tout le monde ou presque la pensait perdue. Moi la première d'ailleurs, car je crois qu'on peut dire sans exagérer qu'elle nous a probablement fait subir tout ce qu'il y a de plus compliqué, depuis son entrée chez nous. Et quand même, après tout ça, il n'est pas impossible qu'elle s'en sorte, finalement. Ça ne va pas être facile, ça lui prendra du temps, mais je suis convaincue que ça ira pour elle.

FIN D'ÉTÉ

36

Constance sortait de l'hôpital et la fête allait pouvoir débuter. Souriante, elle observait son clan enfin réuni, emplie de bonheur. Après son accident, Annie et ses trois frères étaient parvenus à se retrouver. Ils s'étaient réconciliés, et le navire Garin flottait de nouveau, sa grand-voile tendue par le vent. Albert et Marguerite auraient été fiers.

À travers la fenêtre de la voiture, elle affichait encore une mine fatiguée, certes, mais elle rentrait chez elle auprès de Richard. Il avait accompli un miracle. Pour elle. Après de nombreux appels suite à son accident, il avait enfin réussi à trouver un confrère qui accepta de relever le défi de la guérir. Celui-ci tenta une intervention chirurgicale rocambolesque et risquée pour sauver l'amour de son confrère, dont les blessures viscérales suite à sa chute s'étaient révélées dramatiques. Et cet homme avait réussi, lui aussi. À la suite d'un arrêt cardiorespiratoire de longues minutes, plusieurs jours de coma, une opération chirurgicale complexe ainsi qu'une rude convalescence qu'elle surmonta avec courage, elle revenait de très loin. Elle était là. Richard avait réussi, grâce à son abnégation et à sa détermination, et sa compagne avait survécu.

Pendant qu'elle descendait de la voiture grâce à son aide, une jambe encore plâtrée et le visage amaigri, Constance les observait un à un. Elle portait son chignon qui lui collait à la peau et leur offrait son sourire enchanteur, dessiné sur ses lèvres. Elle les illuminait par sa joie, par sa force. Un petit diamant scintillait sur son annulaire gauche, symbole d'une future cérémonie de mariage à venir. Tous applaudirent la mère de Roméo, certains jeunes sifflaient entre leurs doigts, étant donné que toute occasion de faire du bruit se révélait bonne pour cette nouvelle génération.

Gisèle pleura de plus belle, alors que depuis quelques jours seulement, elle parvenait enfin à se retenir. Louis ne dit rien, la gorge nouée, néanmoins l'œil vif et heureux. Le couple retrouvait sa fille. Roméo embrassa sa mère dans les cheveux pendant qu'elle s'asseyait sur son siège, continuellement prévenant, voire presque un tantinet surprotecteur. Elle restait fragile encore, il devait la surveiller de près.

Et durant ce début de soirée, qui s'annonçait fabuleuse, parsemée de joie, de rires et d'amour, les beaux yeux verts de Constance se tournèrent vers l'étendue d'eau bordée par ses montagnes. Elle regardait au loin. Le soleil se trouvait désormais sur le point de se coucher, descendant progressivement derrière l'horizon. Elle distinguait loin, là-bas, quelque chose que personne ne pouvait voir, excepté elle.

Elle observait Gabrielle, peut-être dissimulée en cette ombre vaporeuse glissant sur l'eau calme. Elle admirait Albert, elle contemplait Antoinette. Les doux et subtils éthers valsaient dans les rayons du soleil rougeoyant, se mélangeant aux reflets irisés, dessinés par les timides vagues du lac sous le vent. Ils étaient là, avec le clan Garin. Ils allaient se joindre au banquet. Car bien entendu désormais, il ne serait plus jamais question de ne pas tous demeurer réunis, et pour toujours.

Par la pensée, Constance s'adressa à ces tendres et délicieuses lueurs dansantes, déclarant ceci à la plus étincelante : *Gabrielle, tu vois, ils sont tous là. Sois rassurée, j'ai tenu ma promesse. Je l'ai fait.*

Vous avez aimé ce livre ?

Flashez ce code pour laisser un commentaire sur notre site et retrouver également les autres livres de notre maison d'édition

Scannez
et découvrez !

Pour scanner, téléchargez l'app Unitag
gratuite sur unitag.io/app

L'ENTRE RÊVE
ÉDITION

contact@lentre-reve-edition.com

www.lentre-reve-edition.com

Imprimé en France - Janvier 2023

Dépôt légal premier semestre 2023